**파워하우스**

# 파워하우스

한국 드라마
EP 이야기

김일중 지음

인물과
사상사

● 일러두기

* 이 책의 제목이기도 한 '파워하우스'는 어떤 분야나 시장에서 큰 영향력과 성과를 보유한 개인 또는 기업을 가리키는 말이다. 이 책에서 파워하우스 EP(Executive Producer)는 제작비를 투자해 영화나 드라마 시리즈 제작을 주도하고 감독과 협업해 프로젝트를 성공으로 이끄는 사람을 칭하며, 대표적으로 제리 브룩하이머 Jerry Bruckheimer, 숀다 라임스Shonda Rhimes, 케빈 파이기Kevin Feige 등이 있다.

* 인터뷰 말미에는 인터뷰이들이 제작에 참여한 작품 중에서 가장 기억에 남는 대사나 혹은 자신의 가치관을 대변할 수 있는 대사를 뽑아 수록했다.

* 인터뷰 당시의 현장감을 살리기 위해 한글맞춤법에 어긋난 표현이라 해도 그 표현을 그대로 살렸다. 그 외 외래어 인명과 지명 등은 국립국어원 외래어표기법에 따라 표기했다.

* 본문에 나오는 전문용어는 권말 '용어 사전'에 따로 정리해놓았다.

* 단행본·잡지는 『　　』, 영화·드라마·TV 프로그램·웹툰·웹소설은 〈　　〉로 표기했다.

# 한국 드라마 10인의 EP를 만나다

한국 드라마 전성시대다. 〈오징어게임〉이 쏘아 올린 신호탄에 〈D.P.〉〈지옥〉〈지금 우리 학교는〉이 응답했고, 〈이상한 변호사 우영우〉〈카지노〉〈더 글로리〉〈무빙〉까지 수많은 작품이 세계 시청자들의 눈과 귀를 사로잡았다. OTT 플랫폼이 주도하는 글로벌 영상 콘텐츠 산업에서 한국 드라마는 '핫한 브랜드'로 자리 잡았고, 이제 서울은 아시아의 할리우드라 해도 과언이 아니다. 어쩌면 지금이 한국 드라마의 '화양연화花樣年華' 아닐까?

이런 드라마는 누가 만들어낸 것일까? 작가, 감독, 배우. 소위 '작감배'로 불리는 조합이 떠오른다. 그렇다면 '작감배'는 누가 세팅할까? 미국 할리우드에서는 영화나 드라마 설계자, 프로젝트 판을 짜는 사람을 '이그제큐티브 프로듀서Executive Producer', 줄여서 EP라고 부른다. 〈CSI〉 시리즈를 만든 제리 브룩하이머

Jerry Bruckheimer, 〈그레이 아나토미〉〈브리저튼〉의 숀다 라임스 Shonda Rhimes 같은 인물이다. 시나리오 창작에서 배우와 감독 캐스팅, 제작비 조달, 유통, 마케팅에 이르는 모든 과정의 최종 결정자가 바로 EP다.

한국 드라마에도 EP가 있지 않을까? 이 책은 이 질문에서 시작되었다. 2022년 화제작 〈재벌집 막내아들〉의 제작비가 350억 원을 넘었고, 2024년 기대작 〈폭싹 속았수다〉(극본 임상춘, 연출 김원석)는 제작비가 600억 원에 이르는 것으로 알려졌다. '이렇게 큰돈이 오가는 드라마 판을 짜는 EP는 어떤 사람일까?' '무슨 생각을 하고, 어떤 일을 할까?' '어떻게 해야 그 자리까지 갈 수 있는 것일까?' 글로벌 OTT 시대 한국 드라마 산업을 이끌어가는 '막후의 거인'을 만나고 싶었다.

마침 2021년부터 한국콘텐츠진흥원 방송영상본부에서 일하게 되었고, 그해 여름 나는 한국 드라마 비즈니스를 주제로 준비하던 학위논문을 마무리 지었다. 2022년 OTT 특화 방송 콘텐츠 제작 지원 업무를 맡으면서 기획안부터 대본, 제작비 내역까지 상세히 들여다볼 기회가 생겼다. 그러니까 최근 몇 년 나의 일과 공부가 한국 드라마를 향해 있었고, 자연스럽게 많은 사람을 만나며 여러 방면에서 한국 드라마 산업을 깊이 관찰할 수 있었으니 행운이었다.

2020년 이후 3년, 글로벌 OTT 플랫폼이 촉발한 한국 드라마 산업의 크고 놀라운 변화를 목격하면서 이 현상을 어떻게 기록할지 고민했다. 한국콘텐츠진흥원에 오기 전 나는 10년 가까이 PD로 일했고, 여러 편의 텔레비전 다큐멘터리를 연출했다. 다큐멘터리의 본질은 관찰과 기록. 사람, 사물, 사건 모두 오래 들여다봐야 보이고 알게 되는 것들이 있다. 방송산업에 종사했던 내부자이자 동업자로서 느끼는 친밀함과 동질감에 더해 콘텐츠 지원사업을 수행하고, 드라마 산업을 연구하면서 쌓은 지식과 정보를 활용한다면 더 깊이 있고 차별화된 기록을 남길 수 있지 않을까? 그렇게 선택한 아이템이 EP 심층 인터뷰다. 지금까지 한 번도 제대로 조명받은 적 없지만, 드라마 산업에서 크고 무거운 역할을 맡고 있는 사람들의 생각, 고민, 현실 인식, 꿈을 기록하고 싶었다. 그리고 EP들의 이야기를 통해 급변하는 한국 드라마 산업의 횡단면이 드러나기를 기대했다.

2022년 4월부터 10월까지 열 명의 EP를 만났다. 주로 토요일 오후, 서울의 인물 사진 전문 스튜디오에서 세 시간가량 촬영과 대담을 진행했다. EP의 시선과 목소리로 만나는 한국 드라마의 세계, 제작자 인터뷰는 2022년 늦가을부터 '더스크린'에 '한국 드라마 EP를 만나다' 시리즈로 연재되었고, 콘텐츠 산업 현장 전문가들이 뜨겁게 반응했다. 이 책에는 온라인 지면의 한계로 미처 담지 못했던 부분과 2023년 여름 보충 취재를 더한 내용이 포함되었다. 이 과정에서 본문이 더 정교해지고 내용이 충실하게 채워져 기쁘게 생각한다. 그리고 가급적 이들의 언어와 말투를 그대로 옮겨 인터뷰 현장의 생생한 느낌을 전하고자 했다.

　　EP는 프로듀서 집단의 최상위 계급, 업계 최고의 전문가다. 이 책이 그동안 역할의 중요성에 비해 제대로 된 평가와 조명을 받지 못했던 한국 드라마 EP의 위상을 드러내는 데 조금이나마 기여하기를 바란다. 아울러 드라마 작가, 감독, 프로듀서를 꿈꾸는 청소년과 대학생 들에게도 도움이 되었으면 좋겠다.

2023년 가을

김일중

# 차례

## 스튜디오329 대표

# 윤 신 애

<개와 늑대의 시간> <인간수업> <글리치> 등 제작

# 드라마 설계자, 나는 EP다

대한민국 텔레비전 드라마 역사에서 결정적 분기점을 꼽는다면, 첫
번째는 단연 〈모래시계〉(극본 송지나, 연출 김종학)일 것이다. 구구한 설
명 필요 없이 이 작품은 당대 대한민국 TV 예술이 도달할 수 있는 최
고의 경지를 보여주었다. 1995년 겨울 〈모래시계〉는 하나의 사회현
상이었다 해도 과언이 아니다.

그렇다면 다음 사건은 무엇일까? 2020년대 들어 글로벌 동영상 서
비스 플랫폼이 한국 드라마를 제작해 전 세계에 동시 서비스한 것 아
닐까? 한국과 동아시아를 넘어 유럽, 아메리카를 강타한 글로벌 신드
롬의 선두는 단연 넷플릭스다. 〈오징어 게임〉 시즌 1(2021)을 필두로
2021년에 〈D.P.〉〈지옥〉, 2022년에 〈지금 우리 학교는〉처럼 이전에
볼 수 없었던 새로운 콘텐츠가 쏟아져 나왔다. 국내외 OTT 플랫폼이
제작에 뛰어들면서 한국 드라마는 장르, 소재, 표현 수위, 형식 모든
면에서 빠르게 바뀌었다. 드라마는 이제 더 이상 텔레비전 전용 콘텐

츠가 아니다.

넷플릭스 첫 오리지널 한국 드라마는 〈킹덤〉 시즌 1이지만, 전문가들은 이후 나온 콘텐츠에 가장 많은 영향을 준 작품으로 〈인간수업〉(2020)을 꼽는다. 〈인간수업〉은 청소년 성범죄를 정면으로 다룬 데다 고등학생이 성매매 포주로 등장할 만큼 수위가 높아 텔레비전에서는 도저히 시도조차 할 수 없는 스토리였다. 게다가 진한새 작가의 장편 데뷔작이었고, 김동희, 박주현 등 주연배우들은 모두 신인으로 오디션을 거쳐 뽑았다. MBC 출신 김진민 PD가 연출을 맡았으나 촬영, 조명, 미술 등 주요 스태프는 영화 현장에서 일하던 사람들이었다. 또한 열 편 에피소드의 회당 길이는 44분에서 72분까지로 들쭉날쭉했다. 모든 면에서 실험적이었고, 드라마 자체가 하나의 리트머스시험지였다. 2020년 4월 29일에 드라마가 공개되자 시청자들이 예민하게 반응했고, 곧장 넷플릭스 국내 시청 순위 1위에 올랐다.

금기를 넘어선 소재, 깊이 있는 영상, 신선한 연출, 군더더기 없는 빠른 전개. 〈인간수업〉은 한국 드라마 시청 경험의 한계와 폭을 확장한 새로운 진전이었다. 무엇보다 산업의 변화를 조심스럽게 지켜보던 한국 영화와 드라마 업계에 의미심장한 단서를 제공했다. '저렇게 하면 되는구나' 혹은 '저렇게 해도 되는구나'. 온라인 스트리밍 시대 한국 드라마는 〈인간수업〉이 문을 열었다 해도 과언이 아니다.

2022년 5월 초, 서울 논현동 에이전시테오에서 드라마 〈인간수업〉의 EP 윤신애 스튜디오329 대표를 만났다. 막 차기작 넷플릭스 시리즈 〈글리치〉 편집 시사를 마치고 오는 길이라고 했다.

〈인간수업〉 이야기를 먼저 해보죠. 여러모로 충격이었습니다. 넷플릭스가 아니었다면 이 드라마, 제작 가능했을까요?

(1초의 망설임도 없이) 못 만들었겠죠.

넷플릭스가 안 받으면 어떻게 하려고 하셨나요?

작가님한테 처음부터 얘기했어요. 넷플릭스로 가보자고. 소재가 파격적이어서 기존 방송사에서는 방송하기 어려울 것 같았거든요. 그래서 넷플릭스밖에 없다고 생각했죠. 그때 제가 기한도 정했어요. 3개월 안에 안 되면 접자고요. 그동안 작품이 좋아도 방송사에서 고치자고 얘기하면 그 기준에 맞췄어요. 그 과정에서 유니크한 부분 잃어버리고……. 그런데 이제 그렇게 할 이유가 없다. 내가 처음에 이 작품을 해야겠다고 생각한 포인트, 이게 맞다면 최대한 살려야지 자꾸 이거 깎고 저거 깎고 하는 거, 습관적으로 자꾸 깎아서 어떻게든 방송사 편성되는 쪽으로 맞춰보자 했는데, 그걸 하지 말아야겠다. 이게 어쩌면 앞으로의 살길 아닐까 생각했죠.

최근 들어 파격적인 소재의 드라마들이 나오고 있지만, 〈인간수업〉은 여전히 접근하기 어려운 주제잖아요. 그런데도 왜 이 드라마를 해야겠다고 생각하셨나요?

엄청 거칠었거든요. 그런데 캐릭터가 아주 잘 살아 있었어요. 그리고 이해가 됐어요. 그러니까 주인공의 행위에 공감할 수는 없지만, 그전에 '어른들이 지금 이 사회를 제대로 만들어놨나?'라는 생각이 들었어요. 아이들의 이야기에 귀 기울여봐야 하지 않을까. 작가가 쓴 대본에 그런 요소들이 확실하게 있었어요.

대본도 두 편밖에 안 나왔고, 배우도 감독도 안 정해졌는데 넷플릭스에서 제작하자고 한 것은 프로듀서를 신뢰하지 않았으면 어려웠을 것 같습니다.

그 부분이 진짜 컸어요. 글로벌 OTT들은 기본적으로 우리가 가진 크리에이티브에 대해서 존중해주려고 합니다. 그리고 비즈니스적인 면에서도 항상 열려 있어요.

그렇다면 최근에 제기되고 있는 드라마 성과에 따른 인센티브 문제나 '제작비+알파' 외에 모든 미래 발생 권리를 글로벌 OTT가 갖는 사례는 어떻게 보나요?

제가 본 글로벌 OTT 사람들은 충분히 협의가 가능한 팀이라고 생각해요. 〈오징어 게임〉 역시 그랬을 거고. 기본적인 계약서 폼은 그렇게 돼 있지만 사실 세부적으로는 제작진의 얘기를 충분히 들어요. 예를 들어 구글은 넷플릭스와 계약 형태가 또 달랐어요. 〈탑 매니지먼트〉(2018)는 수익 공유 방식으로 계약했습니다. 일본에 판매하는 것들도 다 저희가 했고요. 저희가 거둔 수익을 일부 주고, 또 구글에서 발생한 수익은 저희한테 정기적으로 지금도 들어오고 있습니다. 글로벌기업과 계약도 하기 나름인 거 같아요.

2020년 이후 넷플릭스, 애플티비플러스, 디즈니플러스 같은 글로벌 OTT 플랫폼과 작품을 같이 제작하는 게 일반적이지만, 그전까지만 하더라도 낯선 제작 방식이었다. 〈인간수업〉은 한국 드라마 제작사가 〈킹덤〉 시즌 1과 함께 가장 먼저 넷플릭스와 작업한 콘텐츠다. 여러모로 많은 레퍼런스를 남겼고, 이후 나온 프로젝트들에 좋은 본보기가 되었다. 특히 〈인간수업〉은 한국영화 크리에이터들을 자극했고, 드라마의 확장 가능성을 증명해준 계기가 되었다.

영화 쪽에서 정말 많은 연락이 왔어요. 저는 드라마가 제약이 많다고 생각했는데 영화 쪽 분들은 영화판에 제약이 많다고 생각하시더라고요. 영화는 우선 제작비를 투자받아야 하고, 관객이 많이 들어야 하니까 캐스팅이 무조건 중요하죠. 게다가 러닝타임도 보통 두 시간이어서 스토리에 제약이 있는 거죠. 그런데 〈인간수업〉을 통해 시리즈로 길게 제작해볼 수 있다고 생각하게 된 거죠. 배우들도 모두 오디션을 거쳐 신인으로 뽑았잖아요. 그러니까 영화계 사람들이 '더 길게 만들어도 됐을 텐데 왜 거기서 이야기를 멈췄을까'라는 생각을 정말 많이 했대요.

윤신애 대표는 드라마 외주제작 1세대로, 20년 넘게 수많은 TV 미니시리즈 드라마를 제작한 베테랑 프로듀서다. 1995년 김종학프로덕션 1기 프로듀서로 드라마계에 입문해 〈대망〉(2002~2003) 〈해신〉(2004~2005) 등 대형 사극 제작에 참여했고, 2004년 사과나무픽쳐스를 설립해 〈개와 늑대의 시간〉

(2007) <9회말 2아웃>(2007) <7급 공무원>(2013) 등 색깔 있는 작품을 만들었다.

김종학 감독님과 오래 작업하셨는데 독립해서 회사를 차리고 직접 제작에 나선 이유가 궁금합니다.

김종학 감독님과 정확하게 10년 일했어요. 그때만 해도 드라마 프로덕션이 네다섯 개밖에 없어서 일이 몰릴 수밖에 없었어요. 그래서 쉴 없이 일했죠. 제가 김종학프로덕션에서 마지막으로 한 작품이 <해신>이었는데 51부작이다 보니 너무 힘들었어요. 게다가 엄마가 암 투병 중이셨는데 잘 돌봐드리지 못하고, 완도랑 남해 섬 촬영지, 중국 세트장도 다 돌아다니다 보니 그때 되게 지쳤던 것 같아요. 그래서 내가 하고 싶은 거, 작은 거 해야겠다는 생각이 들어서 회사를 차렸어요.

2020년 신세계 자회사 마인드마크의 투자를 받았습니다. 작은 콘텐츠를 하고 싶어서 독립했다고 하셨는데, 대기업과 손을 잡은 이유는 무엇인가요?

결국 스튜디오로 발돋움하려면 자금이 있어야겠더라고요. 안정적이고 자금의 성격이 클리어한 곳에서 투자받는 게 좋겠다고 생각했어요. 게다가 마인드마크의 모회사인 신세계는 새로운 걸 해보고 싶어 하는 것 같거든요.

2020년 한국 드라마 산업은 전에 없던 일을 경험했다. 카카오, JTBC, CJ ENM이 다수의 드라마 제작사를 인수했고, 게임 기업 크래프톤이 히든시퀀스에 투자했으며, 유통 전문 기업 신세계가 스튜디오329, 실크우드를 투자·인수했다. 아마존이나 쿠팡이 플랫폼을 세워 콘텐츠와 커머스를 결합하고 있으므로 신세계가 콘텐츠를 확보해서 어떤 방향으로 사업을 전개할지는 두고 볼 일이다.

드라마 산업에 30년 가까이 몸담고 계신데, 최근 2~3년 정말 많이 변했다고 하죠. 그 변화를 실감하세요?

엄청 느끼죠. 방송사만 있을 때는 작품 성격에 따라 채널별 우선순위 같은 게 있었고, 비즈니스도 모양새가 정해져 있었어요. 그런데 OTT가 등장하면서 비즈니스 구조도 전부 바뀌었고, 콘텐츠 소재도 다양해졌으니까 아주 많이 바뀐 거죠. 기존에 드라마 하면 지켜야 하는 규칙들이 있잖아요. 방송 드라마는 모두에게 소구하는 콘텐츠인데, OTT에서는 우리가 정한 타깃을 향해가는 거죠. 그러다 보니 할 수 있는 아이템이 많아졌어요. 그게 제일 큰 변화 같아요. 게다가 이야기 형식도 많이 바뀌었어요. 예전에 미니시리즈 하면 무조건 16부작이었잖아요. 그리고 사업 구조상 스무 개를 해야 어느 정도 수익이 나온다고 했어요. 그런데 열여섯 편이나 스무 편을 쓰는 게 쉬운 일이 아니라서 결국 신인 작가가 데뷔하기에는 너무 힘들죠. 정말 잘하는 작가님들이라야 16부작, 20부작을 쓸 수 있잖아요. 그런데 OTT 드라마는

드라마 설계자, 나는 EP다

신인 작가도 쓸 수 있어요. 러닝타임, 회차가 줄어들면서 도전해 볼 수 있게 됐죠. 이야기가 바뀌고, 형식이 바뀌면서 이 판 전체 가 다 바뀌고 있다고 생각해요.

코로나19 팬데믹 여파로 영화산업이 어려워지면서 영화판 사람들이 드라마에 많이 뛰어들고 있습니다. 〈오징어 게임〉 〈D.P.〉 〈지옥〉 등도 영화계에 있던 사람들이 만든 작품들인 데, 실제로 TV와 영화 간 경계가 사라진 걸 체감하시나요?

코로나19 때문에 더 그런 것도 있겠지만 영화 쪽에서 시 리즈 준비를 정말 많이 하는 것 같아요. 촬영감독님 들이 먼저 드라마 현장으로 오면서 조명팀, 그립팀★ 이 다 따라왔고요. 그러다가 미술팀이 오면서 퀄리티 가 또 한 단계 바뀌었고, 이제 연출까지 넘어오게 됐 죠. 저희가 제작하는 〈글리치〉도 노덕 감독님이 연출 을 맡았습니다. 그리고 〈인간수업〉을 제작할 때도 스 태프들이 다 영화 쪽 사람들이었어요. 이제는 경계가 없는 것 같 아요.

★ 크레인, 지미집, 스테디캠 등 특 수장비를 활용 해 무빙 샷을 담 당하는 스태프.

2020년 이후, 오랜 시간 충무로와 여의도(혹은 상암동)로 견고하게 나뉘어 있던 영화, 방송의 경계가 사라지고 서로의 장점을 발견, 적용, 융합해가는 현상이 드라마 제작 현장에 나타나고 있다.

〈인간수업〉 제작 전인 2018년에 이미 유튜브 오리지널 〈탑 매니지먼트〉를 선보였잖아요. 남들이 안 할 때 새로운 시도를 하는 것에 두려움은 없었나요?

유튜브 유료 서비스 이름이 지금은 '프리미엄'인데 그때는 '유튜브 레드'였어요. 저는 그런 게 있는 줄도 몰랐어요. 그런데 그쪽에서 저한테 먼저 연락이 왔어요. 제가 원작을 사서 각색하고 대본 두 개 썼나 그랬는데 그 아이템 얘기 들었다면서 같이 한번 해보자고 제안해서 고민 안 하고 무조건 하겠다 했죠. 글로벌기업과 처음부터 끝까지 전 과정을 해보고 싶었거든요.

그 과정에서 얻은 것은 무엇인가요?

이렇게도 제작할 수 있다는 것을 알게 됐어요. 예전에는 드라마 제작비가 100이라고 하면 방송사로부터 60퍼센트, 최대 70퍼센트를 받았어요. 그러다 보니 제작사가 PPL을 구해야 하고, 해외 판매를 해야 하고, 방송사와 수익을 나눠야 했어요. 이 구조 자체가 나쁘다는 게 아니라, 이런 구조이기 때문에 광고 판매해야 하고, 해외 세일즈해야 하고, PPL까지 구해야 하니까 결국 주연배우는 이 세 가지 요소에 적합한, 상업적으로 맞는 사람이어야 하는 거예요. 어떤 이야기냐는 것도 중요하지만, 이 상업적인 세 가지 요소에 맞는 극소수 배우들을 캐스팅해야 하고, 모든 드라마는 그렇게 만들어야 한다고 생각하면서 거의 25년을 살았잖아요. 그런데 이제는 그렇게 하지 않아도 된다는 거죠.

그렇다면 유튜브는 왜 대표님한테 같이 작업하자고 했던 걸까요?

〈탑 매니지먼트〉가 주인공들이 가수로 성장하는 이야기였는데, K-pop 팬들이 유튜브를 많이 쓰니까요. 그때 플랫폼이 '어떤 이야기'를 찾는다는 것을 알게 됐죠. 당시 안효섭 배우와 차은우 배우를 캐스팅했는데, 지금은 유명 배우지만 그때는 둘 다 신인에 불과했어요. 저는 이 친구들이 무조건 뜰 것 같았어요. 방송사였으면 두 배우 모두 신인이었기 때문에 담당자를 설득하기 쉽지 않았겠죠. 그런데 유튜브는 내가 왜 이 친구들이 뜬다고 생각하는지 한 장 정도로 간략하게 쓴 것만 보고 그냥 받아들여 줬어요. 20년 이상 한국에서 일했으니까 저 사람이 저렇게 주장하는 충분한 이유가 있겠지 하고 공감해준 겁니다. 그런 게 진짜 신선했어요. 지금이야 두 배우가 유명해졌기 때문에 방송사에서도 쉽게 편성받을 수 있겠지만 그 당시에 이 캐스팅으로 드라마 하겠다고 했으면 편성받을 수 있었을까요? 글로벌 OTT는 제 커리어를 믿고 제 의견을 존중해주니까 좋더라고요.

〈인간수업〉 오프닝 크레디트에 'Executive Producer 윤신애'라는 타이틀이 들어갑니다. 제 기억이 맞다면 한국 드라마 최초의 시도였죠. '제작'이라는 문구를 쓰는 것이 일반적이지 않나요?

옛날부터 그렇게 하고 싶었어요. 그러니까 한국의 방송 크레디트를 꼭 바꾸고 싶었습니다. 제작이라는 말은 알겠는데,

기획이라는 말은 너무 싫었거든요. 기획에 누구를 넣느냐로 예전부터 너무 많이 싸웠기 때문에⋯⋯. 그 자리에는 항상 방송국 CPchief producer가 들어가요. 3년을 준비해서 캐스팅까지 제가 다 했는데 제 이름을 넣어주지 않는 거예요. 요즘도 여전히 기획이라는 타이틀을 써요. 외국 크레디트를 다 봐도 '플래닝planning'이라는 크레디트가 있나요? 그래서 한국 드라마는 크레디트 공부를 처음부터 다시 해야 하는 것 아닌가 생각했죠. 아주 옛날부터 EP 자리에 내 이름을 꼭 넣으리라 마음먹었습니다.

그동안의 관행에 대한 일침으로 느껴집니다.

넷플릭스에 저희 프로젝트를 담당하는 수많은 분이 있어요. 그렇다고 해서 그분들이 크레디트에 들어가지는 않습니다. 그런데 한국은 방송사 관계자 이름이 드라마 초반부에 굉장히 중요한 역할로 들어갑니다. 게다가 백상예술대상만 보더라도 영화 작품상은 제작사 대표가 단독으로 받아요. 그런데 드라마는 방송사 CP가 받아요. 저는 옛날부터 이런 상황이 너무 창피했어요. 그나마 요즘은 제작사 대표랑 CP가 같이 받아요. 아직도 기억나는 게 〈개와 늑대의 시간〉 때 홈페이지 스태프 크레디트에 외주제작사 직원들의 이름이 단 한 번도 올라간 적이 없었어요. 그래서 엄청 싸웠어요. 왜 우리도 같이 일을 하는데 이름을 안 올려주냐고요. 그래서 결국 그때 홈페이지에 이름을 처음 올렸어요. 돈을 벌고 못 벌고를 떠나서 존재 자체가 부정당하는 걸 견딜 수 없었어요. 인정받지도 못하는데 굳이 이 일을 해야 할까 싶기도 했고, 그렇다고 내가 어마무시한 돈을 버는 것도 아니고.

EP 타이틀을 써야겠다고 생각한 이유는 무엇인가요?

옛날부터 크레디트 정리가 정말 중요하다고 생각했어요. 지금도 약간 강박증처럼 빠뜨린 사람 없는지 체크해요. 저 같은 일을 하는 사람들, 프로듀서도 분야가 나뉘잖아요. 저는 프로듀서들이 각자의 타이틀을 가질 수 있어야 한다고 생각해요. 그래야 저랑 똑같은 길을 걸을 사람이 계속 나올 테니까요. EP를 쓰든 CP를 쓰든 자기가 하는 일에 합당한 타이틀을 붙일 수 있는 기반을 만드는 거, 그게 그나마 제가 할 수 있는 일이라고 생각합니다.

드라마 제작의 총괄 책임자로서 EP가 갖는 중요성, 가치를 인정하는 것이 중요하다는 뜻이겠지요.

예전에 16부작, 20부작, 50부작 할 때는 작가의 역량이 굉장히 중요했잖아요. 그리고 제가 김종학 감독님과 일하던 시절에는 감독님들의 파워가 굉장히 셌어요. 그런데 최근에는 플랫폼이 다양해지면서 신인 작가들이 데뷔하는 사례가 많아졌어요. 신인 작가가 스스로 데뷔하기는 어려워요. 프로듀서가 발판을 마련해줘야 해요. 게다가 많은 감독님이 방송사에서 나오셨고요. 예전에는 감독님들이 모든 과정에 관여하셨는데 요즘에는 감독님들도 '세팅 다 됐어?' '플랫폼 편성된 거야?' 이렇게 물어보시거든요. 진짜로 프로듀서가 제작 전반을 세팅하는 시대가 된 거죠. 그러니 프로듀서들이 중요할 수밖에 없어요.

프로듀서들도 각자 잘하는 게 있어요. 아이템을 잘 보는 프로듀서가 있고, 비즈니스를 잘하는 프로듀서가 있고, 캐스팅을 아주 잘하는 프로듀서가 있는데 이 능력들이 동떨어져 있으면 안 돼요. 그러니까 이 모든 것을 총괄하는 EP가 정말 중요해요. 예를 들어 이 프로젝트는 어떤 세팅으로 가야 하는지 밑그림을 그리는 것부터 시작해야 하니까 EP의 역할이 굉장히 중요한 시기가 온 거죠.

그러면 작가, 감독 정도까지는 아니더라도 이전보다 프로듀서의 대우가 달라졌나요?

네. 예전에는 제작사 인수 사례가 별로 없었어요. 회사에 투자한다 해도 소속 감독이나 작가 들과 통으로 100편씩 계약하는 식이었죠. 그런데 이건 그 제작사에 유명 작가나 감독이 있으니까 가능했던 거였어요. 프로듀서들이 모여 있는 집단에 투자하지는 않았죠. 그런데 2019년에 CJ ENM이 인수한 본팩토리는 사실 프로듀서 집단이에요. 저희 회사도 그런 케이스고요. 2020년에 카카오가 글앤그림 제작사를 인수한 것만 보더라도 결국 프로듀서의 중요성이 인정받고 있다고 생각해요.

그렇다면 EP는 구체적으로 어떤 일을 하나요?

온갖 걸 다 해요. 아이템 뽑는 일도 하고, 작가님들 설득하러 다니고, 대본에 맞는 감독님이랑 배우들 캐스팅하러 다니고.

제작비가 100이라고 하면 그에 맞춰 어떻게든 책임지고 해내야 하기 때문에 모든 일을 다 하고 있어요.

지금 저희 회사 메인으로 활동하는 프로듀서 친구들 모두 신입 채용으로 뽑았어요. 이제 그 친구들이랑 같이 일한 지 7년 정도 됐죠. 그 친구들이 대본을 잘 만져주면 그 이후에는 그 친구들이 생각하는 바를 잘 구현할 수 있도록 기본적인 세팅을 해줘요. 그래서인지 제작 현장에서 웬만한 일이 터져도 저희 회사 프로듀서들은 보고를 안 해요. 정말로 큰일이 나면 보고합니다. 그럼 저는 그 일을 해결하러 다녀요. (웃음)

EP의 능력에 따라 제작사의 성과에 차이가 난다고 보세요?

물론이죠. 컬러도 다 정해진다고 생각해요. EP의 성향에 따라서 프로덕션들 색깔이 다 다르잖아요. 그 친구들이 만드는 작품의 컬러도 있고요.

그럼 좋은 EP가 되기 위해 갖추어야 할 자질은 무엇일까요?

EP는 가능성을 알아보는 능력이 되게 중요해요. 드라마 제작 요소 중에 한 부분이 정말 좋으면, 다른 부분을 메워줄 수 있는 사람이 누군지 알아보는 눈이 굉장히 중요합니다. 그건 EP마다 컬러가 다른 것 같아요. 저는 작가의 글을 보고 가능성과 잠재력을 파악하는 걸 중요하게 생각합니다만, 다른 EP들도 어떻게든 작가들의 재능을 파악하려고 노력하는 거잖아요. 모든 EP, 프로듀서가 다 그렇다고 생각합니다. 사실 저는 작가님을 만나면 작품 이야기는 하지 않아요. 어떻게 살았는지, 뭘 좋아하는지, 왜 좋은지, 어떤 신이 좋았는지 물어봅니다. 예를 들어 〈우리들의 블루스〉(2022)에서 어떤 장면이나 대사를 좋아하는지 물어보면 사람마다 답이 다르거든요. 성향이 보이는 거죠. 그런 얘기를 굉장히 많이 해요. 감독님들도 마찬가지죠. 작품만 알고 있을 때랑 실제로 만났을 때 다르잖아요. 만나서 얘기하다 보면 이 사람이 정말 좋아하는 게 뭔지 알게 돼요. 게다가 보통 영화든 드라마든 첫 작품은 자기 컬러대로 하지 못했을 가능성이 크잖아요. 그렇지만 거기서 어떤 가능성을 봤으니까 제가 연락을 했겠죠? 직접 만나서 이야기를 하다 보면 오히려 이런 걸 하면 정말 잘할 것 같다는 느낌이 와요. 그러면 우리 작품 중에 어떤 거랑 잘 어울리겠다 싶죠. EP는 이런 판단이 굉장히 중요합니다. 프로듀서의 기본적인 자질 같아요. 잘 골라내고 잘 결합하는 것. 〈인간수업〉도 그런 경우예요. 김진민 감독님이랑 같이 일한 적이 있었기 때문에 감독님의 스타일을 잘 알고 있었죠. 사실 〈인간수업〉 대본을 텔레비전 드라마 하는 사람들한테 주면 하겠다는 사람이 별로 없을 거예요. 그런데 김진민 감독님은 일단 도전 의식이 확실하고, 배우의 연기를 끌어내는 힘이 굉장히 좋으세요. 그리고 작가의 의견도 잘 존중해주세요. 그래서 이 작품을 맡기면 잘하시리라 생각했죠.

주로 어떤 이야기를 찾으시나요?

인물들의 감정이 이해되면 좋습니다. 어떤 이야기를 특별히 찾지는 않아요. 그런데 요즘 계속 느끼는 것은 '아, 내가 10대 청소년물을 정말 좋아하는구나'예요. 그리고 여성 심리 서사를 다룬 이야기도 아주 좋아해요. 그런 면에서 〈글리치〉도 여성 투톱 드라마잖아요. 외국에도 여성들을 주인공으로 한 드라마가 별로 없잖아요. 최근에 많이 나오고 있기는 하지만, 한국에서는 여전히 보기 힘든 것 같아요.

흔히 촉이라고 하죠. 원작이 있는 작품을 고를 때 내가 반드시 해야겠다는 느낌이 오나요?

그렇죠. 하고 싶은 이야기가 있어서 레퍼런스를 찾다 보면 비슷한 게 걸려요. 예를 들어 저희가 제작한 〈빌린 몸〉은 원작인 웹툰이 유명한 작품이 아니었어요. 이 드라마의 기본 설정이 남녀 체인지예요. 원작에서는 남녀가 몸이 바뀌기만 해요. 그런데 제가 그전에 학원물에서, 대나무 숲에 아이들이 던지는 수많은 이야기를 봤기 때문에 이 스토리라인에 저 설정을 결합하면 좋겠다고 생각하던 차에 원작을 보게 된 거죠. 그래서 이 작품의 판권을 사서 결합해보자고 하게 됐죠. 최근에는 〈화홍〉이 그랬어요. 제가 사극 드라마를 정말 많이 했잖아요. 그래서 죽어도 안하겠다고 마음먹고 있었죠. 그래도 만약 딱 하나 한다고 하면, 좀 센 거, 지금까지 안 해봤던 거 해야겠다고 생각만 하고 있었어요. 외국 시대물이 그렇잖아요. 표현 수위가 높고, 정치판 얘기에, 고급지면서 엄청 격렬합니다. 그런데 우리는 그런 걸 하지 못했어요. 그러다 어느 날 웹툰 리스트를 봤는데 거기 〈화홍〉이 딱 있는 거예요. 그전에 직원들한테 제 아이디어랑 비슷한 웹툰이나 웹소설 없냐고 물어봤을 때 〈화홍〉은 너무나도 유명해서 이미 팔렸다고 했거든요. 그런데 판권이 풀려서 다시 돌아왔던 거예요. 그래서 바로 샀죠.

EP로서 원고를 보는 기준은 무엇인가요?

무조건 감정이에요. 사람 캐릭터. 저는 캐릭터의 감정선이 이해가 안 되는 신을 되게 싫어해요. 그래서 주변 사람들에게 "얘가 왜 갑자기 이래?" "이게 무슨 의미인 거야?" 물어봐요. 혹시라도 내가 이 캐릭터를 잘못 이해하고 있냐고 물어봅니다. 구성은 프로듀서가 도와줄 수 있어요. "엔딩을 여기서 끊자" "여기서 반전이 없으니까 이 정도 흐름은 절대 안 돼" "2부까지 썼지만 반은 날리자" 같은 얘기는 해줄 수 있는데 캐릭터는 어떻게 해줄 수가 없어요. 그건 정말 작가가 해야 하는 일이거든요. 그래서 저는 무조건 캐릭터가 살아있는지 봐요.

기획 개발 시스템 얘기를 안 할 수 없는데요, 신인 프로듀서를 선호하는 것 같은데 특별한 이유가 있나요?

사실 저희 회사에서 제가 제일 나이 들었잖아요. 그래서 새로운 걸 하고 싶다고 말은 하지만 드라마는 원래 이래야 한다면서 스스로를 가두어놓고 있더라고요. 게다가 제가 아무리 많이 본다고 해도 저희 회사 친구들처럼 많이 볼 수는 없거든요. 본다고 해도 좀 유명한 거 봤을 거고, 숙제처럼 봤을 텐데 그 친구들은 이 일이 좋아서 별의별 걸 다 봤잖아요. 그러니까 결국 저한 테는 새로운 자극이 제일 필요한 것 같아요. 제가 편하게 일하려 면 경력이 많은 사람이 좋겠지만, 그럼 '고인물'만 남게 되겠죠. 그러면 새로운 작품을 할 수 없을 것 같아요. 그리고 저한테 전혀 자극이 되지 않겠죠. 제가 말한 대로만 할 것 같으면.

신인 프로듀서뿐만 아니라 신인 작가와도 일을 많이 하시 잖아요. 신인 작가는 아이디어가 신선한 반면, 대본의 완성 도나 기복과 편차가 심할 것 같은데 이 문제는 어떻게 해 결해나가나요?

그 점이 제일 힘들어요. 〈개와 늑대의 시간〉 한지훈 작가 님도 그랬고, 〈9회말 2아웃〉 여지나 작가님도 그랬고. 신scene별 로 얘기를 많이 해요. 요즘도 아우트라인을 짤 때는 작가님들이 랑 거의 붙어 있어요. 어쨌거나 회의를 많이 해요.

작가와 커뮤니케이션 하는 일이 어렵지는 않나요?

함께 작업하기 위해서는 서로 친해지는 기간이 필요합니 다. 개인적인 이야기나 생각을 많이 공유해야 하니까요. 우리가 똑같은 단어를 써도 같은 어감으로 받아들이지 않잖아요. 제가 프로듀서들에게도 항상 얘기하는 게 작품의 문제점부터 절대로 지적하지 말라는 거예요. 뭐가 좋은지 그리고 어느 지점이 좋은 지 얘기할 때 통하는 부분이 있잖아요. 그걸 먼저 얘기하게 하고 아쉬운 점들은 그다음에 하라고 합니다. 신인이든 잘나가든 똑

같아요. 제가 봤을 때 정말 재능 있고 잘 쓰는데도 작가로서의 자존감이 떨어진 분들이 많이 계세요. 원고 피드백 같이 일 얘기만 하는 건 제가 해야 하는 일이라서 괜찮은데 심한 감정 기복을 받아줘야 할 때 되게 힘들어요. 그러니까 약간 엄마 같은 거죠. 그러다 어느 날 문득 내가 이런 걸 다 할 수 있다고 생각하는 것도 너무 오만하다 싶은 거예요. 그래서 전문적으로 심리상담하는 분들과 연결해줬어요. 작가들한테 전화번호를 주면서 알아서 가라고, 그 대신에 비용은 내가 월마다 결제해주겠다고. 그전에는 밥도 같이 먹고 술도 같이 먹으면서 너 잘할 수 있어 이랬는데 이게 무슨 의미가 있을까 내가 전문가도 아닌데 도움이 되나 싶었죠.

직종을 불문하고 창작의 고통은 예나 지금이나 같은 무게로 존재하는 것 같다. 작가들은 못 쓸까 불안해하고, 프로듀서는 어떻게든 그들을 독려해야 한다. EP는 이 사람과 함께 일하면 잘될 것 같은 믿음을 주는 것이 중요하다. 그런 점에서 30년 가까이 산전수전 다 겪은 베테랑 EP 윤신애 대표는 확실히 장점이 많은 셈이다.

다른 작품 이야기를 해보죠. 이번에도 넷플릭스 시리즈입니다. 〈글리치〉는 어떤 드라마인가요?

〈인간수업〉을 썼던 진한새 작가님의 작품이고, 연출은 노덕 감독님이 맡았습니다. 여자 심리에 관한 이야기라서 노 감독님을 선택했죠. 여자의 디테일한 감정이 살아야 해서. 드라마 이야기는 딱 넷플릭스가 공개한 것만큼 할 수 있어요.

윤신애 대표는 말을 아꼈다. 넷플릭스와의 계약 때문에 어쩔 수 없다고 했다. 〈글리치〉는 정체불명의 불빛과 함께 사라진 남자친구의 행방을 쫓던 주인공이 UFO 커뮤니티 회원들의 도움을 받아 미스터리한 비밀의 실체에 다가서는 이야기다.

보통 작품을 공개하기 전에 기분은 어떤가요?

글로벌시장은 모르겠고, 한국 시청자들이 이 이야기를 어떻게 받아들일지 궁금해요. 〈인간수업〉은 정말 뭣도 모르고 제작할 때여서 정신없었거든요. 론칭할 때 이거 어떡하지 막 이랬어요. 그런데 〈글리치〉는 독특한 이야기여서 사람들이 어떻게 받아들일지, 뭐라고 할지 되게 궁금해요.

흥행을 예상하나요?

흥행이요? 모르겠어요. 저는 재밌거든요. 분명한 건 2022년 한 해 동안 넷플릭스가 론칭하는 모든 아이템을 통틀어 우리 것만 컬러가 다를 거라는 거? 이 점이 장점이 될 수도 있고 단점이 될 수도 있죠.

〈글리치〉는 2022년 10월 7일 넷플릭스에 공개되었다. 빅히트는 아니지만, 독특한 서사와 스타일로 좋은 반응을 얻었다. 특히 한국 드라마의 다양성을 확장했다는 평가를 받았다.

살면서 그 정도의 에너지와 정성을 쏟았으면 다른 일을 해도 잘할 수 있고 성과를 낼 수 있었을 것 같습니다. 크게 수익이 나지 않고 돈을 잘 버는 것도 아닌데 굳이 드라마를 하는 이유는 무엇인가요?

그러게요. (한숨) 어쩌다 이 일을……. 저는 드라마를 할 생각이 조금도 없었어요. 어릴 적 꿈도 아니었는데 지금 이 일을 하고 있잖아요. 제가 저희 팀한테 얘기하는 게 있어요. "지금 이 일, 너무 좋은 직업 아니니?" 상상만 하면 다 되잖아요. 설비를 구축하거나 땅을 사야 되는 게 아니니까. 어떤 책을 봤을 때 이런 얘기하면 되게 좋겠다고, 설득만 잘하면 할 수 있죠. 이런 직업이 없잖아요. 100퍼센트는 아니더라도 상상하는 대로 뭔가를 만들 수 있는 일 자체가 진짜 좋습니다. 게다가 드라마는 많은 사람한테 영향을 주죠. 보는 순간 기쁘게 만들 수 있으니까요.

선배 제작자도 있지만, 드라마계에 머문 시간을 생각한다면 고참입니다. 한국 드라마의 영화로운 시절을 보았고, 힘든 시기도 지나왔습니다. 어떤가요? 세계 시청자들이 한국 드라마를 좋아하고, 제작 규모가 커지는 모습을 보면 자부심이나 보람이 느껴질 것도 같은데요.

그럼요. 많이 느낍니다. 우리가 잘했다. 이런 것도 있지만 사실은 봉준호 감독님이나 BTS 같은 분들이 해놓은 것 위에 또 조금씩 쌓이면서 이렇게 된 거잖아요. 그러니까 저는 이쪽 분야에서 일하고 있는 모든 사람의 노력과 지금까지 해왔던 것들에 많이 감사해야 된다고 생각해요. 너무 좋죠. 진짜.

2021년과 2022년에 많은 작품이 나왔는데 전반적으로 어떻게 보나요? 한국 드라마, 문제점은 없나요? 만약 위기가 온다면 그 이유는 무엇 때문일까요?

제가 우리 PD들한테 계속 얘기해요. 잘되는 게 최대 2년일 수도 있다고. 코로나19 때 영화는 제작을 멈췄잖아요. 그런데 시리즈를 계속 촬영했던 곳은 거의 우리나라밖에 없어요. 공급하는 데가 우리밖에 없으니까 기회가 온 걸 수도 있는데 코로나19가 종식되면서 다른 나라 사람들도 촬영을 재개했잖아요. 가령 스페인은 상대적으로 제작비가 되게 저렴하거든요. 깜짝 놀랐어요. 그리고 넷플릭스가 〈종이의 집〉 할 때 스페인에 스튜디오를 다 만들었어요. 게다가 넷플릭스가 영국에 크리에이티브 아카데미뿐만 아니라 콘텐츠 제작 산업 관련 트레이닝 프로그램에도 투자했다고 하더라고요. 언어 면에서도 그쪽이 유리하잖아요. 그런데다 제작비도 저렴해요. 배우 개런티도 톱과 신인 간의 격차가 크지 않아요. 그 반면에 우리는 제작비가 너무 많이 올랐거든요. 그런 면에서 우리가 정말 경쟁력이 있을지 좀 걱정돼요.

윤신애 대표는 한국 드라마 산업의 거품을 우려했다. 국내외 OTT 플랫폼이 한꺼번에 쏟아부은 자본의 풍요로움이 과연 얼마나 지속될 수 있을 것인가? 계속 오르는 집필료, 주연배우들의 출연료, 스태프 인건비는 제작비 인상의 직접적 요인이고, 그동안 뛰어난 가성비를 무기로 경쟁우위를 누려온 한국 드라마가 경쟁력을 잃을 수 있다는 것. 단군 이래 최고의 호황이라는 한국 드라마 산업을 바라보는 베테랑 프로듀서의 시선은 냉정하고 차분했다.

EP로서 추구하는 가치는 무엇인가요? 스튜디오329가 만드는 드라마가 가고자 하는 방향이 있나요?

어떻게든 새로운 시도를 했으면 좋겠어요. 중요한 것은 새로우면서도 캐릭터들이 진짜 사람다웠으면 좋겠습니다. 어떤 이야기를 전달하기 위해 만든 특별한 캐릭터가 아니라 우리가 살아가면서 볼 법한 사람의 이야기를 제대로 전달할 수 있으면 좋겠어요. 그러니 캐릭터가 중요해질 수밖에 없겠죠. 캐릭터가 얼마나 잘 살아 있는지, 그리고 처음에 우리가 생각했던 캐릭터가 끝까지 흔들리지 않고 가고 있는지 그게 제일 중요합니다.

김종학프로덕션의 창립 멤버인 윤신애 EP가 〈모래시계〉 송지나 작가의 아들이 쓴 대본을 들고 넷플릭스 오리지널 〈인간수업〉을 제작한 일은 그저 우연이었을까?

'음수사원飮水思源'이라는 말을 떠올려본다. 오늘날 한국 드라마가 누리는 영화는 오랜 세월 한 우물을 파 내려간 수많은 사람의 피와 땀과 눈물이 이룬 결실일 것이다. 아직 아무도 움직이지 않았을 때 온라인 스트리밍 시대가 올 것을 내다보고 콘텐츠를 준비한 사람, 신진 PD와 작가를 이끌고 새 이야기를 찾아 콘텐츠로 만들어내는 드라마 설계자, 윤신애는 EP다. 드라마한 편을 처음부터 끝까지 책임지는 프로듀서이기에 어깨가 무거워 보였지만, 두 시간 인터뷰 내내 그의 목소리는 세상이 주목하는 콘텐츠를 내놓는 자의 자부심으로 충만했다. 〈글리치〉에 이어 2023년 하반기 스튜디오329는 웹툰 원작 드라마 〈웨딩 임파서블〉을 준비하고 있다. 또 어떤 새로움을 보여줄지 궁금하다.

> **"**
> 최고의 권모술수는
> 솔직한 거야.
> 솔직한 것 이상의
> 술수는 없어.
> **"**

SBS 드라마 〈대망〉 중에서

엔터미디어픽쳐스 대표

# 이 동 훈

〈시티헌터〉 〈슈츠〉 〈파친코〉 〈The Good Doctor〉 등 제작

# 한드와 미드를 잇는 다리

이동훈Sebastian Donghun Lee은 재미在美 한인 프로듀서다. 애플티비플러스 시리즈 〈파친코〉(2022)의 CO-EP, KBS 드라마 〈굿 닥터〉(2013) 리메이크작 미국 ABC 시리즈 〈The Good Doctor〉에서 EP를 맡아 왕성하게 활동하고 있다. 그 이전에 〈시티헌터〉(2011) 〈슈츠〉(2018) 등 한국 드라마를 제작했고, 한국영화프로듀서조합의 국제위원을 맡기도 했다.

〈오징어 게임〉 〈지옥〉 〈지금 우리 학교는〉 같은 히트작이 출현해 세계를 놀라게 하기 훨씬 전부터 그는 할리우드에 한국 드라마의 가능성, 잠재력을 알리기 위해 꾸준히 노력했다. 2014년부터 〈굿 닥터〉는 물론 〈별에서 온 그대〉(2013~2014)를 비롯해 여러 작품의 미국 드라마 리메이크를 시도했는데, 내가 한국콘텐츠진흥원 미국사무소장으로 부임해 로스앤젤레스에서 '맨땅에 헤딩하던' 2013년에 이동훈 프로듀서 역시 회사를 만들어 막 일을 시작했다. 여기 한 사람을 더하자면 유건식 전前 KBS 아메리카 사장(현 KBS 국장)까지. 우리는 아무도 관심 갖지 않았을 때(솔직히 코웃음 칠 때) 할리우드를 향해 "모두 주목! 여기 한국 드라마가 있소"라고 외쳤다. 그렇게 큰소리친 코리안 돈키 호테 셋이 당시 로스앤젤레스에 있었다. 의기투합, 야심만만했으나 돌아보니 그때 우리는 마음이 참 가난했다. 이동훈 EP가 미국에 회사를 세운 지 10년 만에 큰 성공을 거두었으나 할리우드는 여전히 강고한 성이다. 최근 다양성을 강조하고 있지만, 여전히 백인 남성이 주류를 이루고 있다. 이곳에서 아시아계 프로듀서로 생존한다는 것은 결코 만만한 일이 아니다.

2022년 4월, 이동훈 EP가 준비 중인 프로젝트 협의차 서울에 왔다. 한 달 간 바쁜 출장 일정을 마치고 미국으로 돌아가기 전에 그를 만났다. 마침 드라마 〈파친코〉 시즌 1 마지막 편 방영이 끝났고, 한 달 전인 3월 말에는 〈The Good Doctor〉 시즌 6 제작 발표가 있었다. 그래서일까. 그의 얼굴이 밝아 보였고, 목소리에서는 홀가분함과 기대감이 느껴졌다.

〈파친코〉 이야기를 하지 않을 수 없는데요, 반응이 무척 뜨겁습니다.

미국에서는 잘될 것 같다고 생각했어요. 다른 나라에서도 반응이 괜찮을 것 같다고 예상했는데 한국은 전혀 모르겠더라고요. 저도 한국 사람이지만 미드로 보는 한국 사람 이야기는 약간 다른 느낌이거든요. 그 낯선 느낌을 과연 한국 시청자들이 좋아할지 아니면 이상하다고 할지 확신이 정말 없었어요.

〈파친코〉의 어떤 점이 글로벌 시청자들의 마음을 움직였다고 보세요?

이민자 이야기잖아요. 한국에서 디아스포라는 소수의 스토리라고 여기죠. 하지만 이 이야기를 밖으로 가져가면 다릅니다. 전 세계에 이민자의 삶을 살아온 사람들이 많고, 특히 미국은 이민자의 나라잖아요. 선자와 선자 가족들이 겪은 일들을 보면서 부모님이나 조부모님께 들었던 이야기를 떠올리며 공감하는 거죠. 선자가 일본으로 떠나기 전에 선자의 어머니가 쌀을 구해와서 밥해 먹이는 장면은 한국 사람뿐만 아니라 다른 나라 사람들도 그 정서를 이해하더라고요.

이 드라마는 만든 사람들의 애착이 강하게 느껴집니다. 식민지 한국의 수난사, 이민자의 슬픔, 부모 세대의 이야기를 우리 손으로 꼭 제작해야겠다는 생각이 있었나요?

처음부터 공감대가 뜨거웠습니다. 원작을 읽고 나서 이

작품의 EP 테레사Theresa Kang-Lowe가 수 휴Soo Hugh를 만났어요. 한국 이름으로는 허수진인데 쇼 러너show runner 겸 작가입니다. 톱 레벨이죠. 사실, 할리우드 한인 TV 작가 가운데 이 정도 쇼러닝을 할 수 있는 사람은 한두 명밖에 없어요. 테레사가 수 휴에게 『파친코』 소설책을 주면서 "네가 이 작품을 꼭 해야 해. 만약 네가 안 하면 우리는 10년을 기다려야 해. 너 같은 사람이 나올 때까지"라면서 설득했어요. 그래서 수 휴가 엄청나게 고민한 끝에 같이 하기로 했죠. 함께 스토리를 만들고 공부하면서 한국 역사를 깊이 알게 됐고, 애정을 더 많이 갖게 된 거죠.

　　미국에서는 한일 간 역사, 특히 일제강점기 역사를 모르는 사람이 대부분이에요. 90퍼센트가 모른다고 보면 돼요. 그리고 미국 사람들은 일반적으로 일본인이 피해자라고 인식하는 경향이 있어요. 제2차 세계대전 때 일본 본토에 원자폭탄을 투하한 일도 그렇고, 미국 내 일본인을 캘리포니아캠프에 강제수용해서 차별하고 억압한 일로. 그런데 이 작품으로 일본이 가해자였다는 것을 처음 알게 된 겁니다. 〈The Good Doctor〉 출연진 중에 피오나라는 배우가 있어요. 이 친구가 전화로 자신은 이런 역사를 전혀 모르고 있었다고, 뭔가 새로 눈을 뜨게 해줘서 고맙다고 계속 말해요. 이런 말을 들으면 보람차죠. 그리고 교포 친구들 연락도 많이 받았어요. 주말에 엄마, 아빠가 VHS 비디오테이프*로 한국 프로그램 볼 때

★ 미국 한인 슈퍼마켓에서 한국 프로그램을 VHS 비디오테이프에 녹화해 대여해주었는데 주말 동안 시리즈 전체를 빌려서 보는 게 일반적이었다. 2010년대 중반까지 로스앤젤레스 한인 마트에서 이런 광경을 쉽게 찾아볼 수 있었다.

어렸던 친구들이 이제 30대, 40대, 50대가 됐는데 부모님과 같이 볼 수 있는 드라마가 처음으로 나왔다고 얘기해줬을 때 벅차고 뿌듯했죠. 주말에 온 가족이 〈파친코〉를 함께 보려고 부모님 댁에 간다는 말을 들었을 때 이 작품에 참여하기를 잘했다고 생각했습니다.

〈파친코〉 크레디트에 CO-EP 타이틀을 올렸는데, 구체적으로 어떤 일을 하셨나요?

저희의 가장 중요한 미션이 한국 스태프들과 해외 제작진 간의 융화였어요. 제작 시스템 자체가 다르기 때문에 자칫 오해가 생길 수도 있거든요. 'HOD head of department'라고 제작을 이끄는 촬영감독님, 미술감독님 이런 분들이 다 미국, 캐나다에서 한국으로 넘어왔고, 나머지는 한국 분들이었습니다. 그래서 이분들을 잘 융합시키는 작업이 첫 번째였어요. 촬영 들어가기 전에는 캐스팅에 많이 관여했습니다. 배우 오디션 시스템도 미국과 다른 점들이 있잖아요. 이런 부분에서 도움을 드렸습니다. 당황하시지 않도록. 그리고 한홍구 선생님, 심용환 선생님 등 역사자문을 맡아주실 분들이랑 황석희 번역가님도 섭외하고, 부산과 제주 사투리 고증에도 상당한 공을 들여서 적합한 선생님을 찾아야 했어요. 게다가 일본말도 오사카 사투리, 도쿄 표준어를 봐줄 수 있는 코치가 필요했어요. 촬영 현장에서는 미술 파트 조언을 했습니다. 미술감독님이 미국 분인데 실력 있고, 사전조사를 많이 하셨지만 소품처럼 디테일한 부분, 그리고 한글로 된 내용

한드와 미드를 잇는 다리

이 잘됐는지 확인하는 것은 어렵잖아요. 옥에 티가 될 수 있는 부분들을 현장에서 체크했습니다.

미국 드라마에 참여한 게 〈파친코〉가 처음은 아닙니다. 이번에는 〈The Good Doctor〉 얘기를 해보죠. 시즌 6 제작기로 결정된 거죠?

네, 3월 31일 발표했습니다. 사실 시즌 5까지 가는 작품들은 몇 개 없어요. 5년이나 8년에 한 편 정도 나와요. 보통 미국에서 1년에 제작되는 드라마가 460편 정도인데 5년에 한 편 그런 드라마가 나오는 거니까 2천 3백 편 중에서 한 작품만 시즌 5까지 갈 수 있죠. 그래서 많은 분이 축하해주셨는데 처음에는 데이비드 쇼어David Shore*가 톱 작가니까, 〈House〉를 했던 작가니까 모든 걸 다 쉽게 했을 거라고 생각하지만 사실 모든 단계가 똑같거든요. 신인 작가든 유명 작가든 똑같아요. 한국은 톱 레벨 작가면 편성받기 쉽잖아요. 미국은 그런 게 전혀 없어요. 대본 주문 단계 가야 하고, 대본이 통과되면 파일럿 찍어야 하고, 파일럿이 통과돼야 편성받는 거고, 편성받았는데 방영하다가 시청률이 안 나오면 아무리 톱 작가 작품이라도 바로 캔슬되는 게 미국의 아주 냉정한 지상파 방송 실정이거든요. 그 안에서 〈The Good Doctor〉가 시즌 6 오더를 받았다는 건 정말로…….

★ 캐나다 출신의 미국 TV 작가이자 프로듀서로, FOX 의학 드라마 〈House〉(2004-2012) 시리즈에서 작가 겸 EP를 맡아 할리우드 정상급 작가로 입지를 굳혔다.

2023년 4월 19일, 미 ABC는 〈The Good Doctor〉 시즌 7 제작을 발표했다. 〈The Good Doctor〉는 미국 지상파 텔레비전 월요일 밤 10시 시간대 프로그램 중 시청률 부동의 1위를 지키는 인기 드라마로 자리 잡았을 뿐 아니라, 변호사를 주인공으로 하는 스핀오프 〈The Good Lawyer〉 제작이 논의될 만큼 큰 성공을 거둔 작품으로 남게 되었다.

시즌 1은 원작 〈굿 닥터〉와 스토리가 많이 비슷하던데 특별한 이유가 있나요?

시즌 1 첫 번째 에피소드가 원작의 1부와 90퍼센트 이상 같았는데, 저는 이게 원작을 존중한 거라고 생각해요. 사실 많은 반대가 있었거든요. 원작은 기존 미국 의학 드라마의 스탠더드를 완전히 깨는 구성이에요. 의학 드라마라면 무조건 병원이 먼저 나와야 되고, 그다음 플래시백으로 과거를 보여줄 수 있지만 처음부터 주인공의 여정을 따라가는 방식은 미국 의학 드라마 문법에서 벗어나는 거예요. 그러다 보니까 스튜디오에서 우려를 표명했고, 당연히 방송사에서도 걱정했죠. 그런데 데이비드 쇼어가 정말 좋은 작품이고 플롯이 기존 미국 의학 드라마와 다르더라도 고치고 싶지 않다고 해서 파일럿이 탄생할 수 있었어요.

〈굿 닥터〉〈별에서 온 그대〉를 미국에서 리메이크해야겠다고 생각한 이유가 궁금합니다. 너무 무모한 일 아니었나요?

100퍼센트 무모함이 있었죠. 왜냐면 그때까지 한국영화

몇 편만 미국에서 리메이크됐거든요. 〈올드보이〉(2003)와 〈시월
애〉(2000)가 리메이크됐지만 성공하지는 못했어요. 그래서 제가
한번 시도해보고 싶었어요. 한국 작가와 미국 작가를 연결하면,
'한국 드라마가 가진 오리지널리티, 원작 작가가 지키고 싶었던
부분을 놓치지 않으면서 리메이크할 수 있지 않을까?' 하는 생각
이 들었죠. 2013년 12월에 〈별에서 온 그대〉를 처음 봤는데 그
때 4회까지 방송됐을 때였어요. 이 작품을 미국에서 만들어야겠
다 싶어서 한국에 갔을 때 제작사인 HB엔터테인먼트의 문보미
대표님을 만나 말씀드렸죠. 문 대표님이 나중에 말씀하시길, 사
실 가능성이 거의 없다고 생각하셨대요. '해봐라, 그냥' 심정으
로. 미드를 한국으로 가져오는 건 이해가 됐는데 반대의 경우는
좀……. '정말 꿈을 꾸는 친구구나' '열정만 가득하다'고 생각하
셨다고. (웃음) 〈굿 닥터〉는 KBS 드라마본

부 유건식 프로듀서가 미국에서 피칭*했     ★ 2013년 11월, 로스앤젤레스
는데 이 작품은 꼭 될 것 같다는 느낌이 들       코리아센터에서 열린 제1회
었어요. 제가 그 피칭을 보자마자 에피소       K-Story in America에서
드를 다 찾아서 봤어요. 매회마다 울면서       진행되었다. 한국콘텐츠진흥
봤는데 제가 느꼈던 감정을 미국의 시청자       원이 주최했고, 한국 원작을
들도 느낄 거라는 믿음이 있었어요.       할리우드 전문가들에게 소개
                                       하는 행사였다.

촉이 왔군요. (웃음)
     또 하나 그 당시 미국 드라마는 안티히어로물, 어두운 작품
이 많았어요. 〈브레이킹 배드〉(2008~2013) 〈덱스터〉(2006~2013)

같은 콘텐츠가 인기 가도를 달리고 있었죠. 그러다 보니 모든 방송국에서 그런 작품만 찾았어요. 〈워킹 데드〉(2010~2022) 시리즈는 워낙 잘나가고 있었고요. AMC 채널은 케이블인 데도 〈워킹 데드〉 덕분에 지상파 TV 시청률 다 깨고 있었으니까. 그런데 제가 어렸을 때 봤던 미국 드라마는 달랐어요. 1980년대 〈초원의 집〉〈뿌리〉〈두 얼굴의 사나이〉〈천사 조나단〉 같은 작품들은 되게 따뜻하고 가족들을 생각하는 착한 이야기인데 어느 순간 다 사라지고 어두운 장르들만 남은 거예요. 미국 사람들이 착한 이야기를 사랑한 적이 있기 때문에 분명히 〈굿 닥터〉도 사랑해줄 거라는 믿음이 있었어요. 그리고 〈별에서 온 그대〉는 완전 클래식한 러브스토리잖아요. 어떻게 보면 영화 〈E.T.〉(1982)나 〈스타맨〉(1984)을 믹스한 것 같은 느낌이어서 충분히 가능성 있다고 생각했죠. 그래서 도전이 시작됐던 거죠. 그해에.

과정을 좀더 자세히 설명해주시죠.

2014년 여름, 처음으로 두 작품을 피칭했어요. 〈별에서 온 그대〉는 ABC에 피칭했고, 〈굿 닥터〉는 CBS에 피칭했어요. 제 인생 첫 피칭이었고, 작가님들이랑 같이 갔는데 둘 다 팔린 거예요. 〈굿 닥터〉는 CBS 사장님이 제 이야기를 듣고 그 자리에서 사겠다고 했고, ABC는 다음 날 전화로 〈별에서 온 그대〉 구매 의사를 밝혔어요. 처음으로 피칭한 작품들이 바로 팔렸으니 그때 제 마음이 어땠겠어요. 거만하기 짝이 없었죠. 내가 생각한 대로 다 된다고 모두 흥분해서 파티하고 우리끼리 막 너무 신나 했는데 그다음 단계가 그렇게 많은 줄 몰랐죠.

피칭 시스템으로 불리는 미국 지상파 TV의 새로운 시즌 드라마 픽업 과정은 멀고 험하다. 대표적인 지상파 네트워크 ABC, CBS, NBC, FOX, CW가 매해 7월~9월 사이에 400편 정도 아이템 피칭을 받고, 방송사마다 70편 안팎의 아이템을 선택해 스크립트 오더(대본 주문)를 한다. 그리고 그해 12월 말까지 받은 스크립트 중에서 10편 이내의 파일럿 오더(보통 첫 번째 에피소드 제작 주문)를 한다. 파일럿 오더를 받은 제작사는 이듬해 1월부터 4월까지 촬영과 편집을 해서 방송사에 납품한다. 방송사들은 5월 첫 주, 뉴욕에서 열리는 업프런트 행사에서 광고주에게 이 파일럿을 선보이고, 미국 내 광고 선판매를 진행한다. 그런 다음 5월 중순 로스앤젤레스에서 전 세계 미드 바이어를 초청해 날마다 돌아가면서 가을 시즌 새로운 라인업 후보작들을 마케팅하는 'LA Screenings'가 열린다. 방송사들은 국내 광고, 해외 선판매에서 좋은 반응을 받은 프로젝트만 골라 본편 시리즈 제작 주문을 한다. 그러니까 이동훈 프로듀서는 ABC, CBS에서 스크립트 오더를 받았던 것이다.

대본을 써서 제출했는데 2015년 1월에 떨어졌어요. 파일럿 오더까지 못 갔죠. 그리고 더 이상의 기회가 없었어요. 그때부터 엄청난 '멘붕'에 빠졌어요. 다른 작품을 준비해서 피칭해도 안 되고 또 안 됐어요.

그 후로 2년간 이동훈 프로듀서는 할리우드의 높은 벽, 냉엄한 현실을 뼈저리게 느꼈다고 했다. 그러나 포기하지 않고 여러 작품의 리메이크를 꾸준히 시도했다. 그 사이 스트리밍 서비스 비키의 오리지널 시리즈 〈드라마 월드〉를 제작하면서 기회가 오기를 기다렸고, 마침내 행운이 찾아왔다.

그런데 어떻게 〈The Good Doctor〉 프로젝트가 다시 살아난 거죠?

2016년, 데이비드 쇼어 작가가 우연한 기회에 제 에이전트 사무실에 온 적이 있는데, 테레사Theresa Kang-Lowe라는 친구한테 좋은 작품이 있으면 제안 좀 해달라고 한 거예요. 테레사가 "네 친구 서배스천이 지금 〈The Good Doctor〉 준비하고 있잖아"라고 했더니, 쇼어가 메디컬 쇼는 그만한다고 했죠. 왜냐면 그 작가가 〈House〉를 시즌 8까지 했으니까 더 이상 할 얘기가 없다고 생각했을 거예요. 그걸 알아서 저희도 쇼어한테 말을 꺼내지 않았거든요. 그런데 테레사가 쇼어를 만난 뒤에 저한테 쇼어한테 얘기해놓았으니 푸시해보라는 거예요. 그래서 쇼어에게 메일을 보냈죠. 첫 번째 에피소드 영상 첨부해서. 내가 정말 사랑하는 작품인데 한 번 봐달라고. 다음 날 "엄청난 작품이군. 나 관심 있어This is a remarkable show. I am now just interested in"라고 답장이 와서 바로 전화했죠. 며칠 뒤에 만났는데 자기가 직접 대본을 쓰고 싶다고 해서 깜짝 놀랐습니다.

한드와 미드를 잇는 다리

데이비드 쇼어 작가의 힘이 컸군요?

그럼에도 과정이 쉽지는 않았어요. 하지만 확실히 큰 도움이 되기는 했어요. 피칭하는 자리에 네트워크 사장님들이 전부 참석했거든요. FOX 사장님은 헬기를 타고 왔어요. ABC, FOX, NBC, 그리고 넷플릭스까지 다 사겠다고 했어요. 그중에서 조건이 가장 좋았던 곳은 ABC였고요. 그 이후는 대본을 쓰고 수정하는 과정의 연속이었어요. '스토리 에이리어story area' 써야 되고, 그다음에는 '스토리 아우트라인story outline'이라고 해서 대사를 제외하고 모든 요소를 다 씁니다. 지문까지. 다음은 대본 단계인데, 이 단계를 거쳐도 '노트콜note call'이라고 해서 고쳤으면 하는 것이나 의문점 등을 계속 소통하면서 수정해나가요. 스튜디오 노트콜은 스튜디오랑 하는 건데, 이걸 통과하면 방송사와 네트워크 노트콜이라는 걸 해요. 방송사, 스튜디오와 끊임없이 얘기하면서 대본을 쓰는 거예요.

그 과정에서 마음고생이 많았겠네요. 또 다른 어려움은 없었나요?

힘들었어요. '과연 내가 가고 있는 길이 맞나?' 싶었죠. 한국에서 해왔던 것을 다 버리고 이거 하나 바라보고 가족과 미국에 온 거잖아요. 그런데 계속 실패하고……. (한숨) 그 과정에서 제 삶을 지탱해준 힘은 당연히 가족들이었고요. 그리고 함께해준 동료들이 있었죠. 그러니까 김일중 소장님, 유건식 사장님도 마찬가지고. 제가 매년 한국방송작가협회 연수 프로그램을 맡아서 했어요. 한국 작가님들 교육을 미국작가협회에서 진행했는데, 제가 프로그램을 만들고 강사 섭외하는 일을 7년 동안 했거든요. 그 일이 어느 정도 또 저를 지탱해줬어요. 작가님들이 창작 욕구를 다시 불러일으켜주고 저한테 용기도 막 불어넣어주시고. 그런 게 없었다면 아마 진작 포기했을 거예요. 너무 개인적인 얘기라 구체적으로는 말씀드리기 어려운데 〈우리들의 블루스〉에서 차승원 배우의 모습이었다고 생각하시면 될 것 같아요. 친구에게 돈 빌려달라는 문자를 썼다 지웠다 썼다 지웠다 하고, 거울을 보면서 연습하는 그 모습이 똑같지는 않겠지만 거의 비슷한 마음으로 다가왔어요. 그 장면 보면서 많이 울었습니다. 옛날 생각들이 떠올라서.

요즘은 어떤가요? 10년 전과 비교했을 때 한국 드라마에 대한 분위기가 많이 바뀌었을 것 같은데요.

한국 드라마 하면 무조건 사는 분위기예요. 한국이 배경이고, 한국 배우가 출연한다는 얘기만 나와도 일단 다들 귀를 쫑긋 세워요. 4~5년 전만 해도 한국어가 50퍼센트, 60퍼센트고 영어가 30퍼센트, 40퍼센트이거나 50 대 50이어도 그 작품을 선택할 가능성은 거의 제로였거든요. 그런데 지금은 그런 작품들을 다 꺼내는 거예요. 왜냐면 〈파친코〉가 한국어랑 일본어가 대부분인데도 잘됐잖아요. 그래서 잘 만들면 언어는 큰 문제가 아니라고 생각하게 된 거죠. 그리고 넷플릭스 같은 글로벌 OTT들이 한국 드라마를 전 세계 사람들에게 알리고 있다 보니 한국 작품이면 언어 상관없어, 영어 못해도 괜찮아, 한국 사람은 한국말 해야지 같은 인식이 퍼지면서 드라마 시장이 훨씬 더 뜨거워졌고, 한국 거라면 무조건 사려는 분위기가 생겼습니다.

그렇게 된 데에는 〈기생충〉(2019) 〈오징어 게임〉 같은 작품의 성공 영향도 컸겠죠?

〈오징어 게임〉이 엄청난 역할을 한 건 사실이에요. 정말로 2021년은 〈오징어 게임〉의 해였다 해도 과언이 아니에요. 그 작품을 통해서 한국 문화가 미국 안으로 더 들어왔으니까요. 뽑기(달고나) 같은 것도 다 알고 있고. 사실 미국에도 '무궁화꽃이 피었습니다' 놀이랑 똑같은 게 있어요. '레드라이트, 그린라이트'라고. 그리고 〈오징어 게임〉이 흥행하면서 드라마에 나왔던 이벤트들이 엄청 많이 열렸어요. 유명 셀럽들이 자녀들을 위해 '오징어 게임' 이벤트를 열어주기도 했어요. 핼러윈 때는 초록색 체육복이 엄청나게 팔렸죠. 드라마 속 소녀 로봇인 영희의 옷을 입고 다니는 여자아이들도 많았고요.

그렇다면 할리우드에서 한국 콘텐츠를 주목하는 이유가 뭘까요?

한국 드라마가 영화에서 영향을 받은 부분이 있다고 보는데, 한국 영화를 보면 코미디가 됐든 드라마가 됐든 블록버스터 영화가 됐든 다 시의성을 갖고 있잖아요. 지금 현재 일어나는 사회현상을 반영하는 영화들이 대부분이에요. 〈기생충〉이나 〈오징어 게임〉도 마찬가지로 시의성을 띠잖아요. 현사회의 현실을 대변하고 있는 거죠. 미국 영화나 드라마 중에도 시의성을 띤 작품들이 있기는 하지만 그렇지 않은 작품들이 훨씬 더 많아요. 그래서 그런 부분에 매력을 느끼는 것 같아요. 불안한 삶을 사는 사람들의 이야기가 장르물을 통해서 드러나니까 더 애정을 갖는 것 같고, 미국에서도 잘되고 있다는 생각이 들어요.

한국 크리에이터의 강점은 뭐라고 생각하나요?

한국은 처음부터 끝까지 작가님 한 분이 다 쓰잖아요. 그러다 보니 장점이 정말로 작가주의적인 대본이 나올 수 있다는 부분. 그리고 연출도 한 감독님이 처음부터 끝까지 다 하니까 캐릭터에 대한 깊이감이 미국 드라마보다 더 있는 것 같아요. 그게 장점이죠.

〈파친코〉〈The Good Doctor〉는 물론이고, 〈드라마 월드〉〈아메리칸 서울〉도 미국에서 제작한 미국 콘텐츠인데 한국과 관련 있거나 한국 이야기가 들어갑니다. 일부러 의도하신 건가요?

자연스럽게 그렇게 됐어요. 뭔가 억지로 끼워 맞춘 게 아니라. 제가 미국에서 공부를 했고, 1990년대부터 2000년까지 미국에 있다가 2000년대 초반에 한국에 가서 9년 정도를 살았어요. 그러면서 양쪽의 문화, 영화와 드라마 시장에 익숙해졌고 그걸 잘 활용할 수 있는 이야기를 찾다 보니 한국과 미국을 연결

한 이야기를 하게 된 거죠. 최근에 스튜디오 두 군데와 계약을 했는데 그 작품들도 〈파친코〉랑 비슷한 콘텐츠라고 보시면 될 것 같습니다.

현재 준비 중인 〈아메리칸 서울〉은 어떤 드라마인가요?

라나 초Lana Cho★ 작가의 아이디어예요. 미국에 입양된 한국 여자아이가 커서 자동차 디자이너가 돼 갑자기 한국에 오게 됐는데 알고 보니 자기의 친아버지가 그 자동차 회사 그룹 회장이었다는 이야기예요. '피시 아웃 오브 워터fish out of water'라고 하

★ 작가이자 프로듀서로, 훌루 미니시리즈 〈네 번의 결혼식과 한 번의 장례식〉(2019), 아마존 프라임 비디오 시리즈 〈I Know What You Did Last Summer〉(2021)의 CO-EP를 맡았다.

잖아요. 미국 아이가 물 밖으로 나오는 이야기니까 되게 흥미로운데 배경이 한국으로 바뀌면서부터는 우리한테 익숙한 설정(출생의 비밀)의 스토리잖아요. (웃음) 그래서 저희가 잘할 수 있는 거라고 생각해 참여하기로 한 거고, 훌루Hulu.com에 피칭하자마자 그 자리에서 바로 팔렸어요. 지금 파일럿 대본을 개발하고 있습니다.

이번에는 제작 방식에 대해 얘기를 해보죠. 미국 드라마에서 EP는 무슨 일을 하나요?

EP라는 타이틀을 갖는 건 두 가지 경우예요. 하나는 논라이팅 이그제큐티브 프로듀서Non-writing Executive Producer, 또 다른 하나는 라이팅 이그제큐티브 프로듀서Writing Executive Producer.

전자는 총괄 제작자, 후자는 작가 겸 총괄 제작자라고 보면 되는데, EP 타이틀이 드라마에서는 제일 높은 계급이에요. EP, CO-EP, 프로듀서, 슈퍼바이징 프로듀서 순으로 계급이 일곱 개 매겨져 있는데 이건 작가의 계급이에요. 작가는 전부 다 프로듀서예요. 자신이 쓴 에피소드를 감독과 함께 제작하는 거니까. 그래서 미국에서 작가는 촬영 현장에도 있어야 해요. 논라이팅 EP는 저 같은 사람을 가리켜요. 회사로 치면 설립자founder 역할을 하는 사람이라고 보면 될 것 같아요. 회사를 세웠다고 해서 굳이 직접 경영을 해야 되는 건 아니니까요. 설립을 마치면 저는 또 다른 회사를 세우러 갈 수도 있죠.

〈The Good Doctor〉도 제가 KBS에서 판권을 가져와서 작가님과 같이 피칭을 준비했지만, 미국 방송사에 팔려서 작품 제작이 결정되면 저의 역할은 사실상 다 끝난 거예요. 드라마는 작가의 매체이기 때문에 작가실writer's room이 만들어지고 촬영에 들어가거든요. 물론 지금도 매회 에피소드 대본을 받아보고, 편집본도 보고 있기는 해요. 시즌 5도 마찬가지로 촬영 다음 날이면 저한테 영상이 오기 때문에 배우들의 연기를 다 볼 수 있죠. 그렇지만 편집에 관여하지는 않습니다. 그러나 제가 파운딩 멤버, 즉 설립자이기 때문에 이 작품이 존재하는 한 저는 영원히 EP로 남게 됩니다. 그게 한국과 미국의 큰 차이점 중 하나인데 한국에서는 고생고생해서 작품을 제작해도 방송사로 넘기면 끝이잖아요. 미국 시스템 안에서 파운딩 멤버는 영원히 갑니다. 'EP는 영원히'라는 거죠.

미국 드라마에서 EP는 왜 중요한가요?

EP가 파운딩 멤버이기 때문에 그래요. 작품을 기획하고 패키징해서 실제 만들어지기까지의 작업을 하니까요. 미국 지상파 TV는 피칭을 1년에 400편 정도 한다고 했잖아요. 피칭해서 70편으로 압축되면 그중에서 파일럿을 만들고……. 이런 과정을 거치면 몇 작품이나 하겠어요. 그런데 이렇게 해도 안 될 때가 많거든요. 작품을 기획해서 완성시키기까지가 그만큼 어렵기 때문에 그걸 실현시킨 EP의 공을 인정하는 거라고 보시면 됩니다.

누구나 EP가 될 수 있나요? 자격 요건 등이 궁금해지네요.

일단 작품을 보는 눈, 작품 기획 능력이 엄청나게 중요합니다. '이 이야기를 드라마로 만들면 좋겠다' '이 이야기는 꼭 세상에 나왔으면 좋겠다' 같은 자기 주관이 뚜렷한 게 좋아요. 〈파친코〉 이야기를 계속할 수밖에 없는데, 한국에서 이 작품을 번역본으로 읽고 '나 이거 드라마로 한번 만들어볼래'라고 해서 만들어질 가능성은 거의 없어요. 왜냐면 한국 사람들이 이 얘기를 볼지, 이 스토리를 한국에서 투자해줄지 등을 고려해야 하거든요. 제가 볼 때는 투자받는 게 쉽지 않은 이야기예요. 그런데 한국에 이런 이야기들이 굉장히 많아요. 마이너한 스토리이지만 저는 그런 이야기를 하고 싶어요. 한국의 약자들, 아니면 아주 마이너한 이야기들이 해외에서 더 경쟁력이 있다고 생각하거든요.

한국에서는 보통 제작사 대표가 제작자 타이틀을 쓰고, 실무자가 프로듀서 크레디트에 이름을 올립니다. 별도의 EP 타이틀은 없는 게 일반적인데 이게 있고 없는지에 따른 차이가 있을까요?

한국은 제작자가 EP인 셈이죠. 미국은 제작자가 한 명만 있지 않아요. 제작자 중에서 프로덕션, 피지컬 제작 쪽을 맡은 사람도 있을 것이고, 저처럼 기획 개발 중심, 판권을 클리어해서(새로운 판권을 가져와서) 그것으로 대본을 개발하고, 방송사나 OTT 플랫폼에 판매까지 한 다음에 실제 제작은 다른 프로덕션 서비스에 맡길 수도 있는 거예요. 그런데 프로덕션 서비스에 제작을 맡겼을 때 이분들은 EP 타이틀을 받지 못합니다. 기획해서 방송사에 팔아 만들어진다고 했을 때 제작 전까지 역할을 하는 사람들의 공로를 제일 크게 인정해주는 게 미국 EP 시스템이에요.

한국은 방송사가 주로 예산을 대고 촬영을 포함한 프로덕션 단계를 중시하다 보니 방송사가 작품을 기획 개발하지 않았음에도 기획 타이틀을 갖는 경우가 대부분이잖아요. 방송사에서는 자기네가 제작비를 댔기 때문에 기획했다고 하지만 사실은 그렇지 않잖아요. 기획 개발은 기획 프로듀서와 작가와 제작자들이 되게 고심해서 오랜 시간 준비한 거니까 이 사람들이 EP 타이틀을 받는 게 맞죠. 미국에서는 이들이 그만큼 고생해서 작품이 팔릴 수 있게 만들었기 때문에 EP라는 타이틀과 함께 합당한 보상을 해줌으로써 좀더 나은 작품, 좀더 획기적인 콘텐츠가 많이 나올 수 있도록 하는 겁니다.

방송사면 ABC, NBC, CBS 이걸로 끝이에요. 방송사명에 모든 방송사 사람을 포함시킨 거예요. 방송사 담당자 이름이 크레디트에 절대 올라가지 않습니다. 넷플릭스도 마찬가지예요. 오직 이 작품을 만든 사람들의 이름만 오프닝 크레디트에 나와요. 배우들, 프로듀서, CO-EP, 감독, 작가만 오프닝 타이틀에 나올 수 있는 거죠. 그래서 저는 한국의 시스템이 이해가 잘 안 갔어요. 제가 〈시티헌터〉를 할 때도 프로듀서는 난데 다른 세 사람의 이름도 같이 있는 거예요. 방송사 관계자들이었던 거죠. 태국에서 하루 두 시간씩 자면서 고생하며 매일 현장을 지켰는데 다른 사람들하고 내 크레디트를 나눈다는 게 되게 불합리하다고 생각했어요. 그런데 미국에 갔더니 그런 불합리함이 없더라고요. 고생한 만큼 크레디트를 인정해주고, 그에 따라 보상해주는 시스템이 확실하니까.

할리우드 방식으로 한국 회사들과 일하려면 어려운 점이 있을 것 같습니다. 비즈니스 방식도 다르잖아요.

제가 말씀드리고 싶은 게 한국의 배우, 작가, 감독님은 물론이고, 판권을 가진 분들도 마찬가지인데 많이들 오해하시더라고요. "아니, 미국 너네는 돈도 많은데 왜 이런 식으로 제안해?" 하고 기분 나빠하시는 분들이 많더라고요. 미국에서 계약이나 비즈니스는 오퍼offer, 카운트 오퍼count offer, 다시 카운터 오퍼 하는 식으로 진행합니다. 예를 들어 제가 원래 10만 달러 받는데 4만 달러 주겠다고 제안받을 수 있거든요. 왜냐면 기존에 이 친구들이 해왔던 쿼트quote(값을 매긴 수치)가 없잖아요. 그러니까 기록과 자료가 없는 거예요. 미국에서 저 같은 사람들은 어느 정도 받는다 하는 자료가 있어요. 사이트에서 검색하면 다 나와요. 그래서 EP 비용으로 이만큼 받고 이번 작품을 했기 때문에 다음에는 얼마를 줘야 하는지에 대한 계산이 바로 나오죠. 그래서 터무니없는 금액을 제시 안 해요. 그런데 한국과 처음 비즈니스를 할 때는 기존 데이터라고 할 게 없잖아요. 그러다 보니 상대방 입장에서는 터무니없는 금액을 제안할 수 있는데 그거에 흥분하지 않았으면 좋겠습니다. 내가 일할 때 이만큼 받기 때문에 최소 이만큼 주면 좋겠다고 하면 되는데, 미국 쪽에서 후려친다고 오해해 화를 내면서 안 하겠다고 하면 난감하더라고요.

많이 난감하셨겠네요. 비즈니스 문화가 달라서 생긴 또 다른 어려움은 없었나요?

판권도 기준이 있잖아요. 미국에서는 옵션료가 얼마이고, 판권료의 10퍼센트를 지불하고 나머지 90퍼센트는 제작이 다 끝나면 지불해요. 그것도 스탠더드 금액을 부를 수 있어요. 그런데 한국에서는 "우리 작품은 훨씬 더 가치 있고, 성공 가능성이 크기 때문에 너희는 이만큼 지불해야 해" 이런 식으로 제안하면 되는데 "우이쉬 우리 작품을 이 정도로밖에 안 봐? 이렇게 조금 주고 이거를 훔쳐? 도둑놈이네" 이렇게 흥분하니까……. 상대방이 이만큼 불렀을 때 내가 더 받고 싶으면, 더 많이 부르면 됩니다. 그렇게 서로 왔다 갔다 하다 보면 자기가 원하는 것보다 더 많이 받게 돼요. 크레디트를 요구하는 것도 방법이에요. 원작자면

EP 타이틀을 요구할 수 있어요. 무조건. 안 받아주면 안 하면 되는 거예요. 처음 제시받은 조건에 너무 기분 나빠하지 마세요. 미국 친구들이 몰라서 그런 거니까 무지를 용서했으면 해요. (웃음)

이제 한국에서도 글로벌 OTT 오리지널 콘텐츠를 제작하는 사례가 많아졌으니 당연히 글로벌시장에서 통용되는 비즈니스 스타일, 계약에 따라야 하는데 한국 제작사가 염두에 둬야 할 것들은 무엇일까요?

넷플릭스가 〈오징어 게임〉 제작비로 얼마를 줬고 자기네는 1조를 벌었는데 제작사에 얼마밖에 안 줬다는 식의 기사를 많이 봤어요. 그런데 반대로 넷플릭스가 아니었다면 〈오징어 게임〉이 이렇게 성공할 수 있었을까요? 우선 그 부분에 대한 인정을 분명히 할 필요가 있어요. 그리고 보상을 이야기할 때는 흥분하지 말고 차분하게 따져보면 됩니다. 시즌 1을 계약할 때 보상에 대한 내용을 안 넣었으면 시즌 2 때 어떻게 할지 혼자서 끙끙 고민하지 말고 다 같이 논의하면서 진행해나가면 돼요. 제가 요즘 미국에서 계약서를 받아보면 예전 〈The Good Doctor〉 때와는 차원이 달라요. 예전에는 콘텐츠 유통, 판매실적 리포트를 다 받아볼 수 있었어요. 왜냐면 저희가 보상 대상에 들어가 있으니까요. 그런데 이제는 그런 식으로 계약하지 않아요. OTT 때문에. 스트리머streamer들은 더 이상 그런 리포트를 보여주고 싶어 하지 않아요. 그 대신 보상 시스템들을 넣어놨어요. 우리가 숫자(판매실적)를 못 보잖아요. 그 대신에 글로벌 순위, 국내 순위 같은 것은 알 수 있죠. 그러니까 순위에 대한 보상을 꼭 넣었으면 좋겠습니다. 이를테면 톱 10에 들어가면 시즌 1에 대해서 얼마의 보상을 받는다는 내용이 포함되면 좋을 것 같아요. 상에 대한 리워드도 다 있어요. 예를 들어 에미상 후보에 오르면 100만 달러를 지급한다는 조항이 들어가 있습니다. 상금은 프로듀서들이 나눠 갖겠죠. 이런 시스템이 미국에 이미 존재하기 때문에 한국 제작사가 이런 요구를 한다 해도 터무니없다고 하지 않습니다. 모르면 미국 엔터테인먼트 변호사들한테 물어보면 됩니다. 디즈니사 같은 데서는 다 이런 내용의 계약서들을 보내요. 그리고 포인트 시스템으로 돼 있어요. 한국 제작 시스템상 시즌 1까지 끝나면 사실 보상은 크지 않을 수 있는데 시즌 2부터는 보상액이 있어야 해요. 미국에서는 시즌 2를 가면 기본으로 얼마를 준다든지, EP들한테 준다든지 어쨌든 나눠 가질 수 있게 돈을 주는데 거기에 포인트 시스템이 들어가요. 그래서 시즌 3를 가면 6만 달러, 시즌 4를 가면 10만 달러, 시즌 5 가면 20만 달러 이런 식으로 돼 있어요. 그런 것들을 차곡차곡 한국 실정에 맞게 넣는 작업을 시작하는 게 지금 한국 제작사가 글로벌 OTT와 일하면서 받아야 하는 실질적인 보상일 것 같아요.

모르면 억울하게 당할 수 있다. 이제 한국 드라마의 무대는 국제시장이다. 드라마 제작사, 감독, 작가, 배우 에이전시도 국내 방송사만 상대하던 비즈니스에서 벗어나 더 전문적이고 체계적인 준비가 필요하다.

그럼 〈The Good Doctor〉는 시즌 5까지 갔는데, 돈은 좀 벌었나요?

먹고사는 데 크게 지장 없을 만큼이요. 그런데 올 2022년 이 중요한 한 해가 될 것 같아요. 가을부터 신디케이션syndication이 시작돼요. 소니에서 발표를 했죠. 5월부터 〈The Good Doctor〉 판매를 시작했어요. 원래 이건 ABC 방송사에 독점방영권이 있었는데 시즌 1의 독점방영권이 풀린 거예요. 그래서 올해 가을부터 어느 방송사든 사다 틀 수 있게 됐어요. 이제 매년 그렇게 되는 거죠. 시즌 1부터. 미국 전역에 로컬 네트워크 방송국이 450개가 있는데 여기에 개별적으로 다 판매할 수 있는 거예요. CBS 샌디에이고 방송국에서 밤 11시에 〈The Good Doctor〉를 틀고 싶으면 시즌 1을 사가면 되는 거예요. 이게 진정한 수익 창구가 되는 거죠. 많이 팔리기를 바라면서 내년 정산을 기다리고 있습니다. (웃음)

금전적인 부분은 차치하더라도 〈The Good Doctor〉 〈파친코〉의 성공이 가져다준 기회의 질이 이전과는 비교할 수 없을 것 같습니다. 일하기 편해졌나요?

확실히 이전보다 기회가 많아졌어요. 이 작품들 덕분에 이번에 한국에도 오게 된 거고요. 저희가 한국에서 〈슈츠〉를 제작했다는 건 알 사람들만 알고 있었죠. 그런데 미국에서 〈The Good Doctor〉를 제작했고, 〈파친코〉는 한국 사람들도 알고, 미국 사람들도 아니까 미국 메이저 스튜디오들이 자기네 작품이나 제가 가진 기획을 갖고 얘기했을 때 그 자리에서 바로 결정을 해줘요. 10년 전만 해도 100명한테 "이거 좋은 작품이니 꼭 한 번 봐주세요"라고 하면 그중에서 한두 명 볼까 말까 했지만 지금은 다 봐줘요. 또 조금이라도 자기네 마음에 들면 그 자리에서 바로 구매하겠다고 할 정도로 많은 관심을 보이니까 엄청난 차이죠.

예전 같지는 않겠지만 그래도 미국에서 활동하는 것이 여전히 낯설고 어려울 것 같습니다.

제가 미국에서 태어나서 살아온 사람이 아니잖아요. 이방인이기는 하지만 그렇다고 차별을 당한 적은 없어요. 다만 제 영어가 완벽하지는 않잖아요. 한국어가 모국어니까 한국어 악센트도 남아 있을 거고, 한국어로 말할 때보다 표현력이 떨어지는 게 사실이거든요. 그래도 '듣기 싫으면 듣지 마. 나는 할 말 다 할래'라는 심정으로 다 해요. 그렇게 생각하면 두려움도 없어지고, 도리어 제 말을 경청해주는 느낌이 들 때가 더 많아요. 앞으로 더 높은 데까지 올라가면 장벽을 만날 수도 있겠죠. 백인들이 지배하는 시장이니까요.

오십 대입니다. 현역으로 활동할 수 있는 시간이 길면 20년, 짧으면 10년 정도 남았다고 할 수 있는데 앞으로 꼭 하고 싶은 프로젝트가 있나요?

죽을 때까지 하겠지만 앞으로 10년? 10년쯤이라고 봐야죠. 제가 판권을 사둔 책하고 웹툰이 있어요. 한국 거예요. 이 이야기는 마이너 중에서도 마이너예요. 이걸 꼭 미국에서 만들고 싶어요. 지금 작가님이랑 같이 정리하고 있는데, 두 작품 다 꼭 전 세계에 내보내고 싶어요. 너무 마이너해서 한국에서는 거들 떠도 안 보고, 한국의 감독님이나 제작자 분들이 안 하려고 할 거 예요. 그런데도 앞으로 10년~15년은 마이너한 이야기라도 정 말 집중적으로 이런 작품들을 만들고 싶어요. 지금 〈파친코〉처럼 전 세계 사람들이 공감할 수 있는 이야기들을 계속해서 만들고 싶습니다.

디아스포라diaspora는 본토를 떠나 타지에서 자신들의 규범과 관습을 유지하며 살아가는 민족 집단 또는 그 거주지를 가리키는 말로, '너머'를 뜻하는 고대 그리스어 '디아dia'와 '씨 뿌리다'는 뜻의 '스페로spero'를 합성한 단어다. 미국에 터 잡은 이동훈 EP는 디아스포라 1세대다. 지금까지 할리우드 경계에서 기회를 엿보거나 마이너리그에 머물며 활동하는 한인이 적지 않았다. 그러나 이동훈은 불과 10년 만에 할리우드 메이저리그에 입성해 EP로 자신의 이름을 걸고 세계적인 시리즈를 만들어냈다. 순전히 한국(에 관한) 콘텐츠를 들고 직진한 결과다. 그는 요즘 한국과 미국을 부지런히 오가며 할리우드와 상암동, 충무로를 연결하는 다리가 되고 있다. 미드의 고향 할리우드, 세계 엔터테인먼트산업의 수도 로스앤젤레스에 뿌리내린 재미 한인 프로듀서 이동훈은 지금 전인미답의 길을 걷고 있다. 그 길 끝에 또 어떤 새로운 콘텐츠가 탄생할지 궁금하다.

> **"**
> 잘사는 거보다
> 어떻게 잘 살게 됐는가,
> 그기 더 중요한 기라.
> **"**

애플티비플러스 시리즈 〈파친코〉 중에서

길픽쳐스 대표

# 박 민 엽

〈스토브리그〉 〈소년심판〉 〈더 패뷸러스〉 등 제작

# 나는 기획한다, 고로 존재한다

그의 이름을 처음 들은 것은 2020년 12월, 드라마 기획자들의 모임에서였다. 지상파, 종편, 케이블 TV에 국내외 OTT 플랫폼까지 드라마 산업에 뛰어들면서 대한민국 드라마판이 급격히 부풀어 오르던 때였다. 방송사 몇 개가 수십 년간 군림하며 제작사끼리도 한 다리 건너면 서로 다 알던 시대가 지나고 우후죽순 신생 프로덕션이 생기고 있었다. 채널, 플랫폼, 스튜디오, 제작사, 기획사까지 크고 작은 기업에 사람들이 이합집산했고, 열에 아홉은 프로듀서 명함을 들고 다녔다. 산업이 빠르게 커지고 제작에 들어가는 프로젝트가 늘어나자 홍수에 마실 물 없다고, 아이러니하게도 프로듀서는 많으나 좋은 감독, 프로듀서는 구하기 힘들다는 말이 돌았다.

그해 겨울, 나는 드라마 기획 개발을 주제로 한 연구를 준비하고 있었다. 심층 인터뷰 대상, 그러니까 크리에이티브와 비즈니스 양쪽에서 두루 실력을 갖춘 프로듀서를 찾고 있었다. 그때 드라마 업계 지인에게서 명함 한 장을 전송받았는데 빛바랜 사진 속에 'Executive Producer 박민엽'이라고 찍혀 있었다. 그는 2017년에 길픽쳐스를 세웠고, 창립 작품으로 〈스토브리그〉(2019~2020)를 제작했다고 했다. 〈스토브리그〉는 한국 드라마에서 성공 사례를 찾기 어려운 스포츠물인 데다 신인 작가의 장편 데뷔작으로 위험 부담이 큰 아이템이었다. 그러나 최고 시청률 19퍼센트, 본방 사수해야 할 '찐'으로 소문나면서 말 그대로 대형 홈런을 날렸다. 숱한 화제와 함께 작품성을 인정받아 2020년 제56회 백상예술대상에서 TV 부문 드라마 작품상을, 제15회 서울드라마어워즈에서 한류 드라마 우수작품상을 수상했다.

궁금했다. 첫 작품으로 신인 작가의 야구 이야기를 선택하는 과감함과 프로젝트를 밀어붙여 성공으로 이끈 뚝심과 노련미를 갖춘 EP가 어떤 사람인지. 박민엽은 〈내조의 여왕〉(2009) 〈넝쿨째 굴러온 당신〉(2012) 〈별에서 온 그대〉까지 굵직한 히트작에 참여한 베테랑 프로듀서다. 그는 〈어서와〉(2020) 〈우리, 사랑했을까〉(2020) 〈원더우먼〉(2021)을 연이어 내놓았고, 2022년 3월, 야심작 〈소년심판〉을 넷플릭스에 공개했다. 〈소년심판〉은 '소년범죄'라는 민감한 소재, 묵직한 주제 의식을 담은 법정물로, 만만치 않은 도전이었다.

2022년 6월, 새로운 넷플릭스 시리즈 〈더 패뷸러스〉 제작을 마치고 서비스를 준비 중인 길픽쳐스 박민엽 대표를 만났다(〈더 패뷸러스〉는 2022년 12월에 공개되었다).

〈소년심판〉 얘기를 먼저 해볼까요. 제작자로서 만족스러운 성과였나요?

많이 감사하죠. 〈오징어 게임〉 〈지금 우리 학교는〉처럼 메가 히트한 작품들 다음에 공개하는 거라 부담이 컸습니다. 연기 잘하는 배우들이 출연했기 때문에 국내에서는 어느 정도 잘되지 않을까 예상했지만, 해외에서까지 인기가 있을 줄 몰랐어요. 좀비나 크리처물처럼 비주얼로 뭔가 보여줄 수 있는 작품들에 열광하는 분위기였는데 시청자들이 정통 드라마에 호응해주는 것을 보면서 기뻤습니다.

그동안 프로듀싱한 작품들이 대체로 로맨스, 코미디 계열이었던 것에 비해 〈소년심판〉은 법정물인 데다 '촉법소년'이라는 민감한 소재를 다루잖아요. 선택하기 쉽지 않았을 것 같은데 꼭 해야겠다고 결정한 이유가 궁금합니다.

회사를 설립한 뒤에 직원들한테 한 이야기가 있어요. 지금까지 로맨스나 판타지, 가족극은 많이 만들어봤기 때문에 언제라도 할 수 있지만(그것도 만들자면 힘들지만), 어차피 우리는 신생 제작사니까 우리 색깔을 낼 수 있는 작품을 많이 기획하자고. 그래서 로맨스, 판타지, 가족극을 50퍼센트쯤으로, 나머지는 다른 사람들이 잘 건드리지 않는, 사업성이 떨어지더라도 새로운 장르를 50퍼센트 비율로 기획하면 좋겠다고 얘기하고 끊임없이 찾아 헤맸어요.

나는 기획한다, 고로 존재한다

그래도 〈소년심판〉을 넷플릭스에 출시하는 첫 번째 작품으로 결정한 건 쉬운 선택이 아니었을 것 같아요.

리니어 채널은 모든 연령대, 모든 사람이 접근할 수 있잖아요. 그런데 이 작품은 범죄 사실을 드러내는 과정에서 불필요한 정보를 줄 수도 있고, 모방범죄를 일으킬 위험도 있었어요. 그렇다고 그런 부분을 다 빼고 가자니 극이 재미없어지고 그래서 극의 내용과 특성상 지상파, 케이블은 어렵겠다고 판단했습니다. 어쨌든 넷플릭스가 가장 파급력이 있으니까 제일 먼저 그쪽에 제안해야겠다고 생각했죠.

표현 수위나 소재를 봤을 때 이 작품은 OTT 플랫폼이 아니었다면 제작하기 어려웠을 것 같아요.

맞아요. 그래서 넷플릭스 쪽에서 그린 라이트green light가 켜질 때까지 수정에 수정을 거듭해서라도 계속 제안했을 거예요. 잘 안됐다면 다른 OTT를 찾지 않았을까 싶어요.

OTT 플랫폼이라서 가능했던 부분이 또 있을까요?

지상파, 케이블에서 제작하는 작품들은 대체로 표준 제작비라는 게 있어요. 1~2부에 제작비를 많이 쏟아부으면 뒤로 갈수록 긴축재정을 해야 해요. 그럼 작가님들이 후반부에서 뭔가 꼭 하고 싶은 이야기가 있어도 제작비 때문에 어쩔 수 없이 포기해야 하죠. 그런데 넷플릭스는 스케일이 크건, 촬영이 어려운 신이건 전개상 필요한 신이라면 예산을 추가로 요청해도 승인이

나니까 돈 때문에 작가의 상상력을 제한하지 않아도 된다는 장점이 컸어요. 그리고 리니어 채널은 제약도 많고 심의도 통과해야 하니까 이것저것 걸러내다 보면 작가의 상상력을 제한해야 하는 부분들이 많이 생기거든요. OTT 플랫폼은 그런 제약이 없다 보니 작가들이 자유롭게 창작할 수 있는 게 강점이죠.

맞아요. 그리고 편집 면에서도 OTT 플랫폼이 자유롭지 않나요?

아무래도 그렇죠. 케이블이 좀 덜하긴 하지만, 지상파는 규격이 있잖아요. 前CM*이 붙어야 하고, 60분 알맹이를 맞춰야 하고. 절대 61분이 되거나 62분, 58분이 돼서도 안 돼요. 사실 드라마의 호흡이라는 게 어떤 회차는 감정신이 늘어나서 충분히 보여주고 싶을 때가 있고, 어떤 회차는 사건 중심으로 빠르게 전개하다 보면 조금 짧게 끝맺어야 할 때도 있거든요. 40분에 맞출 수도 있고, 50분에 맞출 수도 있고. 그 회차 안에서 기승전결을 따라가면 좋은데 지상파는 트루기dramaturgy(극작법)가 정해져 있다 보니 무조건 60분에 맞춰달라고 하면 신도 잘라내야 하고, 또 분량이 모자라면 쪽대본을 써서 급하게 바로 찍어서라도 메워야 하는데 OTT 플랫폼은 그런 면에서 확실히 자유롭죠.

★ 프로그램 앞부분에 들어가는 광고.

**아주 예전에 모 방송사 편성 담당 프로듀서가 쓴 칼럼에서 자신들이 그리스**

나는 기획한다, 고로 존재한다

신화에 등장하는 프로크루테스 같은 일을 한다고 자조적으로 표현했던 게 기억난다. 아테네로 올라가는 사람들을 붙잡아 철제 침대에 눕혀놓고 침대보다 키가 크면 다리를 자르고, 짧으면 늘려 죽이는 악당 짓이 흡사 편성 시간을 맞추기 위해 프로그램의 길이를 조절하는 것과 같다는 것. 리니어 미디어의 피할 수 없는 숙명이다. 게다가 방송사 드라마는 다음 이야기를 한 주 뒤에 방영하기 때문에 해당 회차 끝에 '클리프 행어cliff-hanger'라고 해서 다음 회를 궁금하게 만드는 장치가 반드시 들어가야 한다. 이러한 방송사의 여러 조건을 기가 막히게 맞추는 노련미에 작품성과 재미까지 잡아야 하는 것은 물론, 60분씩 16부작 이상의 긴 스토리를 써내야 하기 때문에 신인 작가에게 지상파 미니시리즈 데뷔는 하늘의 별 따기 만큼이나 어려운 일이었다.

*〈소년심판〉이 김민석 작가님의 장편 데뷔작이죠? 작가가 오래 취재하고 준비한 작품이라고 들었습니다. 기획 개발 기간이 짧아도 2년, 길면 4~5년씩도 걸리는데 신인 작가의 어떤 면을 보고 기다려주나요?*

성실성을 제일 많이 봐요. 글을 보면 작가마다 색깔이 달라요. 어떤 분은 구성을 되게 잘하고, 어떤 분은 대사를 잘 쓰고, 또 어떤 분은 캐릭터를 아주 잘 만들어요. 김민석 작가님은 구성이 너무 좋았어요. 소름 끼친다는 표현을 해도 되는지 모르겠는데 단막극을 봤을 때 구성이 아주 쫀쫀했어요. 구성을 잘한다는건, 저는 노력이라고 봐요. 대사발 같은 거는 타고난 재능에 언변 능력이 좋아서 잘 발휘하는 분들이 있겠지만, 구성력이 좋은 건 일단 성실하고 그만큼 다양한 시도와 노력의 결과물이라고 생각해요. 사건을 A에서 B로 순차적으로 진행시켜 봤다가 어느 부분에서 반전을 줄지 역구성도 했다가 여러 가지 버전을 해보다가 마지막에 딱 완결해서 나오는 플로팅plotting. 이런 건 작가의 성실성에서 나온다고 생각해요. 그런 면에서 김민석 작가님이 글을 너무 잘 쓰신 거예요. 구성력이 뛰어났어요.

중간에 대본이 막히거나, 작가가 다운될 수도 있을 텐데 그럴 때 EP로서 하는 일이 있나요?

자신감을 심어주는 게 첫 번째예요. 처음부터 끝까지 온전히. 왜냐면 다운된다는 건 결국 본인이 재미있다고 생각해서 쓴 건데 막혔다는 거잖아요. 막혔다는 건 재미가 없는 게 아닌가 하는 생각이 들어서 자신감을 잃어버린 거예요. 그럴 때는 "재미있으니까 충분히 쓰실 수 있다" "작가님 일단 하는 데까지 다 해보셔라 분명 잘 해내실 수 있다"고 말하면서 자신감을 계속 북돋으며 꺼져가는 생명을 다시 살리는 거죠. (웃음)

정신적인 면 외에 아이디어를 주거나, 수정 제안을 하기도 하나요?

대본 회의를 할 때는 해요. "이 부분 캐릭터를 더 부각해보자"라든가, "여기는 반전을 반복해서 가보자"라든가, "대사를 조금 더 무게감 있게 써보자"는 얘기는 어쨌거나 초고가 나온 상황에서 하는데 다음 스텝으로 못 나갈 때는 저희가 어떤 말을 해도 잘 안 받아들여지는 부분이 있어요. 왜냐면 이야기도 사람의 일상과 마찬가지라고 생각하는 게 저희가 항상 드라마틱한 날을 보내는 건 아니잖아요. 작가가 창조한 등장인물들도 사람인데 얘네가 각자 개성을 갖고 있고, 어떤 사건을 맞닥뜨리면서 유기적으로 맞물리죠. 그 과정에서 '케미'가 일어나면서 이야기가 전개되는데 구성이, 스토리라인이 작가가 처음 생각했던 대로 흘러가는 일은 거의 없어요. A에서 B로 갈 거라고 생각해도 C가 됐다가 D가 됐다가 지그재그로 전개되기도 해요. 거기서 막혀 있는데 그게 해결이 안 된다고 '스톱'할 수는 없잖아요. 내버려둬야될 때가 있어요. 작가가 만든 여러 인물이 막 충돌하고 있을 때는 작가 스스로 극복하는 수밖에 없어서 제가 아이디어를 준다고 해도 그다음은 알 수 없어요. 그래서 제가 할 일은 용기를 불어넣고, 작가님이 쓴 이야기는 무조건 재미있으니 의심하지 말라는 말을 많이 하죠.

로고스필름에서 기획 PD로 드라마를 처음 시작했다고 들었습니다. 드라마 기획만 20년 넘게 해온 셈인데 대표님이 생각하는 좋은 기획이란 무엇인가요?

(괴로운 표정) 이거 진짜 너무 어려운 질문이에요. 솔직히 저도 잘 모르겠어요. 어쨌든 시청자들이 좋다고 인정해줘야 좋은 기획인 것 같은데…….

무엇보다도 내가 좋다고 느껴야 그 자신감으로 거래처를

만나러 갈 텐데 대표님은 어떤 원고에서 그런 걸 느끼나요?

의미. 메시지예요. 드라마는 시대상을 잘 반영하는 게 중요하다고 생각해요. 이 시점에 어떤 얘기를 하려는 것인지가 분명한 게 좋은 기획이라고 봐요. 사실 만들었을 때 제 가족한테 부끄럽지 않은 작품이 첫 번째고 끝입니다.

비교적 알려진 감독, 작가의 역할과 다르게 사람들이 기획 PD는 잘 모릅니다. 드라마 기획 PD, 구체적으로 어떤 일을 하나요?

어떤 아이템으로 드라마를 제작하면 좋을지 생각하는 사람이죠. 그게 원작이 있을 수도 있고, 신문기사나 어떤 사건에서 모티브를 얻을 수도 있고. 여러 가지 소재를 탐색해서 이걸 드라마로 만들면 재미있겠다고 생각하는 일이 주 업무입니다. 여기에 더해 신인 작가들을 발굴하고, 기성작가를 스카우트하는 일도 해요. 그리고 최상의 대본이 나올 수 있도록 조력자 역할을 하는 게 기획 PD의 일입니다. 16부작에서 20부작 대본이 나오기까지의 시간을 함께 보낸다는 게 결코 쉬운 일은 아니거든요. 한 작품이 나오기까지 2년에서 3년, 길게는 4년까지도 걸리는데 그 과정을 처음부터 끝까지 맡아서 책임지고 가는 사람이 기획 PD입니다. 기획부터 시작해서 편성이 확정되면, 그때부터는 감독님과 제작팀을 세팅하고 프로덕션 단계와 후반 작업 단계를 거쳐 드디어 드라마가 방영되는데 이 모든 과정에서 항상 중심이 되는 사람이 바로 기획 PD예요.

그런데 역할의 중요성에 비하면 기획 PD가 누구냐에 따라 프로젝트가 달라진다거나 어느 회사 기획 PD가 잘한다는 얘기는 거의 들어본 적 없는 것 같아요.

지상파 방송사가 콘텐츠 제작을 주도할 때는 작가들이 그 역할을 어느 정도 했어요. 그러니까 대본을 써서 친한 방송사나 감독한테 제안하고, 그걸 보고 연출하겠다는 사람이 있으면 바로 제작에 들어가는 식이었어요. 그리고 예전에는 감독들이 대본을 직접 쓰기도 했기 때문에 연출자와 작가 사이에서 기획 PD 역할이랄 게 크게 없었습니다. 그런데 드라마 외주제작사가 생기면서 아이템은 뭘 하면 좋을지, 트렌드는 어떤지 조사할 사람이 필요해졌죠. 그러니까 기획 PD들이 작가님한테 붙어서 "이런 아이템 어때요?" "이런 원작 어때요?" 하거나, 아니면 감독님한테 "이 작품 어떤가요?"라고 제안하게 된 거죠. 이 과정에서 똑똑한 기획 PD들이 두각을 나타내면서 이제야 자리를 잡아가는 거 같아요. 게다가 스포트라이트를 받는 건 감독이나 작가, 배우들이니까요.

과거에 비해 기획 PD의 역할이 더 중요해지고 있다고 생각하나요?

흥행의 성패를 좌우하는 역할이잖아요. 어떤 아이템이 괜찮을지 아닐지 가장 먼저 검토하는데, 제가 생각하기에 이 부분은 기획 PD가 작가보다 더 잘 분석한다고 봐요. 사실 작가님들은 자기가 잘 쓸 수 있는 부분에 깊이 몰두합니다. 그렇지만 기획 PD는 전체적으로 시대가 어떻게 변하고 있는지 트렌드를 분석하고 온갖 드라마를 챙겨 보거든요. 그래서 레퍼런스가 많은 친구들이 똑똑하게 아이디어도 내는데 그 친구들의 의견이 정확하다고 생각해요. 사실 드라마라는 게 적게는 40억 원에서 많게는 300억 원까지 드는 큰 판이고, 한번 시작하면 큰돈이 왔다 갔다 하기 때문에 아무거나 제작할 수는 없잖아요. 다방면에 관심을 갖고 트렌드 분석도 하고, 레퍼런스를 찾아가면서 주도적인 역할을 해줄 수 있는 사람이 기획 PD이기 때문에 저는 너무너무 중요한 인물이라고 생각해요.

그럼 기획 PD를 뽑을 때 어떤 점을 보나요?

드라마를 많이 좋아하고, 많이 봤고, 드라마에 대해서 리뷰를 잘할 수 있는 친구, 그리고 자기가 하고 싶은 아이템이 확실한 친구를 좋아합니다.

기획 PD가 되기 위해 갖춰야 할 것은 무엇일까요?

일단 인내심이 있어야 해요. (웃음) 왜냐면 본인의 속도대로 일할 수 없는 게 이 직업의 특징이거든요. 프로젝트를 여러 개 굴려야 하는데 본인이 맞춰야 해요. 내가 정한 시간대로 갈 수 없어요. 만약 새벽 두 시에 대본이 나온다고 했을 때 피드백을 해줘야 하는 사람이 기획 PD잖아요. 그러면 그 시간까지 기다려야 하는데, 그때까지도 대본이 안 나오면 하염없이 계속 기다려야 해요. 사실 몇 시간을 기다리는 건 어려운 일도 아니에요. 작가가 아이디어가 막혀서 몇 달을 기다려야 할 수도 있거든요. 그러다 보니 내가 계획한다고 해서 계획대로 되는 게 아니에요. 그런데 내 계획대로 안 된다고 해서 성질부려서는 안 되거든요. 그러니까 인내심이 있는 친구여야 좋을 것 같아요.

그다음으로는요?

커뮤니케이션 능력도 탁월해야 해요. 왜냐면 이 일이 여러 사람과 소통해야 하잖아요. 작가들이 대본을 쓸 때는 신경이 예민해질 수밖에 없기 때문에 섬세하게 접근해야 하고, 또 제작팀과도 대화해야 하고, 교수님들께 자문을 구하거나 취재에 응해주는 분들을 찾아가야 할 때도 있는데 아무래도 친화력이 좋은 사람이 좋죠. 마음이 편해야 더 좋은 소스도 나오거든요. 게다가 제작사 쪽 의견이 부정적일 때도 있잖아요. 그걸 곧이곧대로 작가나 감독에게 전달하면 마찰이 생길 수도 있기 때문에 중간에서 잘 걸러서 전달하면서 다음 단계로 나갈 수 있게 해줘야 해요. 그러니까 눈치도 있어야 하고, 커뮤니케이션 스킬도 뛰어나야 하죠. 책임감, 긍정적인 마인드 이런 것도 다 중요한데 제일 중요한 건 이 모든 힘들고 고통스러운 상황을 끝까지 버티려면 드라마를 진짜 사랑해야 해요. 자다가도 벌떡 일어나서 보고 싶은 거 봐야 하고 찾아봐야 할 만큼, '내가 정말 드라마에 버닝해서 미쳐 있는 사람인가?'라는 질문에 그 즉시 네, 라고 대답할 수 있는 사람이어야 된다고 생각해요.

그렇다면 구체적으로 어떤 걸 준비해야 기획 PD가 되는 데 도움이 될까요?

책 읽기요. 꼭 드라마나 영화, 소설과 관련된 것만 아니라 인문학이라든가 다방면의 독서가 필요해요. 왜냐면 기획 PD는 사고가 열려 있어야 합니다. 너무 한쪽으로만 치우치면 안 돼요. 또 기획 PD는 원작이나 소스가 될 만한 것들을 읽었을 때 말과 글로 요약을 잘할 수 있어야 해요. 한 장짜리 페이퍼가 결국 200억 원짜리 프로젝트가 되고, 300억 원짜리 프로젝트가 되거든요. 300억 원짜리 작품이라 쳤을 때 200자짜리 기획서 한 장으로 정리해야 한다고 하면 한 글자당 가격이 엄청 비싼 거잖아요. 어떤 작품은 한 줄짜리 로그라인*에서 시작하기도 해요. 그러면 그 한 글자가 1억 원이 될 수도 있는 거예요. 이 한 장도 재미없는데 몇 십 장짜리가 재미있을 리 없죠. 그렇기 때문에 글을 잘 쓰고 말 잘하는 재능이 있다면 기획 PD로 아주 적합하다고 생각합니다.

★ 작품의 핵심 개념을 한 문장 또는 짧은 단락으로 요약한 것.

바야흐로 콘텐츠 홍수 시대다. 우리나라는 말할 것 없고, 해외 드라마까지 봐야 할 게 너무 많다. 그만큼 많은 작품이 만들어지고, 또 주문도 많다. 그런 점에서 제작사들에게 기회는 늘어났지만 역설적이게도 '새로운 이야기' 찾기는 더욱 어려운 게 현실이다.

나는 기획한다, 고로 존재한다

드라마는 결국 스토리입니다. 주로 어떤 이야기를 찾으시나요? 소재를 찾는 방법, 그중에서 개발할 아이템을 고르는 기준이 있을 것 같습니다.

'최초'를 찾습니다. 기존에 없었던 걸 찾아요. 이미 존재하는 비슷한 유형의 드라마를 할 때는 새로운 시각인지를 따지고요. 아이템이 최초거나 로그라인에 훅hook이 확실하게 있는지, 그리고 우리가 하는 작품이 단막극이 아니기 때문에 스토리라인을 쭉 펼쳐갈 수 있는지도 살핍니다. 그다음으로 주인공 캐릭터가 굉장히 매력적인지를 봐요. 사실 스토리라인은 대부분 비슷해요. 갈등을 풀어가는 방법은 여러 가지가 있겠지만 기본적으로는 역경을 헤쳐 나가는 과정이라서 이런 큰 틀이 많이 달라진다고 생각하지 않아요. 중간중간 반전도 있겠죠. 그래서 주인공이 누구인지, 어떤 캐릭터인지가 되게 중요해요. 그동안 했던 드라마를 보면 〈소년심판〉은 소년부 판사 이야기가 후킹했고, 〈스토브리그〉도 훅이 있었어요. 두 작품 모두 최초여서 많이 훅이 된 것 같아요. 제가 안 해봤던 거라서 너무 궁금했거든요. 그러면 시청자들도 궁금할 수 있겠다는 생각이 들었죠.

원작 각색을 선호하시나요, 아니면 오리지널 대본 개발에 집중하시나요?

지금까지는 오리지널 대본을 선호했어요. 일단 신생 제작사여서 돈이 없었기 때문에 원작을 사서 영상화하는 판권을 확보하는 게 부담스러웠거든요. 게다가 좋은 원작들은 경쟁이 심해요. 저희는 신생이라서 빨리 제작해서 성과를 내야 하니까 신인 작가들과 작업하는 게 낫다고 판단했죠. 그러다 보니 오리지널이 조금 더 많았던 것도 사실이고 또 그게 잘됐고요. 그런데 인기 웹툰이나 소설은 검증된 작품이긴 하잖아요. 지금은 저도 시청률을 예측할 수 없기 때문에 원작들의 기존 팬덤을 드라마로 옮겨오는 게 좋지 않을까 싶어서 이 부분도 많이 열어놓았어요.

길픽쳐스만의 기획 개발 시스템이 있나요?

저희는 작가들을 밀착 마크하는 시스템이에요. 저희 회사와 계약한 작가님이 열한 분인데 그중 두 분은 다른 제작사와 선계약한 분량이 있어서 곧바로 투입이 안 되는 상황이고, 나머지 아홉 분을 관리하고 있죠. 저희는 쿠킹이 다 돼 있는 상황에서 뭔가를 움직이기보다는 아이템을 찾는 것부터 시작해서 취재하고, 자료 조사하고, 레퍼런스 찾고, 자료 만드는 과정을 함께해요. 어떻게 보면 보조 작가가 하는 일도 하면서 밀착 마크하고 있는 셈이에요.

길픽쳐스에는 기획 PD가 몇 명 있나요?

기획 이사, 기획 PD, 저까지 포함해서 총 세 명이에요. 그러다 보니 저도 중요한 미팅이 아니면 모든 회의에 참석하려고 해요. 참석하지 못할 때는 리뷰라도 작성해서 전달하죠. 그러니까 각자 맡은 더 주된 프로젝트가 있기는 하지만, 저희는 다 같이 모여서 함께 얘기하는 방식으로 일해요. 막내 기획 PD가 20대,

기획 이사는 30대, 저는 이제 곧 50대로 넘어가는 40대 끝물이이에요. 사실 20대, 30대, 40대가 주요 드라마 시청층이잖아요. 그러니까 기획에 대해서 피드백을 할 수 있는 연령별 샘플이 딱되는 거예요. 같은 아이템을 가지고도 세대별로 다른 의견이 나오기도 하고 그래서 저희는 완전체일 때 얘기해요.

그럼 세 명이 동의해야 제작에 들어가는 방식인 건가요?
그렇지는 않아요. 세 명이 다 좋아하는 걸로만 고go를 하겠다, 그린 라이트를 켜겠다고 하면 '에지edge'가 없어져요. 모든 사람이 좋다고 하는 아이템은 오히려 개성이 떨어진다고 생각해요. 이 사람도 좋고 저 사람도 좋고 그래서 잘되는 것도 있겠지만, 우리 세 명 중 한 사람이 "나 너무 꽂혀서 이거 하고 싶다"고 하면 저는 그것도 진행해요.

지금 준비하고 있는 아이템(라인업)은 몇 개나 되나요?
아홉 개예요. 시대극, 사극, 현대극 등 다양해요.

드라마 한 편 기획 개발하는 데 보통 얼마나 걸리나요? 또 1년에 한 편당 기획 개발비가 얼마나 투입되나요?
작가에 따라서 천차만별이기는 한데 1년에 대략 7천만원 선에서 왔다 갔다 해요. 통상적으로 작가에게 지원하는 부분이 작가실인데, 작가실이 있으면 관리비랑 월세가 나가잖아요. 그리고 보조 작가 한 명 정도의 인건비도 지원해요. 취재비, 도서 구입비, 진행성 경비도 지원해요. 당연히 기획 PD 인건비나 작가 계약금은 뺀 금액이에요.

소규모 제작사는 기획이 힘이고, 좋은 아이템을 많이 준비해야 할 텐데 기획 개발에 얼마나 투자하고, 어떤 방식으로 하나요? 나름의 원칙이 있나요?

회사 인건비를 빼고 기획 개발비에 다 쓰는 편이에요. 사실 기획 개발비가 작가한테 들어가는 비용인데 저한테는 작가가 무기잖아요. 총알이고. 그래서 저는 번 돈을 작가를 영입하거나 원작을 구입하는 데 거의 다 써요. 폐업하지 않는 이상 이 두 가지에 투자하는 게 가장 중요한 일 아닐까 싶습니다.

드라마 기획 개발이라는 게 제작사가 장기간 투자해야 하고 그렇다고 그게 모두 결실을 거두는 것도 아니어서 제작사 입장에서는 '잃어버린 비용'일 수 있잖아요. 방송사, 플랫폼에서 기획 개발비를 보전해주는 편인가요?

아니요. 기획비라는 게 어떤 거냐면 편성이 된 때부터 작가한테 지원되는 거, 그다음으로 보조 작가 지원되는 거예요. 그런데 이게 편성이 확정된 날로부터 인정되는 거지, 그 이전에 쓴 비용에 대해서 100퍼센트 보상받은 사례는 없어요. 제작 예산 항목에 경상비가 잡혀 있으면 앞서 썼던 기획비는 이걸로 채워야 하는 게 관행이었어요. 그래서 예산서 리스트에 나와 있는 '진짜' 기획비는 한 작품에 3천만 원에서 4천만 원 정도밖에 안 돼요. 말도 안 되는 거죠.

인터뷰 내내 밝고 차분했던 박민엽 대표의 목소리가 이 대목에서 높아졌다. 한 작품을 기획 개발하는 데 통상 3년 걸리고 1년에 평균 1억 원씩 들어가므로 작가 계약금을 제외하면 총 3억 원이 들어간다. 그런데 드라마가 편성되어도 3천만 원에서 4천만 원만을 기획비로 인정받는다면 겨우 10퍼센트만 보전받는 셈이다.

영화진흥위원회 보고서에 따르면 한국영화 기획 개발 프로젝트 가운데 평균 20퍼센트 정도 투자를 받아 제작에 들어가는데 드라마 또한 이 비율에서 크게 벗어나지 않는다. 길픽쳐스처럼 소규모 제작사가 아홉 개의 프로젝트를 준비하고 있다면 1년에 9억 원씩, 3년이면 27억 원을 기획 개발비에 쏟아붓는 셈인데 이 중에서 두 개를 편성받는다고 가정했을 때 6천만 원에서 8천만 원을 기획비로 돌려받는 구조는 어떻게 봐도 비정상적이다.

지금까지는 저희가 편성률 100퍼센트를 자랑해요. 엎어진 작품이 한 편도 없어요. 그래서 기획 개발 비용을 전부 잃어버렸다고 할 수는 없는데 앞으로 기획하는 작품 수가 늘어나면 당연히 100퍼센트 편성률을 지키기 어려울 거잖아요. 사실은 그런 두려움이 커요. 작가들도 그렇겠지만 기획자나 제작자도 불확실한 건 마찬가지거든요. 기획 개발 비용을 인정 못 받으면 그건 제가 고스란히 떠안아야 하는 적자니까요. 지금 드라마 산업이 잘

박민엽

되고 있다고 하지만 돈은 누가 벌고 있는지 모르겠고. 기획 개발비에 대해서는 사실 나 몰라라 하는 게 있어요. 그나마 OTT 플랫폼은 100퍼센트는 아니더라도 기획 개발비를 어느 정도는 인정해주고 있어요.

반도체, 자동차 등 다른 산업은 기업의 연구 개발 비용에 대해 국가가 세제 혜택을 주는 등 다양한 지원제도가 있다. 드라마를 비롯한 콘텐츠 기획 개발도 연구 개발 활동으로 인정해 이를 지원해주는 제도와 정책이 필요하다. 한류 콘텐츠 수출이 늘어나면 화장품, 가공식품과 같은 소비재 수출이 두 배 가까이 동반 증가하고, 한류 콘텐츠 수출이 1억 달러 증가하면 생산유발 효과는 5억 1천만 달러에 달한다는 연구 결과도 있다. K-pop과 함께 한류 콘텐츠의 양대 산맥인 드라마에 대한 지원 정책 마련이 시급하다.

이신화 작가님, 김민석 작가님*모두 신인이었습니다. 신인 작가는 열정과 패기, 신선함이 있는 반면, 대본 품질에 편차가 있을 수 있고 끌고 가는 힘이 떨어질 수 있는데 어떻게 조율해나가나요?

신인 작가들은 기성작가들에 비해 더 열려 있고 수용을 잘하는, 약간 '스펀지' 같은 부분이 있어요. 쓰는 속도가 느린 건 사실이에요. OTT 플랫폼은 대본을 다 완성한 후에 제작에 들어가니까 괜찮은데, 리니어 채널은 방영 중에도 대본*을 써야 할 때

나는 기획한다, 고로 존재한다

가 있어요. 그래서 초반에 대본 작업을 할 때 작가님들이 이런 제작 환경에서 '멘붕'이 오지 않도록 데드라인을 정해드려요. 초고 하나를 한 달 안에 써내라는 식으로요. 그렇게 백신을 미리 맞아놓으면 나중에 제작 단계나 방송 단계에서 대본을 빨리 써야 할 때 덜 힘들어질 수 있게끔요.

★ 지상파, 케이블 드라마는 대본이 50퍼센트 정도 나온 상태에서 제작, 방영을 시작하는데 방송 중에 시청자의 반응을 살펴가면서 대본을 집필하고 제작 현장에 보내는 것이 일반적이다. 이 과정에서 대본 작업이 늦어지면 이른바 '쪽대본'이 나오기도 한다.

신인 작가는 어떻게 발굴하시나요?

주변에서 추천을 받을 때도 있고, 방송사별 극본 공모전이나 작가교육원에서 당선된 작가님들의 작품들을 찾아서 봐요. 저희랑 결이 맞고 어떤 장점이 느껴지면 미팅을 해요. 얘기를 나누면서 서로 잘 맞겠다 싶으면 계약해서 함께 가는 식이에요. 기본적으로는 장점이 특출난 데가 있는 분을 찾습니다.

촉이 좋으신 걸까요?

네. 글의 느낌이 괜찮고 같이 일해보고 싶다는 생각이 드는 분들에게 주로 제안해요. 촉이죠. 한마디로 '필feel'을 받아야 해요. 김민석 작가님은 단막극을 보고 같이 하자고 제안했어요. 이신화 작가님은 〈넝쿨째 굴러온 당신〉 때 보조 작가였는데 그때 일하는 걸 옆에서 지켜봤기 때문에 어떤 사람인지 알잖아요. '이 사람은 확실히 될 거야, 잘 쓸 것 같아'라는 느낌이 있어서 중간중간 연락하면서 작품이 진행됐죠.

대표님이 생각하는 좋은 대본은 어떤 건가요?

단순 재미만 추구하는 것보다는 작품을 관통하고 있는 주제가 분명한지를 따져요. 작가가 대본으로 저를 설득하지 못하면 결국엔 시청자들도 설득하기 어렵잖아요. 그래서 메시지 전달이 잘된 대본인지를 첫 번째로 봐요.

그런 대본의 힘을 느낀 적이 있었나요?

많이 있었죠. 〈스토브리그〉는 이신화 작가님이 MBC 극본 공모전에 당선됐다면서 2부까지 대본을 보여줬는데 야구를 모르는 '야알못'인 제가 봐도 다음 이야기가 너무 궁금한 거예요. 그리고 야구를 소재로 한 드라마지만 야구선수들 이야기만 계속 나오는 게 아니라 그 뒤에서 일하는 사람들의 이야기를 다루고. 이전 스포츠물이랑 비교했을 때 색다른 최초의 소재잖아요. 그래서 보자마자 되겠다 싶었어요.

어떤 부분에 가장 혹하셨나요?

시청자 입장에서 봤어요. 기획 PD로서 신 바이 신scene by scene 브레이크 다운break down(신 쪼개기)하면서 논리적으로 본 것이 아니라 정말로 시청자 입장에서 재밌어서 대본을 픽업했죠. 게다가 백승수 단장처럼 캐릭터가 확실하고, 새로운 소재에 대한 참신한 접근, 그리고 무슨 이야기를 하고 싶은지가 명확하게 드러났거든요. 아니면 여운이 짙고 장면의 잔상이 남는 대본들이 있어요. 일상생활을 할 때도 문득문득 생각이 날 때가 있거든요. 그런 대본이 좋죠.

대본을 직접 쓰시기도 하나요?

그렇지는 않아요. 예전에는 작가님이랑 신 구성도 같이 하고, 중요한 대사도 같이 만들고 했는데 그 방법이 좋지 않더라고요. 한 사람이 한 톤으로 쓰는 게 맞는 것 같아요. 물론 공동창작 시스템이면 다르겠지만요. 어쨌든 무에서 유를 창조한 사람이 써나가는 게 맞기 때문에 저희가 대사에 손을 댄다거나 하지는 않아요. 간혹 회의를 통해서 수정 방향을 제시할 때도 있지만 작가님이 더 큰 그림이 있어서 수정은 안 된다고 하면 수정을 강요하지는 않아요.

원고를 검토하고 작가에게 아이디어를 제안하거나 원고 수정 방향 등을 얘기하려면 기획 PD도 어느 정도 창작 능력이 있어야겠네요?

그런 능력이 꼭 있어야 한다고 생각해요.

그럼 어떻게 해야 창작 능력을 기를 수 있을까요?

많이 보는 것밖에는 없는 거 같아요. 이게 결국 통계예요. 시청자들이 좋아하는 후킹 포인트가 있어요. 시청자들은 꽂힌 장면을 반복해서 본단 말이죠. 어떤 장면에 반응하는지는 뉴스나 기사에 나오잖아요. 그런데 작가는 라인대로 따라가다 보면 그런 걸 놓칠 수 있어요. 그럴 때 한 번씩 환기를 시켜드리는 거죠. 그러니까 기획 PD는 결국 많이 봐야 하고, 늘 다방면에 관심을 가져야 하죠.

CEO로서 느끼는 부담감과 책임감은 기획 PD 때와는 다를 것 같은데 언제 가장 힘든가요?

사실 부담이 엄청나요. 드라마 제작을 메이드 시켜야 되는 총책임자인 거잖아요. 편성이 되기 전까지의 불안함, 두려움을 다른 사람들에게 들키지 않고 견뎌야 하는 그 기간이 제일 힘들어요.

길픽쳐스를 창업한 지 5년이 넘었는데 비교적 순항인 것 같습니다. 처음 창업할 때 생각했던 대로 잘 가고 있나요?

기획한 다섯 작품을 모두 편성, 제작했으니까 정말 감사한 일이죠. 창업하고 2년 반 동안은 기획만 하면서 버텼어요. 그때 뿌린 씨앗이 열매를 맺은 덕분에 지금 원활하게 돌아가고 있는 거죠. 기획 개발 시스템은 어느 정도 자리를 잡아서 궤도에 올

나는 기획한다, 고로 존재한다

라셨다고 생각하는데, CEO로서의 저는 정말 빵점을 주고 싶어요. 처음에는 '내가 하고 싶은 일을 하자' 해서 약간은 놀이터라는 개념으로 일을 시작했거든요. 지금까지는 아주 잘 성장해왔고 다행히 적자 없이 버텼는데 비즈니스 플랜을 제대로 세워놓은 게 아니다 보니 이렇게 계속 갈 수는 없다는 생각이 들어요. 지금은 CEO로서 성장통을 겪는 시기인 것 같아요. 그래서 고민이 많습니다.

2022년 9월, 길픽쳐스는 CJ ENM 계열 스튜디오드래곤에 인수합병되었다. 100퍼센트 지분투자방식이다. 이로써 길픽쳐스는 대규모 자본을 확보하는 동시에 편성에 대한 부담을 어느 정도 덜 수 있게 되었다.

방송사, 채널, 플랫폼, 스튜디오, 제작사 등 여러 종류의 회사가 있는데 이러한 드라마 산업 생태계에서 드라마 제작사가 생존하고, 성장하고, 경쟁력을 갖기 위한 조건은 뭐라고 생각하세요?

직원들이죠. 저희 회사의 경쟁력은 직원들, 특히나 그중에서도 기획 PD가 경쟁력이라고 생각해요. 또 소속되어 있는 작가님들. 요약하면 기획력이겠네요. 그리고 조금 더 경쟁력을 갖추자면 자본력이 뒷받침돼야겠죠. 저는 길픽쳐스가 '기획 맛집'으로 소문났으면 좋겠습니다. 어떤 장르를 하더라도 기획의 승리라는 얘기를 듣고 싶은 게 꿈이에요.

**은퇴 전에 꼭 해보고 싶은 작품이 있나요?**

제가 욕심이 많아서 다양한 장르를 다 해보고 싶어요. 아직도 못 해본 게 SF예요. 제대로 된 SF 못 해봤고, 호러도 못 해봤고, 시트콤도 못 해봤어요. 그리고 제가 3D 애니메이션을 되게 좋아해서 애니메이션도 하고 싶고, 다큐멘터리도 하고 싶어요. 여러 장르를 다 너무 하고 싶어요. 그래서 딱 어떤 특정한 작품을 하겠다기보다는 다양한 장르를 두루두루 해보고 싶은데 뭐가 됐든 시즌제로 갈 수 있는 걸로 꼭 성공해보고 싶어요. 한국 드라마는 미드와 달리 결말을 확실하게 지어주니 좋다고 하는데 사실 콘텐츠를 기획하는 입장에서는 몇 년씩 투자한 그 포맷을 활용하지 못하는 게 무척 아까워요.

**CEO로서 길픽쳐스를 어떤 컬러의 콘텐츠 기업으로 이끌어 가고 싶으신가요?**

제가 돈 버는 거에만 눈이 멀었으면 이 일을 20년 동안 못 했을 거예요. 지금 기준으로 보면 말도 안 되는 박봉이었는데 그렇게 돈을 조금 받으면서도 불철주야 일할 수 있었던 건 제가 하고 싶은 일이었기 때문에 가능했던 것 같아요. 〈소년심판〉 하고 나서 영화 쪽 분들을 만났는데 어떤 분이 "영화는 잘되면 건물도 사고 돈도 많이 버는데, 드라마는 잘돼봤자 아파트 평수 조금 바뀌는 거라면서"라고 할 때 '현타'가 오긴 했어요. 그럼에도 제가 해왔던 일이 드라마고, 드라마가 좋아서 이 일을 시작했으니 끝까지 해야 하지 않을까 싶어요. 요즘은 길픽쳐스가 만든 드라마가 세상에 나갔을 때 선한 영향력을 끼쳐서 세상이 조금이라도 변하는 데 기여할 수 있다면 좋겠다는 사명감, 책임감을 느껴요.


두 시간이 훌쩍 넘는 인터뷰 시간 내내 박민엽 대표는 열정적이고, 당당했다. 기업을 운영하는 CEO로서 현실적인 고민을 토로할 때 목소리가 살짝 떨렸으나 그는 풍파, 부침으로 격동하는 대한민국 드라마 제작 현장에서 20년 넘게 활약해온 베테랑 EP다. 날카로운 촉, 단단한 내공이 설득의 언어가 되어 건너왔다.

천문학적 금액의 자본이 쏟아져 들어오고, 무수히 많은 제작사와 기업이 성공과 성장을 꿈꾸지만 콘텐츠업의 본질은 새 작품을 세상에 내놓는 것. 새로운 아이템을 찾고, 작가를 발굴해 이야기를 발전시키는 것이다.

직원 네 명에 불과한 스타트업 중소 제작사가 세상이 주목하는 콘텐츠를 연거푸 내놓은 힘은 바로 기획에서 나온다. '선한 영향력을 꿈꾸는 기획 맛집'인 길픽쳐스의 대표 박민엽은 EP, 대한민국의 드라마 기획 PD다.

66

살면서 누구나 실수를 해.
그런데 신우야,
진짜 중요한 건 그다음이야.
그다음들이 모여서
강신우라는 사람이 되는 거거든.
잘 생각해봐.
이번 선택으로
넌 어떤 사람이 되고 싶은지.

99

넷플릭스 시리즈 〈소년심판〉 중에서

나는
군인을 잡는
군인이다

넷플릭스 시

D.P.
디 피

8월 27일 공개 | NETFLIX

클라이맥스스튜디오 대표

# 변승민

〈지옥〉 〈D.P.〉 〈몸값〉 등 제작

# 빠르게 거침없이, 전방위로

넷플릭스에서 가장 큰 성공을 거둔 한국 드라마는 두말할 필요 없이 〈오징어 게임〉이다. 그렇다면 최근 몇 년 사이 넷플릭스를 잘 활용해 빠르게 성장한 제작사는 어디일까? 〈D.P.〉〈지옥〉을 만든 클라이맥스스튜디오라는데 이견이 없을 것 같다. 클라이맥스스튜디오는 전신인 레진스튜디오 시절부터 tvN 드라마 〈방법〉(2020), 영화 〈초미의 관심사〉(2020), 카카오TV 오리지널 〈아만자〉(2020) 등 다양한 콘텐츠를 여러 플랫폼에 선보이며 업계의 주목을 받았다.

2021년 JTBC스튜디오(현 SLL)가 클라이맥스스튜디오를 인수했는데, 한 매체에 따르면 변승민 대표의 역량을 높게 평가한 것이 그 배경이라고 했다. 지금까지 한국에서 영화, 드라마, 숏폼 콘텐츠, 애니메이션을 한 제작사에서, 한 EP가 총괄하는 사례는 찾아보기 어렵다.

2021년 가을 넷플릭스에 내놓은 〈D.P.〉〈지옥〉은 한국 사회의 어두운 현실을 깊이 있게 조명한 수작으로 많은 화제를 불러일으키며 국내는 물론 해외에서도 큰 인기를 얻었다. 그 후로도 클라이맥스스튜디오는 장르나 매체를 가리지 않고 압도적 물량을 쏟아내고 있다. 2022년 4월에 〈괴이〉를 공개한 데 이어 8월에 〈당신이 소원을 말하면〉을 KBS 2TV에 방영했다. 10월에는 티빙 오리지널 〈몸값〉을 선보여 다시 한번 강렬한 인상을 남겼고, 2023년 1월에는 넷플릭스 영화 〈정이〉를, 3월에는 청춘물 〈소울메이트〉를 개봉했다. 7월 말에는 넷플릭스 시리즈 〈D.P.〉 시즌 2를 선보였고, 8월에는 이병헌, 박서준, 박보영 주연의 영화 〈콘크리트 유토피아〉를 개봉했다.

클라이맥스스튜디오는 『씨네21』이 엔터테인먼트업계 전문가를 대상으로 조사한 가장 주목할 스튜디오 부문에서 2022년에 이어 2023년에도 1위에 올랐다. 한국 영상 콘텐츠 산업에 새로운 바람과 에너지를 불어넣고 있는 변승민 대표를 만났다.

엔터테인먼트산업에 영화로 입문하셨다고 알고 있습니다만, 간단한 자기소개 부탁드립니다.

2009년 4월, 영화 투자 배급사 NEW 설립 당시에 1호 공채 직원으로 입사해서 영화 배급팀에서 일을 하다가 한국영화팀으로 자리를 옮겨 활동했습니다. 그 이후에는 워너브라더스 로컬 프로덕션 한국영화팀장으로 5년 정도 일했습니다. 그리고 레진스튜디오를 거쳐서 지금까지 왔습니다.

NEW, 워너브라더스에서 몇 작품에 관여하셨나요?

100편쯤 한 거 같아요. 처음에는 외화를 다루었는데, 2주에서 3주에 한 편씩 개봉했기 때문에 검토를 많이 했습니다. 한국영화는 60여 편쯤 됩니다.

한국영화 투자 검토, 실행을 많이 하셨는데 그때 배우고 얻은 것은 무엇인가요?

영화를 밖에서 보는 훈련을 직간접적으로 많이 했죠. 영화를 만들기 위해서는 작가, 감독뿐 아니라 세일즈하고, 배급하고, 투자하는 모든 영역을 통합해 일정한 스케줄 안에서 움직여야 하는데, 상업 콘텐츠가 만들어지는 메커니즘을 이해하고 직접 해보면서 시야가 넓어졌던 것 같아요. NEW는 한국 배급사고, 워너브라더스는 미국에서 가장 오래된 스튜디오 중 하나잖아요. 영화의 역사와 함께한 회사에서 일했기 때문에 국내외 시장, 투자 구조, 영화를 만드는 방식의 차이와 공통점을 짧은 시간 안에 깊이 볼 수 있었죠. 그때의 경험들이 지금 여러 사람과 소통하고 설득력 있게 의견을 전달하는 데 주요한 자양분이 되지 않았나 생각해요.

투자 실무 과정에서 수많은 시나리오를 검토하셨을 텐데 그 과정에서 아이템 보는 눈이 형성되고 대본을 고르는 훈련이 자연스럽게 되지 않았을까요?

그렇죠. 처음에 두 시간짜리 장편영화 시나리오 보는 데 세 시간에서 세 시간 반 정도 걸렸다면 지금은 40분 걸려요. 그런데 이게 단순히 속독한다기보다는 시나리오를 읽는 방법을 알게 된 거예요. 몇천 편의 원고를 읽어야 하니까 빨리 검토해야 하지만 제작자, 배우, 감독 들과 대화하려면 후루룩 하고 가볍게 볼 수 없거든요. 집중해서 빨리, 깊게 보는 법을 체득하게 됐어요. 시나리오는 영상을 만들기 위한 설계도예요. 문학처럼 활자로 끝나는 게 아니라 결국은 영상으로 구현해야 하기 때문에 시나리오를 보면서 실현 가능성을 염두에 두고 여러 기준점, 판단 요소를 한꺼번에 체크하는 방식의 트레이닝을 많이 하게 됐죠.

투자자로서 타율은 좋았습니까?

(웃음) 네, 전체적으로 보면 괜찮았죠. NEW가 신생 투자 배급사로서 다른 기업들과 경쟁해야 했으니까 빠르게 판단하면서 에지가 분명한 작품들을 선택했거든요. 그때 회사 전체적으로 기운도 좋았고, 최종 결정자가 있었지만 지위고하를 막론하

고 전 직원이 작품에 대해서 자기 목소리를 낼 수 있었어요. 실무자들이 열렬히 지지하는 작품에 투자하는 기조가 있었습니다. 제가 관여했던 영화 중에 〈반창꼬〉(2012) 〈7번방의 선물〉(2013) 〈신세계〉(2013), 이병헌 감독님의 데뷔작 〈스물〉(2015) 같은 작품이 있고, 〈가문의 영광〉 시리즈도 수익률 면에서는 꽤 괜찮았습니다. 워너브라더스에서 투자 진행했던 〈밀정〉(2016) 〈마녀〉(2018)도 중요한 작품이죠.

영화산업으로 일을 시작한 변승민 대표의 이력을 길게 물어본 이유는 영화와 드라마, 극장과 텔레비전, 스마트기기의 경계가 사라진 미디어 환경에서 프로듀서가 어떤 시각으로, 어떤 방식으로 콘텐츠를 기획하고 제작하는지, EP로서 그가 중시하는 것은 무엇인지 알고 싶어서였다. 급변하는 환경에서 짧은 시간 동안 수많은 아이템과 시나리오를 검토하면서 될 만한 작품을 골라내는 안목, 그리고 빠르게 결정하는 그의 스타일은 영화산업 10년의 경험을 거쳐 형성된 능력과 방향이라는 것을 확인할 수 있었다. 그는 속도가 관건이라고 했다.

★ 뉴턴 운동 제2법칙으로, '가속도의 법칙'을 말한다. Force(힘)=Mass(질량) × Acceleration(가속도).

'F=ma'★라고 하잖아요. 여기에 꼭 맞는 공식은 아니지만, 시장에 타격을 주는 힘은 그만큼의 무게가 있거나 순간적인 가속도, 반응하는 속도가 빨라야 생긴다고 생

빠르게 거침없이, 전방위로

각하거든요. 저보다, 저희 회사보다 덩치가 크고 업계에서 영향력이 있는 분들이 많은데 저희가 처음부터 똑같은 힘을 가질 수는 없잖아요. 그래서 그분들과 비슷한 힘으로 시장에 타격을 주려면 속도를 굉장히 높여야 가능하다고 생각해서 많이 신경 쓰고 고민했습니다. 트렌드가 거의 초 단위로 변한다고 하잖아요. 더 빠르게, 짧은 시간 안에 밀도 있게 제작했던 게 저희에게 많이 도움이 됐던 것 같아요.

넷플릭스가 오고, 코로나19 팬데믹으로 영화 현장이 셧다운되면서 영화계 사람들이 드라마 시리즈를 만드는 일이 아주 자연스러워졌죠. 대표님은 레진스튜디오 때 〈아만자〉 시리즈를 제작하셨는데 비교적 일찍 드라마에 눈을 돌린 계기나 이유가 있나요?

투자 배급사에 있을 때부터 느낀 게 있어요. 아주 좋은 소재에 시나리오 완성도도 높지만, 영화는 시간적인 제약이 있어서 그 안에 담을 수 없는 재밌는 이야기들을 많이 봤거든요. 그러면서 '영화로 만들 수 없는 다른 영상 콘텐츠들은 어디로 가야 하지?' 같은 고민을 자연스럽게 했던 것 같아요. 마침 소셜미디어나 유튜브 채널에 일반인뿐만 아니라 프로들이 만든 영상들이 올라오기 시작했는데 이 콘텐츠들은 시간에 구애받지 않고, 오히려 짧은 것들이 갖는 지속성의 힘이 느껴졌어요. 5분짜리 콘텐츠를 연속으로 보는데 어느새 두세 시간이 훌쩍 지나가는 경험을 하면서 이게 영상산업 쪽으로 왔을 때 다음 세대에 훨씬 더 반응이 좋지 않을까, 그리고 자연스럽게 그렇게 갈 수밖에 없지 않을까, 그렇다고 뭔가 한쪽이 소멸된다고 생각은 안 했던 것 같아요. 이야기를 만드는 데 적합한 형태나 길이를 고민하던 시점에 채널, 미디어, 플랫폼까지 선택의 폭이 점점 더 다양하게 생겨난 거죠.

한국 영화와 드라마 사이에 오랜 경계가 사라지고 융합하는 현상이 나타난 것으로 보입니다. 스태프들도 그렇고. 콘텐츠가 스크린, 텔레비전, 스마트기기를 넘나드는 시대에 클라이맥스스튜디오는 어떻게 대비하고 대응하고 있나요?

직접 경험해보기 전까지는 어떠한 대비나 준비도 할 수 없다고 생각해요. 뭔가 새로운 유통 환경이 조성되거나 시장변화가 있을 때 저는 일단 직접 해봅니다. 그리고 거기서 느끼는 거죠. '아, 뭐가 다르구나.' '이렇게 하면 되는구나, 이건 이렇게 하면 안 되네.' 사실, 카카오TV 론칭할 때 저희가 제작한 〈아만자〉가 1호 작품이었습니다.

일단 빠르게 먼저 해보고 부딪혀본다는 걸까요?

그게 제일 빨리 배울 수 있는 길이었고 돌아보면 그렇게 했기 때문에 '끈'들이 생겼던 것 같아요. 적은 자본으로 빠르게 새 플랫폼에서 새 유형의 콘텐츠를 제작했기 때문에 그때 만난 김보통 작가님과 〈D.P.〉라는 작품도 함께하게 됐습니다. 그 인연으로 김보통 작가님이 다른 작품의 크리에이터로도 참여하게 됐죠. 만약 저희가 그때 주저했다면 인연이 만들어지지 않았을 겁니다. 오래 생각하기보다는 실행을 먼저 하는 게 이후에 훨씬 더 많은 기회를 준다고 생각해요.

어쨌든 몇 년 사이 한국 영상 콘텐츠 산업 변화의 큰 에너지와 계기는 넷플릭스라는 점을 부인할 수 없습니다. 그런데 최근 성장세가 둔화하고, 활력도 다소 주춤한 것 같습니다.

넷플릭스가 역사가 오래된 기업은 아니잖아요. 그래도 시장을 선점한 덕분에 가장 많은 데이터와 경험치를 갖고 있어서 오랫동안 그 효과를 누리지 않을까 싶어요. 하지만 성장이 정체되고 위기라고 느낀다면 뭔가 새로운 시도와 선택을 하겠죠. 오히려 넷플릭스가 어떤 선택을 하는지 더 주목해서 봐야 할 것 같습니다.

넷플릭스의 영향력이 워낙 큽니다만, 한국 OTT 플랫폼의 성장 가능성도 커지고 있지 않나요?

아주 익사이팅한 것 같아요. 앞선 발자국이 없으면 두려운 부분이 많은데 넷플릭스나 디즈니플러스, HBO처럼 참고할 수 있는 사례가 있다는 게 중요합니다. 티빙을 예로 들면, 티빙이 단순하게 유통 창구로만 그치는 게 아니라 모회사인 CJ나 SLL, KT까지 여러 연합 체계를 구축하기에 이점이 있기 때문에 오히려 시간이 어느 정도 지나면 훨씬 더 유리하리라 생각합니다. 〈이상한 변호사 우영우〉(2022)처럼 콘텐츠 한 편이 하나의 채널을 널리 알렸듯이 OTT 시리즈 중에서 그런 작품들이 나온다면 한국 유통 채널들도 국제적으로 위상이 달라질 수 있다고 봅니다. 전 세계 가입자가 어떤 작품을 보기 위해서 넷플릭스에 접속하는 게 아니라 국내 OTT에 가입할 수 있는 거죠. 넷플릭스가 만들어놓은 시장의 크기가 명확하기 때문에 그 시장을 한국 플랫폼과 콘텐츠가 채워나가는 방향으로 성장곡선이 우상향될 확률이 크다고 생각해요.

레진스튜디오, 클라이맥스스튜디오까지 회사 이름이 모두 스튜디오입니다. 보통 '○○픽쳐스' '△△엔터테인먼트' 같은 이름을 많이 쓰는데 스튜디오라 이름 지은 까닭은 무엇인가요?

전통적으로 극장용 영화를 만드는 곳에 국한되고 싶지 않다는 목표가 첫 번째입니다. 그리고 같이 만드는 사람들한테는 '우리만의 공간' 같은 느낌을 주고 싶었어요. 이곳은 안전하고, 서로 약속만 잘 지키면 깨질 염려가 없고, 우리가 확보해둔 곳이니까 와서 좋은 사람들과 소통하면서 안정감 있게 일하는 공간이 됐으면 좋겠다는 거죠. 하우스 같은 개념으로 쓰고 싶어서 스튜디오라 했어요.

할리우드 스튜디오의 기능과 역할이 있고, 한국도 방송사, 대기업 계열의 스튜디오들이 있는데 이들과 다른 점은 무엇인가요?

한국의 여러 회사가 스튜디오라는 이름을 쓰는 것은 아무래도 글로벌시장을 목표로 하겠다는 의지가 있어서라고 봅니다. 세계 엔터테인먼트산업에서 스튜디오 하면 디즈니, 워너, 유니버설 같이 명확하게 떠오르는 기업들이 있잖아요. 그 기업들의 규모, 일하는 방식, 스타일이 이미 대중에게 인식돼 있기 때문에 시장에 접근하기 용이하겠죠. 한국에서 스튜디오라는 이름을 쓰는 것은 종합 콘텐츠 제작사로서 영상뿐 아니라 다양한 분야로 범위를 넓혀가겠다는 의지를 드러낸 것이라고 생각해요.

지금까지 내놓은 작품들을 보면 미스터리, 디스토피아, 오컬트 등 장르물이 많았습니다. 클라이맥스스튜디오의 색깔인가요, 아니면 본인의 취향이 들어간 건가요?

저희 회사가 어떤 장르적 색채를 내세우지는 않아요. 〈혜화,동〉(2011)을 연출한 민용근 감독님 작품 〈소울메이트〉(2023)는 싱그럽고 아름다운 청춘물이고, 〈당신이 소원을 말하면〉(2022)도 전형적인 휴먼드라마, 힐링 코드로 설명할 수 있는 작품입니다. 그리고 꿈에 대한 사랑스러운 이야기를 담은 애니메이션도 준비하고 있어요. 초기에 했던 〈아만자〉〈초미의 관심사〉는 이런 유형의 작품이 전혀 아니거든요. 물론 블룸하우스*나 사나이픽처스처럼 컬러가 뚜렷한 회사들도 있지만 제가 지향하는 곳은 아니에요. 좋은 얘기가 있고, 그것을 구현할 수 있는 배우나 감독, 크리에이터가 있다면 장르에 국한하지 않을 생각입니다.

★ Blumhouse Productions, BH Productions 또는 줄여서 BH라고 부르는 미국의 영화 제작사로, 유명한 호러물을 많이 제작했다.

〈D.P.〉 〈지옥〉 모두 웹툰이 원작입니다. 오리지널 시나리오가 아니라 웹툰 각색을 선택한 이유는 무엇인가요?

웹툰을 선택할 때 중요하게 보는 것은 흥행에 성공했느냐가 아니에요. 〈지옥〉은 조회수가 높은 작품이 아니었고, 〈D.P.〉도 좋은 평가를 받았지만 흥행과는 거리가 멀었죠. 저희가 원작을 고를 때는 다른 요소들을 얼마나 추가할 수 있을지, 또 원작을 만든 창작자들과 어떻게 콜라보할 수 있을지 등을 고려합니다. 〈D.P.〉의 원작자인 김보통 작가님을 드라마 각본가로 참여시킨 이유도 원천 IP를 만든 사람이니 자신이 구축한 세계의 중심점을 잘 알고 있었기 때문이에요. 그리고 웹툰에는 미처 담지 못했던 수면 아래의 이야기를 많이 갖고 있을 거라고 생각했어요. 〈지옥〉 역시 연출자인 연상호 감독님이 최규석 작가님과 같이 웹툰을 만들었죠. 원작 IP를 최초로 만든 분들이기 때문에 원작에 구축해놓은 세계관을 누구보다 잘 이해하고 있다고 봤습니다. 웹툰을 선택할 때는 원작자가 영화나 드라마 제작에 참여할 수 있는지를 매우 중요하게 따집니다.

웹툰에 다 드러나지 않은 수면 아래의 이야기, 창작 과정에서 빠졌거나 방향이 바뀐, 애초에 구상했던 등장인물이나 설정은 원작자가 아니면 알 수 없다. 웹툰에는 어울리지 않아 제외했지만 영상화 과정에서 다시 살릴 수 있고, 그렇게 함으로써 스토리가 더 풍성해질 수 있다는 점을 변승민 대표는 잘 이해하고 있었다.

빠르게 거침없이, 전방위로

**웹툰만의 매력이나 장점도 있겠지만 단점도 있지 않나요?**

예를 들어 웹툰을 원작으로 한 〈이태원 클라쓰〉(2020)가 대박이 났을 때 원천 콘텐츠가 있으면 시장 안정성이 있다고 하는데 통계를 따져보면 웹툰 원작 영상물이 오리지널 시나리오로 만든 작품보다 타율이 더 안 좋을 거예요. 그럼에도 웹툰을 선호하는 이유는 투자를 결정하는 데 용이하기 때문인 것 같아요. 기획서나 시나리오만 보면 각자 다른 그림을 생각할 수 있는데 웹툰은 시각화된 명확한 자료가 있기 때문에 어떤 증빙이 된다고 느끼는 것 같아요. 그런데 웹툰을 각색해서 드라마로 만들다 보니 웹툰에서의 호흡과 드라마에서의 호흡이 너무 많이 다르더라고요. 웹툰은 기본적인 생리가 5분에 한 번씩 자극을 줘야 하거든요. 웹툰 한 회 분량을 영상화하면 3분에서 4분 정도 되는데, 그럼 3분에서 4분마다 펀치를 날리거나 임팩트를 주는 셈이에요. 한 시간, 두 시간짜리 드라마, 영화의 리듬과 매우 다르다는 거죠. 이렇게 촘촘한 웹툰의 호흡을 해체하고 영화나 드라마의 호흡으로 각색하는 작업이 오리지널 시나리오 쓰는 일보다 더 힘들 수 있겠다는 게 가장 큰 단점인 것 같아요.


**또 다른 단점은요?**

그리고 산업적으로 봤을 때 웹툰 원작으로 영상 콘텐츠 IP를 만들면 작가, 연출자, 제작자한테 권리가 온전히 귀속되지 않는 부분이 있어요. 그럼 드라마나 영화로 제작해서 히트를 쳐서 이후에 부가 사업을 전개하려고 할 때 제약이 되죠. 그래서 웹툰 원작은 일회적인 성과를 내거나 영상화 결정을 하는 데 중요한 판단 기준이 되기도 하지만, 장기적으로 봤을 때 IP가 명확하게 시각화돼 있다는 게 단점으로 작용할 때도 있습니다.

'웹툰-영화-드라마'로 이어지는 IP 구축 및 활용에서 전략적인 방향이나 계획이 있나요?

그 부분도 사업 초기 때와 많이 바뀌어서 계속 고민하고 있습니다.

레진스튜디오 대표로 계실 때는 레진코믹스가 보유한 원작으로 영화나 드라마로 만드는 사업 전략을 추구하시지 않았나요?

네, 실제로 그렇게 했던 적이 있어요. 다양한 웹툰을 선택할 수 있는 공급망이 있었기에 그걸 바탕으로 영화나 드라마로 만든 뒤 부가 사업 전개하고 후속 시즌 프랜차이즈를 만드는 식으로 파이를 키워갈 수 있겠다 생각했죠. 그런데 실제로 해보니까 제약이 많더라고요. 웹툰이 좋은 재료지만, 강한 제약이 있는 부분도 있어서 어떤 감독님들은 이 때문에 연출을 마음껏 할 수 없다면 참여할 수 없다고 얘기해요. 그러면 영화, 드라마 프로젝트 패키징하는데 용이성이 떨어지죠. 들어가는 공력에 비해 발생할 이익이나 보상이 줄어든다면 차라리 오리지널로 하는 게 좋지 않나 생각했습니다.

빠르게 거침없이, 전방위로

연상호 감독님과 작업을 많이 하신 특별한 이유가 있나요? 항간에는 클라이맥스스튜디오의 전략 가운데 하나가 '연상호 유니버스' '연상호 세계관의 구현' 이라는 얘기도 있던데요.

연상호 감독님은 제가 〈사이비〉(2013) 애니메이션 투자 담당할 때 처음 만났습니다. 연 감독님은 속도에 대한 인식 면에서 저랑 비슷한 점이 되게 많아요. 감독님도 한 명이 하는 거라고 믿을 수 없을 정도로 본인의 아이디어나 아이템을 직접 제작하거나 각본을 쓰면서 활발하게 쏟아냅니다. 물론 그렇다고 모든 작품이 다 성공한 건 아니지만요. 게다가 저희 둘 다 다른 사람들이 따라오기 힘들 만큼 아주 빨리 소통하고 결정하는 편이에요.

궁금했습니다. 아니, 저분들은 대체 어떻게 저렇게 한 번에 많이 만드시는 걸까 하고요.

감독님이 대본을 보내주시면 빨리 읽어요. 핸드폰으로든 뭐든 바로 읽고, 피드백하고. 캐스팅이나 플랫폼까지 논의하는 데 며칠 만에 제작의 큰 가닥이 잡혀요. 연상호 감독님한테 받은 자극이나 노하우가 저한테 자양분이 됐고, 감독님과 여러 작품을 함께하면서 오래 소통하다 보니 다음 아이템도 자연스럽게 저희와 얘기를 더 많이 하게 됐죠. 이런 과정에서 감독님 작품 세계를 이해하는 폭이 넓어지기는 했습니다만, 저와 감독님의 취향이 일치하는 건 아닙니다. 클라이맥스스튜디오가 연상호 세계관을 구현한다거나 하는 목표는 갖고 있지 않아요.

온라인 스트리밍이 대세가 되면서 시즌제, 세계관 얘기를 많이 합니다. 〈D.P.〉나 〈지옥〉도 그런 구조고요. 콘텐츠를 기획할 때부터 이런 부분을 고려하시나요?

작품마다 달라요. 사실 나중보다는 오늘의 관객들과 소통할 수 있는, 지금 만드는 콘텐츠에 더 집중하는 편입니다. 거대한 세계관 구현에 대한 야망을 갖고 시작하다 보면 스토리를 나눠야 하잖아요. 한 편에 다 보여줄 수 없으니 그다음 이야기를 남겨두고, 지금 해석이 안 되더라도 다음에 하면 된다는 식으로. 그런데 이 방식이 자칫 대중에게 괴리감을 줄 수 있어서 저는 조금 러프하게 뭔가 끈을 갖고 느슨하게 연결 고리를 만들지 처음부터 꽉 짜인 구조를 생각하지는 않습니다. 그러니까 마블의 세계관 구현 방식*은 제 성향에 안 맞고, 한국에서는 구현하기 힘들다고 생각해요. 왜냐면 마블은 원작 코믹스가 있잖아요. 수십 년 동안 쌓아온 팬덤도 있고, 수많은 변형도 등장했고, 그 과정에서 대중의 반응이 뭐가 좋았고 안 좋았는지 데이터가 다 있는, 엄청나게 장수한 막대한 IP가 있어

★ Marvel Cinematic Universe, 마블 코믹스 출판물을 기반으로 하는 슈퍼히어로 영화, 드라마, 만화, 기타 단편 작품을 공유하는 가상 세계관이자 미디어 프랜차이즈. 〈아이언맨〉〈인크레더블 헐크〉〈토르〉〈캡틴 아메리카〉〈어벤저스〉〈스파이더맨〉〈블랙 위도우〉〈블랙 팬서〉 등이 대표적인 작품이다.

서 그걸 바탕으로 큰 계획을 짤 수 있는 거죠. 세계관이라는 말에 현혹돼서 너무 큰 이야기 구조를 빽빽하게 짜놓으면 관객과 소통에 실패할 수 있고, 그렇게 되면 짜놓았던 스토리를 중단하거나 마무리하지 못할 수도 있죠. 아니면 가다가 힘이 떨어지기도

하고. 오히려 위험한 선택이 될 수 있다고 봐요.

시즌제가 할리우드의 오랜 공식이기는 하지만 한국의 콘텐츠 산업에 잘 맞는지 회의적인 시선도 있는데, 이 부분은 어떻게 생각하세요?

한국에서 시즌제가 중요해진 이유 중 하나는 산업적인 관점에서 볼 때 돈 때문이에요. 시즌이 계속될수록 더 큰 보상이 기다리고 있거든요. 그런데 그 보상이 결국 제작하는 사람들의 용역비를 따라가지 못할 때 시즌이 끝나는 걸 지켜봤습니다. 사실, 시즌제는 늘 새로운 걸 하고 싶어 하는 크리에이터들의 근본적인 욕망과 부딪힌다고 생각해요. 배우들도 그렇고. 신인급 배우들로 초반 세팅을 해서 같이 성장하는 모양새로 가거나, 창작 집단 역시 한 명이 빠지더라도 운영이 될 수 있는 팀제로 구성한다든지, 처음부터 감독, 배우 패키징이 전략을 짜서 시작된다면 의미 있는 시즌이 될 수도 있겠죠. 반면에 이 드라마 왜 안 끝나지? 싶은 작품들도 있어요. 그러니까 창작적으로는 이미 생명력이 끝났는데 만드는 사람들한테는 하나의 직업이기도 하고, 중요한 생계 수단이 되다 보니 멋지게 마무리 짓지 못하고 질질 끄는 콘텐츠도 적지 않은 거예요.

〈D.P.〉 〈지옥〉 모두 시즌 2를 제작합니다. 시즌 1과 무엇이 달라지나요?

중요한 건 새로운 이야기인가 하는 점입니다. 상업적인 논리 말고, 창작자, 배우, 스태프, 감독이 전작과 다른 스토리라는 확신이 있어야 시즌을 이어갈 수 있다고 생각해요. 〈D.P.〉2는 시즌 1에서 쌓은 캐릭터의 특성을 이어가기는 하지만, 큰 줄기 안에서 전혀 다른 이야기라는 확신이 들었어요. 그렇기 때문에 이 작품은 보상을 떠나서 시즌 2를 만들 만한 가치가 있다고 생각했어요. 〈지옥〉도 같은 맥락이에요. 시즌 2에서 벌어지는 이야기가 시즌 1보다 더 스펙터클하고, 미스터리하고, 철학적인 질문이 많기 때문에 만들 가치가 있다고 봤어요.

제작사 입장에서는 매번 새로운 이야기를 만들어내야 하는 부담에서 벗어나 오랜 시간 시즌을 지속하면서 자본을 축적하고, 마침내 프랜차이즈를 만들어내는 게 목표일 텐데 한국형 프랜차이즈, 가능성이 있을까요?

〈킹덤〉〈오징어 게임〉〈D.P.〉〈지옥〉 이렇게 이어가는 건데 지금은 한국형 프랜차이즈를 만들어가는 시작 단계이기 때문에 안 된다고 얘기할 수는 없을 것 같아요. 다만 시즌제가 스트리밍 시대 이전과는 양상이 달라지고 있기 때문에 면밀하게 살펴봐야 합니다. 넷플릭스도 시즌 2 이상 이어가는 콘텐츠 숫자가 확연히 줄어들었을 거예요. 심지어 아주 인기 있는 작품도 조기 종영하잖아요. 과거에는 시즌제를 이어감으로써 구독자를 유지하고 가입자 수를 늘리는 전략이 먹혔다면, 지금은 예전만큼 신규 구독자 유입이 되는 것 같지 않으니까 그럴 바에야 시즌 여러 개 만들 돈으로 새로운 작품 몇 편 만드는 게 가입자 유치하는 데 훨씬 유리하더라는 거죠. 어쨌든 데이터를 바탕으로 전략을 계속 바꿔나가고 있다고 봅니다.

할리우드 미디어들이 주도하던 시절의 비즈니스 모델, 그러니까 특정한 IP를 기반으로 하는 세계관 혹은 프랜차이즈를 만들어 디즈니랜드, 유니버설스튜디오 같은 테마파크를 조성하고, 체험형 콘텐츠와 MD를 판매하는 방식으로 콘텐츠 수명을 이어가는 전략이 과연 스트리밍 시대에도 유효할까? 변 대표는 관객의 취향 변화를 주목한다고 했다.

시장이 계속해서 변화하고 있습니다. 예전에는 영화 1편이 나오고 몇 년 뒤에 속편이 나와도 문제가 없었어요. 콘텐츠를 즐길 수 있는 진입 통로가 많지 않았으니까요. 미디어별로 작품을 공개하는 순서도 있었고요. 지금은 다양한 채널에서 즐길 수 있다 보니 관객들이 판단하고 선택하게 됐죠. 사실 그런 점에서 저는 프랜차이즈가 관객들을 수동적으로 만드는 전형적인 전략 중 하나라고 생각해요. 지금은 소비자들이 과거보다 훨씬 적극적으로 콘텐츠를 즐기고 숏폼 같이 짧은 콘텐츠를 소비하는 게 트렌드인데, 이전 것을 따라잡기 위해서 몇 시간을 투자해야 하는 방식의 콘텐츠 소비 패턴이 관객들의 변화와 생리적으로 어긋나는 시대라는 생각을 많이 해요.

스튜디오를 끌고 가려면 새로운 창작자가 필요한데 어떻게 찾으시나요?

잘하는 사람 옆에 잘하는 사람이 있다고 봐요. 같이 작업했던 분들이 창작을 가장 잘하는 사람이라고 생각하기 때문에 이분들에게 물어봅니다. 그분들한테 많은 소스를 얻어요. 추천도 많이 받고요. 저랑 작업해보고 만족감을 느낀 분들과 연결 고리가 생기면서 처음에는 손가락에 꼽을 정도였던 네트워크가 점점 더 넓어지는 것 같습니다. 연출자뿐만 아니라 작가, 배우까지.

한 인터뷰를 보니까 소속 감독, 작가를 두지 않는다고 하던데 그렇게 하는 이유가 있나요?

물리적인 구속이나 강제가 없을수록 더 좋으니까요. 제작사 만들 때 작가들과 편 수로 몇백 편 계약하는 건 절대 하지 말아야겠다고 결심했어요. 그런 계약을 하려면 돈이 많이 드는데 막대한 비용을 그렇게 묶어둘 필요도 없고, 오히려 이걸 움켜쥐려다 새로운 창작자들을 만날 수 있는 더 많은 기회를 빼앗길 수 있다고 봤거든요. 회사 설립 초기에도 그랬고 지금도 그렇지만 저랑 같이 일하는 분들은 굳이 이러한 물리적 제약이 없어도 더 끈끈해지고 있다고 생각해요.

그렇다면 수많은 아이템 중에서 고르는 기준은 무엇인가요?

이야기가 아무리 좋아도 같이 만들 수 있는 사람이 안 떠오르면 선택을 잘 못 해요. 결국 저희는 영상 콘텐츠 만드는 일을 하기 때문에 스토리를 영상으로 요리할 수 있는 적합한 요리사가 없으면 소용없어요. 그래서 이 부분이 제일 크고, 다음으로 제가 다른 사람한테 말로 재밌게 전달할 수 있는 이야기인지가 중요해요. 아이디어든 시나리오든 그걸 구두로 피칭을 되게 많이 해요. 글로 읽었을 때는 좋았는데 말로 짧게 표현이 안 된다든가 듣는 사람이 재미없어 하고 이해를 잘 못 하잖아요? 불특정 다수의 사람이 제 얘기에 흥미를 못 느끼면 저는 과감하게 접어요.

드라마 〈당신이 소원을 말하면〉은 클라이맥스스튜디오가 보여준 작품들과 결이 다르잖아요. 지상파와의 작업인 점도 그렇지만 소재나 장르 면에서도 그렇고요. 변화의 신호인가요, 아니면 콘텐츠 다양성, 매체 다각화인가요?

폭넓은 관객들과 만나고 싶어서 기획했던 작품이에요. 가깝게는 저희 어머니께 보여드리고 싶다는 생각에서 시작한 이야기고요. 집에서 설거지하다가 볼 수도 있고, 다른 일 하다가 즐겁게 볼 수도 있는, 그런데 그게 불편하지 않은. 그런 면에서 타깃이 명확하죠. 중장년층에서 어린이들까지 볼 수 있는 드라마. 저희가 그동안 제작한 작품 중에서 아이들에게 보여줄 수 있는 게 없더라고요. 가족들이 함께 보면서 깔깔대거나 가끔씩 울 수 있는, 보편적인 감성으로 쉽게 접근할 수 있는 콘텐츠를 만들고 싶었고, 지상파에서 방영하면 좋겠다고 생각했는데 다행히 마지막에 매칭됐습니다.

EP로서 고수하는 원칙이나 방향이 있나요?

작품마다 가장 지키고 싶은 것들을 기록해놓습니다. 예를 들어 〈당신이 소원을 말하면〉은 '중장년층이나 아이들이 접근이 편한 채널에서 봤으면 좋겠다'였어요. 그러면 제작할 때 여기에 반하는 요소들을 선택하지 않으려고 합니다. 그래서 작가님, 감독님과 이 코어core에 대해 오랜 시간 얘기를 하고 찾아낸 몇 줄의 약속, 기획의 본질을 지킬 수 있도록 옆에서 조력자, 통제자, 협업자 역할을 하고 있어요.

지금까지 비교적 순탄하게 성장하고, 좋은 작품들을 이어 온 것으로 보여요. 혹시 실패나 위기는 없었나요?

회사 전체적으로 보면 꾸준히 완만하게 우상향으로 가고 있어요. 그러나 모든 작품마다 실패감을 느껴요. 그게 감독, 배우, 스태프와의 관계일 수도 있고, 기획의 원칙을 지키기 위해 희생하는 것일 수도 있고요. 사실 성취에서 얻는 희열은 찰나이고, 100일이 있다고 하면 98일은 다 실패를 경험하는 기간이지 않을까, 그 하루 이틀의 성취감을 위해 계속 실패하는 게 아닐까 생각해요. 〈지옥〉도 그렇고 〈D.P.〉도 그렇고. 운이 좋아서 가장 원했던 계획안대로 되는 경우는 진짜 손에 꼽거든요. 캐스팅이 잘 안되는 경우도 많고요. 거절당한 일은 셀 수도 없어요. 상처는 배우뿐 아니라 스태프들한테도 받아요. 투자랑 편성을 못 받아서 프로젝트가 좌초된 적도 있을 만큼 궁지에 몰리는 순간은 늘 있었습니다.

일을 하다 보면 누구나 한 번쯤 다운되거나 슬럼프를 겪기 마련인데, 변승민 대표는 그런 적이 없었다고 했다. 한 작품이 기대에 못 미쳤더라도 또 다른 프로젝트를 준비해야 했기 때문에 침잠해 있을 시간이 없었다고. 그는 실패 감에 절어 있는 것이 아니라 실패를 거울삼아 다른 일을 추진하는 전형적인 '워커홀릭'이었다. 변승민 대표는 태블릿 PC를 열어 현재 진행 중인 프로젝트 상황을 보여주었다. 얼핏 보아도 서른 개가 넘는 라인업이 있었다.

보라색은 촬영이 끝난 것, 초록색은 캐스팅 중이거나 촬영 진행 중인 것, 투자가 확정된 걸 표시해놓은 거예요. 그리고 회색은 개발 중인 작품, 블랙은 메이드가 안 된 것, 그러니까 개발에 실패한 아이템들이에요. 사실 수면 아래에 훨씬 많은 것이 있어요.

그럼 현재 준비 중인 라인업 중에서 가장 주목하는 작품은 무엇인가요?

넷플릭스 오리지널 영화 〈정이〉예요. 한국 영화사에 한 획을 그을 작품이라고 생각하거든요. 강수연 배우님의 유작이기도 하죠. 연상호 감독님이 각본과 연출을 맡으셨어요. 비주얼 면에서도 색다른 시도를 하고 있어서 기대가 됩니다. 그리고 이병헌, 박서준, 박보영 배우가 출연하는 엄태화 감독님의 〈콘크리트 유토피아〉도 막바지 작업 중이에요. 큰 이슈가 없다면 2023년에 개봉할 듯한데, 대중과 평단 모두를 만족시킬 수 있는 작품이 나오지 않았나 싶어요. 티빙 오리지널 작품인 〈몸값〉도 하반기에 나와요. 각 회를 원테이크로 찍었는데, 실험적인 요소들이 많아서 시청자들의 반응이 궁금해요.

〈몸값〉은 프랑스에서 열린 제6회 칸 국제 시리즈 페스티벌에서 장편 경쟁 부문 각본상을 수상했다. 〈정이〉는 독특한 설정과 실험으로 평단의 주목을 받았으며, 〈콘크리트 유토피아〉는 제48회 토론토국제영화제 갈라 프리미어 상영작으로 초청되었다.

지난 3~4년 한국 드라마가 여러모로 좋았습니다. 앞으로의 전망은 어떨까요?

더 괜찮아질 거라고 봐요. 그동안 언어, 문화적 제약, 콘텐츠 유통에 걸리는 시간 때문에 한국 콘텐츠가 오랜 기간 국내와 아시아 시장에 한정돼 있었는데 스트리밍 시대가 열리면서 퀄리티 높은 작품, 흥행작을 전 세계에 선보일 수 있는 기간이 급격하게 단축됐잖아요. 게다가 영미권 시청자들도 자막으로 작품을 보는 것에 익숙해졌고. 그 덕분에 시장이 훨씬 커졌죠. 저는 전통적으로 잘해온 플레이어들이 어떤 분야에 막대한 자본을 쏟아붓는 것을 주목해요. CJ나 다른 플랫폼들이 해외시장을 선점하기 위해서 미국 회사를 사들이고 투자를 하는 것은 그만큼 시장을 오래 관찰하고 가능성을 점쳐 자신감이 있다는 거잖아요. 해외시장에 한국 콘텐츠를 선보일 수 있는 기회가 더 빠르고 커진 상

빠르게 거침없이, 전방위로

황에서 더 많이 투자할 수밖에 없고, 중간중간 등락이 있을 수 있
겠지만 크게 봤을 때는 전 지구적으로 콘텐츠 유통 고속도로가
뚫린 것 같습니다.

클라이맥스스튜디오만의 차별점, 경쟁력은 무엇인가요?
다른 분들이 들으면 싫어하실 수 있는데, 저희 회사가 가
장 오래 일할 수 있지 않을까 싶어요. 제가 물리적으로 젊다는
점, 회사가 생긴 지 얼마 안 된 것도 있어서……. 가장 젊고 생산
력 있는 회사이기 때문에 앞으로 다가올 많은 변화에 누구보다
빠르게, 유연하고 재미있게 대처할 수 있는 준비가 돼 있고, 몇
년 동안 그걸 증명했다고 생각합니다.

두려움이나 망설임이 별로 없어 보여요.
아직은 안 해본 게 더 많아서 좀더 긍정적으로 할 수 있다
는 마음가짐으로 함께 일하는 사람들과 움직이고 있어요. 요즘
은 열정과 진심, 그에 상응하는 노력만 있다면 뭐든지 다 해볼 수
있으니까 좁혀서 생각하지 말자고 많이 얘기합니다.

앞으로 꼭 해보고 싶은 작품이나 프로젝트가 있나요?
멜로 장르를 해보고 싶어서 여기저기 많이 물어보고 있어
요. 저희가 안 해본 분야라 궁금한 것도 있지만, 유행은 돌고 도
는 거라서 멜로, 코미디 장르가 아주 흥했던 시기가 있었기 때문
에 언젠가 다시 흥할 거라고 생각해요. 가족들과 함께 볼 수 있는

애니메이션에도 관심이 있고, SF도 하고 싶어서 큰 작품을 준비하고 있어요. 해외 감독이나 배우들과 깊게 협업하는 방향으로 기획하는 것도 있습니다. 성인용 애니메이션을 준비하고 있는데 빨리 만들고 싶어요. 그러다 보면 또 다른 재미있는 것들이 많이 나오지 않을까요.

콘텐츠 산업에 들어오고 싶어 하는 사람들이 많은데 이분들에게 한말씀 부탁드려요.

제가 처음 영화산업에 들어왔을 때 했던 생각인데요, 들어와서 부딪혀보세요. 저는 영화를 평생의 업으로 삼겠다는 명확한 목표가 있었어요. 이걸 빨리 경험해보고 현실이 내 로망과 꿈에 맞지 않는다면, 그게 허황된 것이라면 빨리 깨야지 하는 생각으로 대학생 때부터 아르바이트하고, 영화 제작 아카데미 다니면서 현장을 직간접적으로 체험했습니다. 그러면서 이게 할 만하구나, 힘들고 어려운 일, 해결해야 할 부분도 많지만, 내가 가진 꿈을 유지해도 되겠다는 현실 파악을 빨리 했어요. 저는 그래서 지금 당장 할 수 있는 일을, 뭐라도 빨리 해보라고 하고 싶어요. 그걸 통해서 또 다른 영역으로 갈 수도 있는 거고, 전혀 다른 삶을 살 수도 있고, 포기할 수도 있으니까요. 포기하는 것도 아주 큰 용기라서 일단 겪어보고 느끼고 판단하고 선택하시길.

앞으로가 기대되는 클라이맥스스튜디오인데요, 10년 뒤 어떤 모습일까요?

빠르게 거침없이, 전방위로

솔직히 잘 모르겠어요. 왜냐면 저는 1년이 10년이라고 생각하면서 살거든요. 남들이 10년 동안 할 일을 저는 1년 동안에 한다는 속도로 일하기 때문에. 앞으로 어떤 다른 일을 하게 될 수도 있고, 그 사이에 뭔가 또 다른 재미있는 것들이 생길 수도 있고. 그런데 꼭 EP라는 직책이 아니더라도 이야기와 관련된 일은 할 것 같아요. 지금도 100퍼센트 제가 글을 쓰거나 창작을 하지는 않지만, 이야기를 만드는 일을 하고 있다고 생각합니다. 그게 영화든 드라마든 아니면 그 밖의 어떤 것일지라도 이야기 만드는 언저리에서 계속 뭔가를 하고 있지 않을까 싶어요.

인터뷰하는 동안 그가 가장 많이 사용한 말은 속도와 생산성이었다. 타석에 많이 서야 타율을 올릴 수 있다는 생각. 채널, 플랫폼이 많아지고, 시장이 전 세계로 확장된 시대에 스튜디오의 역할은 다양한 콘텐츠를 빨리, 많이, 자주 선보여야 한다는 게 그의 지론이다. 그는 오래 고민하기보다 빨리 실행하고 부딪혀 경험치를 쌓고, 그 결과를 통해 새로운 관계를 맺는 방식으로 자신의 영토를 확장해왔다. 직원 여덟 명의 작은 기업이 짧은 기간 해냈다고 믿기 어려운 속도와 물량, 품질로 OTT 시대 영상 콘텐츠의 방향을 폭넓게 보여준 EP 변승민. 업계 지인에 따르면 그는 잠을 거의 자지 않고 일에 몰입한다고 한다. 말 위에서 먹고 자며 여러 말을 번갈아 타면서 상대가 상상할 수 없는 속도로 진격했다는 13세기 몽골 기병의 기세가 이와 같지 않았을까. 마흔, 이제 막 기세가 오른 젊은 EP와 그의 스튜디오에 클라이맥스는 아직 오지 않았다. 그가 앞으로 얼마나 더 많은 새로운 콘텐츠를 보여줄지 기대된다.

**"**

뭐라도
해야지.

**"**

넷플릭스 시리즈 〈D.P.〉 중에서

하이지음스튜디오 대표

# 한 석 원

<이태원 클라쓰> <런온> <종이의 집> 등 제작

# 손잡고 함께, 더 크고 넓게

2020년 이후 공개된 한국 드라마 가운데 지금까지 꾸준히 사랑받으며 화제를 이어가는 작품을 꼽으라면 〈이태원 클라쓰〉를 빼놓을 수 없다. 동명의 웹툰을 각색한 이 드라마는 JTBC 방영 당시 최고 시청률 16.5퍼센트를 기록할 만큼 큰 인기를 얻었다. 이뿐 아니라 넷플릭스에 서비스되면서 전 세계 시청자들의 주목을 받았다. 특히 일본에서는 2022년 10월 기준, 62주 연속 넷플릭스 순위 톱 10 안에 머무르고 있을 만큼 큰 사랑을 받고 있다. 독특한 캐릭터와 새로운 스타일로 큰 성공을 거둔 이 작품의 중심에 콘텐츠지음이 있다. 한석원 대표는 〈친구, 우리들의 전설〉(2009) 〈신사의 품격〉(2012) 등 드라마 제작 프로듀서로 경험을 쌓은 뒤 2016년에 방영된 KBS 드라마 〈태양의 후예〉에서 처음으로 제작 총괄을 맡았다. 이후 〈화랑〉(2016~2017) 〈맨투맨〉(2017)의 EP를 맡은 뒤 콘텐츠지음을 만들어 독립했다. 2017년 창립 이후 〈런온〉(2020~2021) 〈경우의 수〉(2020) 같은 개성 있는 작품을 선보인 콘텐츠지음은 제작 능력을 인정받아 2021년 JTBC 스튜디오(현 SLL)에 투자 인수되었다. 2022년에는 넷플릭스 시리즈 〈종이의 집: 공동경제구역〉(이하 종이의 집) 〈안나라수마나라〉를 만들며 저력을 보여주었다. 최근 하이스토리와 합병해 이름을 하이지음스튜디오로 바꾸면서 더 크고 새로운 비전을 세우고 있다.

2022년 10월 초, 하이지음스튜디오 공동대표 한석원 프로듀서를 만났다. 공식적인 미디어 인터뷰가 처음이라는 한석원 대표는 대화 내내 조용하고 신중했다. 모든 질문에 천천히 조심스럽게 답하는 모습이 인상적이었다.

언제, 어떤 계기로 드라마 산업에 입문하셨나요?

처음에는 영화로 이 일을 시작했어요. 2003년에 〈태풍〉
(개봉 2005년)의 연출부에서 일하면서 곽경택 감독님과 인연을
맺었고, 영화 제작에 세 편 정도 참여했습니다. 그러다가 2007년
에 〈온에어〉(방영 2008년) 제작 프로듀서를 맡으면서 처음 드라
마 일을 하게 됐죠. 그리고 김은숙 작가님의 〈온에어〉〈신사의 품
격〉〈태양의 후예〉 세 작품을 했어요. 그 사이에 〈친구, 우리들의
전설〉이라고 영화 〈친구〉(2001) 드라마 버전의 프로듀서를 맡았
습니다.

여러 길이 있었을 텐데 이 분야에 발을 들인 이유가 있나요?

재미있는 일을 하고 싶었어요. 그래서 대학교 다닐 때부
터 영화 현장에서 일을 시작했어요. 즐겁게 할 수 있는 게 뭘까
찾다가 제가 중고등학교 때부터 영화랑 비디오 보는 걸 엄청 많
이 했더라고요. 군대에서 『씨네21』 잡지를 구독할 수 있었는데
제작사 대표님들이나 감독님들 인터뷰를 보면서 이런 직업도 있
구나, 재미있겠다고 생각하고 전역한 다음 날부터 찾아다녔어요.

지금까지 몇 작품 제작에 참여하셨나요? 그리고 그중에서
기억에 남는 작품은 무엇인가요?

열다섯 개에서 스무 개쯤 했어요. 운이 좋아서 다 좋은 작
품들을 만났지만 제 인생의 변곡점이 된 작품은 〈태양의 후예〉
예요. 제작자로서 회사를 차려도 되겠다고 마음먹게 한 드라마

였거든요. 재미있었고, 상업적으로 성공했던 프로젝트여서 더 좋았죠.

저는 콘텐츠지음이 제작한 작품 중에서 〈이태원 클라쓰〉가 가장 먼저 떠오릅니다. 해외, 특히 일본에서 큰 인기를 얻었는데 그 이유가 뭘까요?

재미있으니까. (웃음) 〈이태원 클라쓰〉는 캐릭터가 유독 좋은 작품이라고 생각해요. 박새로이라는 캐릭터가 주는 엄청난 매력이 글로벌 시청자들에게도 통한 게 아닐까요. 조이서도 마찬가지인데 그런 여성 캐릭터가 별로 없잖아요. 일본에서 인기있는 걸 보면서 저도 신기했어요. 일본에서 성공한 〈한자와 나오키〉(2013, 2020)와 비슷한 이야기 구조이기도 하고, 박새로이가 곧고 정의로운 캐릭터라서 뭔가 잘 먹히지 않았나 싶습니다.

최근 온라인 스트리밍 시대가 오면서 변화의 물결이 크게 일었는데, 그 변화를 체감하세요?

그럼요. 진짜 빨리 변하고 있다고 생각해요. OTT 이전에는 로맨틱코미디가 훨씬 많았지만 지금은 장르나 소재 면에서 많이 다양해졌어요. 좀비, 액션, 스릴러, SF, 판타지까지 전에 없던 작품들이 나오고 있으니까.

그럼 방송사 미니시리즈가 주류를 이루던 시기에 비해서 제작사(특히 작은 규모)나 프로듀서, 작가에게 더 많은 기회가 생기지 않았나요?

기회가 더 많아진 것 같지는 않아요. 결국은 매력 있는 작품, 독특하거나 재미있는 작품을 선택하기 마련이거든요. 오히려 경쟁이 더 치열해졌어요. OTT가 생기면서 기회가 열렸다는 것은 잘 모르겠어요. OTT 덕분에 긍정적인 효과도 많이 생겼지만, 시장에서 잘하는 배우, 감독, 검증된 크리에이터 들에게 기회와 자본이 더 몰리면서 오히려 박탈감을 느끼는 사람들이 많지 않나 싶어요. OTT의 이러한 전략으로 시장이 더욱 양극화되는 듯해요.

의외였다. 채널, 플랫폼이 늘어나고 새로운 스타일의 콘텐츠를 찾으면서 규모는 작지만 기획력 있는 중소 제작사들에게 기회가 많아졌다고 보는 시각이 일반적이다. 그런데 한석원 대표는 매체가 증가한 만큼 제작사도 많아져서 경쟁이 훨씬 치열해졌다고 했다. 플랫폼들이 글로벌시장에서 통하는 작품을 선호하고 대자본을 투자하면서 오히려 믿을 수 있고 기존에 잘해온 창작자, 제작사에 유리한 시장이 형성되고 있다는 것. 하이지음스튜디오는 다양한 스타일의 드라마를 제작해왔다. 〈현재는 아름다워〉(2022)는 지상파 주말드라마였고, 〈종이의 집〉은 스페인 드라마 리메이크, 〈고백부부〉(2017) 〈이태원 클라쓰〉 〈안나라수마나라〉는 웹툰을 각색한 작품이다.

여러 스타일의 다양한 콘텐츠를 기획하고 개발할 수 있는

손잡고 함께, 더 크고 넓게

원동력은 무엇인가요?

초창기에는 저랑 관리팀 직원 한 명이 전부였어요. 기획팀을 구축한 지 1년쯤 됐어요. 신입으로 뽑아서 가르치고 있는 PD가 두 명 있고, 그전에는 저 혼자 기획 작업을 했어요. 저는 코워크cowork하는 것에 대한 두려움이나 욕심이 없어요. 기획이라는 게 혼자 할 수 있는 일이 아니잖아요. 프로듀서가 기획한 작품이 있고, 작가가 준비한 기획이 있고, 감독이 한 기획도 있고. 저는 주로 작가님들과 작업을 많이 했어요. 신인인지 아닌지보다는 좋은 사람인지가 중요합니다. 크리에이터나 프로듀서가 좋은 사람일 때 그런 분들과 손잡고 일합니다. 물론 작품이 기준에 미달하면 같이 못 하죠.

대표님이 직접 프로듀싱을 맡고, 여러 아이템을 동시에 진행하려면 아무래도 신인보다는 검증된 분들과 주로 작업을 하셨겠네요?

그렇지도 않아요. 2017년 〈고백부부〉 때부터 그 당시 저와 계약했던 분들은 다 신인이었어요. 왜냐면 제가 돈이 없었거든요. 〈경우의 수〉 〈런온〉 작가님들도 신인이었어요. 그 뒤에 하명희 같은 기성작가님과 작업을 하긴 했지만요.

신인 작가와 작업할 때 좋은 점은 뭔가요?

아무래도 소통이 수월하죠. 기성작가들은 본인의 작업 방식이 이미 잡혀 있어서 제 역할이 많지 않아요. 그런데 신인 작가들은 그런 게 없으니까 대화를 많이 하면서 틀을 잡아나갈 수 있고, 그런 점에서 재미도 있어요.

EP로서 좋아하는 이야기, 찾는 작품이 있나요?

영화를 할 때부터 지금까지 변하지 않은 것 같은데 확실히 로코나 휴먼드라마를 좋아하기 때문에 그런 작품들을 계속하고 싶어요. 외국 프로덕션과 비교한다면 워킹타이틀Working Title Films* 같은 회사죠. 제가 현실주의자여서 그런지 제 주변에서 일어날 수 있는 일들, 공감대 형성이 잘될 수 있는 작품을 좋아합니다.

★ 영국의 영화, 텔레비전 제작사로, 유니버설스튜디오가 소유하고 있다. 1983년 팀 베번Tim Bevan, 사라 러드클리프Sarah Radclyffe가 설립했으며, 〈네 번의 결혼식과 한 번의 장례식〉(1994) 〈노팅힐〉(1999) 〈빌리 엘리어트〉(2001) 〈어바웃 타임〉(2013) 등의 작품으로 유명하다.

작가나 프로듀서 들이 제안하는 아이템도 있고, 웹툰, 웹소설 원작 회사에서 보내주는 리스트가 있어서 검토하는 스토리가 많을 텐데 그중에서도 눈길이 가고 꽂히는 이야기가 따로 있겠죠?

정말 공감할 수 있는지, 감정선이 잘 느껴지는지를 봐요. 물론 그 안에 판타지가 있을 수도 있고 배경이 SF일 수도 있죠. 그런데 결과적으로 저한테 꽂히는 이야기는 그 사람이 주는 감정이 중요해요. 지금 확보해놓은 웹툰이 몇 개 있고, 웹소설, 소설책도 있고, 해외 드라마도 있습니다. 최근 영화로 준비하고 있는 작품 중에 〈서틴Thirteen〉이라는 BBC 원작이 있어요. 원래 5부작 드라마예요. 조디 코머Jodie Comer라는 여배우가 나오고, 열세 살에 유괴된 소녀가 13년 만에 가족의 품으로 돌아오면서 벌어지는 이야기입니다. 아주 강렬한 인트로를 보면서 '이게 뭐지?' 하는 호기심이 생겼어요. 스토리가 아주 재미있고 탄탄해요. 한국은 물론 전 세계적으로 많은 사람이 재미있게 볼 수 있는 작품이라 영화로 만들면 좋겠다고 생각했죠. 제가 꽂히지 않더라도 주변에 좋은 크리에이터들과 기획팀이 추천하고, 해보고 싶다는 작가님이 있으면 저도 다시 한번 고민하고 선택해요. 그렇게 해서 확보해놓은 원작이 열 개 이상 됩니다.

**웹툰 원작을 선호하는 편인가요?**

네, 제가 웹툰 원작 드라마를 많이 했더라고요. 웹툰뿐만 아니라 원작은 서사가 어디를 향해가는지, 이야기의 결말이 나와 있잖아요. 그래서 비어 있는 부분이나 영상화할 때 필요한 부분만 더 생각하면 되거든요. 오리지널 창작에 비해서 아무래도 시간도 절약되고 대본도 빨리 쓸 수 있죠. 그리고 만화는 상상의 폭이랑 캐릭터의 스펙트럼이 굉장히 넓어서 현실에 없는 매력적인 캐릭터도 만들어낼 수 있잖아요. 물론 캐릭터, 콘셉트, 배경설정, 이 모든 것을 완벽하게 다 갖춘 원작은 아직 못 본 것 같아요. 하지만 한두 가지 조건을 충족한 웹툰들은 많이 있어서 각색 작가가 붙거나 원작자가 직접 대본을 쓰게 되면 아무래도 오리지널 창작보다 빨리 제작할 수 있죠.

최근에는 오리지널 창작보다 웹툰이나 웹소설을 각색한 드라마가 많아졌고, 하루에 수백 편이 넘는 웹툰이 쏟아져 나오는 상황에서 좋은 원작을 찾아 판권을 확보하는 것도 프로듀서의 중요한 역량 가운데 하나가 되었다.

웹툰을 원작으로 한 드라마 〈고백부부〉나 〈이태원 클라쓰〉는 성공적이었습니다. 그런데 〈안나라수마나라〉는 반응이 기대했던 것만큼은 아닌 듯합니다. 이유가 뭘까요?

다소 아쉽기는 하지만 실패했다고 생각하지는 않아요. 저는 이 작품이 엄청나게 새로운 시도라고 봐요. 〈이태원 클라쓰〉 김성윤 감독님이 대단한 도전을 한 거고, 의지가 컸기 때문에 가능했던 작품입니다. 물론 넷플릭스가 많이 도와줬고요. 〈이태원 클라쓰〉만큼 대중적인 인기는 아니었지만, 인물의 감정, 상황, 이야기를 음악적으로 표현하고 드라마로 만들었다는 건 정말 대단한 일이라고 생각해요. 그런데 이 부분이 대중에게는 낯설게 느껴질 수도 있겠다 싶어요. 극이 쭉 전개되는 게 아니라 중간중간 노래가 나오는 데다 스토리 자체도 대중적이지 않으니까요. 그러나 제작자로서 큰 도전이었고, 새로운 스타일의 콘텐츠를 만들어낸 감독님과 그 일을 함께했다는 점에서 뿌듯하고 자부심도 있습니다.

웹툰을 드라마로 각색할 때 부담감은 없었나요?

〈이태원 클라쓰〉〈간 떨어지는 동거〉(2021) 모두 마찬가지인데 유명한 원작을 영상화했을 때 사람들이 원작과 비교한다는 거예요. 이게 가장 큰 리스크죠. 그런데 그런 우려 때문에 드라마를 안 만들 수는 없어요. 이야기를 얼마나 완성도 있게, 재미있게 만드느냐가 더 중요한 일이죠. 배우 캐스팅에 대한 원작 팬덤의 반응이나, 원작에 있었지만 빠지고, 원작에는 없었는데 추가한 얘기나 설정 같은 거에 대한 걱정, 염려에 흔들리지 않아야 한다고 생각합니다. 작가, 감독, 배우, 제작자 모두 걱정은 하겠지만 각자의 플레이를 잘하는 게 최선의 전략 아닐까 해요.

〈종이의 집〉은 넷플릭스 오리지널을 리메이크한 작품이죠. 원작이 워낙 유명했고, 유지태, 김윤진, 박해수 배우 등 캐스팅이 화려한 대작이었는데 반응이 엇갈립니다.

다른 작품 기획할 때 스페인 원작 〈종이의 집〉을 레퍼런스로 보게 됐는데 재미있어서 BH 손석우 대표님한테 소개를 했어요. 그런데 손 대표님이 같이 한번 해볼 수 있느냐고 하셔서 맨 처음부터 함께 준비한 작품입니다. 제작자로서 기대가 엄청 컸죠. 그만큼 걱정도 있었지만. 원작이 전 세계적으로 워낙 유명해서 사람들이 단순 비교해 잘 안될까 봐 염려했죠. 파트 1만 보면 기대에 비해서는 아쉬웠습니다. 원래 파트 2까지 봐야 완결되는 이야기니까 파트 2가 공개되면 시청자 반응이 괜찮아질 거라고 봅니다.

〈종이의 집〉처럼 세계적으로 알려진 작품을 각색하면서 한반도 분단 문제 같은 한국적인 맥락을 가져온다든지, 하회탈을 쓴다든지 하는 것이 혹시 글로벌 팬들에게 낯설게 다가간 것은 아닐까요?

(단호하게) 아니요. 그런 문제는 아니라고 생각해요. 원작 자체에 이미 한국적인 요소가 있었어요. 한국 드라마니까 달리Dali 가면을 쓸 수는 없다고 동의했죠. 한반도 분단 상황도 유럽은 한 대륙이니까 괜찮은데 우리는 삼면이 바다라서 어디로 탈출할 것인가에 대한 고민이 많았지 글로벌 팬들에게 한국적인 부분이 어떤 영향을 미칠지 생각하지는 않았어요. 게다가 이 작품은 맨 처음 기획한 시점이 남북정상회담을 하고 남북의 정상이 판문점에서 악수하던 때였어요. 그 모습을 보면서 류용재 작가님, 손석우 대표님이랑 같이 남북이 경제공동체가 됐다는 설정을 만들자는 얘기가 된 거죠. 한국의 현 상황을 드라마 안으로 가져오자고 한 게 가장 컸어요. 그래야 한국 시청자들이 우리 이야기니까 공감하면서 볼 수 있을 거라고 생각했거든요.

EP로서 나만의 드라마 제작 원칙이나 방향이 있나요?

많은 작품을 하고 싶어요. 제가 좋아하는 장르가 있기는 하지만, 제 취향과 상관없이 다양한 콘텐츠를 만드는 제작사가 됐으면 좋겠어요. 로맨틱코미디뿐 아니라 공포물, 액션, 장르물도 할 수 있는 회사를 지향합니다. 저는 한 사람을 설득하면 드라마는 만들어진다고 생각해요. 이야기가 천차만별이고 대본을 보는 기준도 다르지만, 누군가 한 사람이 꽂히면 그 이야기는 힘을 받아서 갈 수 있어요. 작가, 배우, 감독, 채널의 프로듀서 중에서 한 명이라도 분명한 확신을 갖게 하면 제작할 수 있는 거예요. 그러려면 우선 제가 좋아해야 하죠. 기획도 그저 그렇고 대본도 그저 그렇고, 내가 봐도 재미없는데 예쁘고 멋있는 포장지에 싸서 아무리 그럴싸하게 얘기해도 금방 탄로 나잖아요.

드라마 프로듀서로 꽤 오랜 시간 일해오셨습니다. 대표님이 다른 제작자나 EP와의 차별점은 무엇인 것 같으세요?

코워크할 수 있는 능력인 것 같아요. 누구 한 명이 너무 잘나서 만드는 작품은 없어요. 그게 연출이든 작가든 프로듀서든 다 내 말만 듣고 따라오라고 하면 그게 과연 좋을까요? 그리고 혼자서 하는 것보다 같이 일할 때 시너지가 나잖아요. 그런 점에서 저는 굉장히 열려 있고, 이게 저의 장점이라고 생각해요. 제가 현장 출신 프로듀서라서 제작의 디테일을 잘 아니까 여러 좋은 작품의 피지컬 프로덕션을 맡아 할 수 있었어요. 〈이태원 클라쓰〉도 그렇고, 〈태양의 후예〉〈화랑〉〈맨투맨〉 모두 문전사* 체제였어요. 그런 공동작업을 할 수 있는 기회가 저에게 큰 힘이고 자산

★ 문화산업전문회사로, 회사의
자산을 문화산업 특정 사업에
운용하고 그 수익을 투자자,
사원, 주주에게 배분하는 회사
를 말한다. 특정 작품에 한정
해 수익과 위험을 공유하는 유
한회사 형태가 많다. 〈이태원
클라쓰〉는 JTBC, 쇼박스, 콘텐
츠지음 세 회사가 세운 문전사
시스템으로 제작되었다.

이죠.

콘텐츠 산업 특성상 내 작품이라는 명분,
눈앞의 이익을 양보하는 게 쉽지 않잖아
요. 갈등 같은 건 없나요?
부딪치죠. 당연히 부딪쳐서 힘들죠. 어떤
때는 내가 지금 뭘 하고 있는 건지도 모르
겠고, 제 안에서 갈등이 생기기도 합니다.
저에게도 크레디트는 소중하고 수익이 없어도 되는 것은 아니지
만 제가 양보해서 한 작품이라도 더 만들 수 있다면 저는 그게 더
가치 있다고 생각해요.

콘텐츠 산업에서 크레디트는 매우 중요하다. 자신의 이름을 걸고 만들었다
는 자부심과 자존심, 명예를 무엇보다 소중한 가치로 여기는 세계가 엔터테
인먼트 판이다. 그래서 프로듀서와 작가, 감독은 대체로 자기주장이 강하고,
고집이 세며, 때로 독선적이기도 하다. 그 때문에 동업하기 쉽지 않은 것이
사실이다. 그런 점에서 여러 차례 큰 프로젝트를 공동으로 진행한 한석원
대표는 다가가기 편하고 신뢰할 만한 파트너로서 드문 경쟁력을 갖추고 있
는 셈이다.

드라마 산업이 커지고, 제작 구조와 시스템이 점점 복잡해

지고 있습니다. 드라마 제작사 프로듀서의 역량이 중요한 이유는 무엇인가요?

모든 드라마를 제작할 때는 정해진 시간과 예산이 있습니다. 제작사는 이러한 한도 내에서 작품을 잘 만들어야 해요. 그런데 감독, 작가, 배우는 이런 제약 조건을 생각하지 못할 때가 많아요. '작품을 위해서라면 시간과 예산을 초과해도 괜찮아' 이렇게 생각하죠. 이런 사람들과 주어진 조건하에서 작품을 잘 만들어내는 게 프로듀서의 의무이자 역할이죠. 또 많은 사람이 모여 일하는 현장에서 분쟁 없이, 사고 없이 잘 이끌어가는 사람이 프로듀서입니다. 제작 현장에 맨 처음 투입돼서 맨 마지막에 나가는 사람이 프로듀서잖아요. 여러 가지 상황과 사람들을 잘 케어하는 능력이 있어야 하죠. 프로듀서가 특출나게 잘해서 드라마가 더 잘된다고 생각하지는 않습니다. 하지만 프로듀서가 못하면 작품이 잘 안될 수 있어요. 프로듀서의 역량이 프로젝트 전체에 미치는 영향이 분명히 있는데 겉으로 잘 드러나지 않을 뿐이죠.

그렇다면 좋은 프로듀서가 되기 위해 갖춰야 할 자질 같은 게 있을까요?

스스로 빛나고 싶어 하는 사람은 안 될 것 같아요. 내가 먼저 뭔가를 하겠다, 주목을 받겠다 하는 사람은 좋은 프로듀서가 아닙니다. 왜냐면 프로듀서는 가장 티 안 나는 직업이거든요. 그리고 좋은 사람이어야 해요. 배려하고 양보할 수 있는 사람. 이일을 하다 보니 의사나 변호사처럼 학력과 자격을 갖춰야 하는 건 아니더라고요. 지금도 저는 아무나 할 수 있다고 생각해요. 다만 오래 잘하려면 무엇보다 인성이 중요해요. 배려가 부족하고 잘못된 커뮤니케이션을 하면 도태될 수밖에 없어요.

한석원 대표는 착한 사람과 똑똑한 사람이 있다면 무조건 착한 사람을 뽑겠다고 했다. 분쟁을 싫어해서 웬만하면 싸우지 않고 원만하게 해결한다고 한다. 자신이 조금 더 안고 가거나, 정말로 제작을 못 하게 되는 상황이면 안 한다는 생각으로 살아왔다고 했다.

이쪽 일을 하고 싶어 하는 청소년, 대학생 들이 많은데, 그들에게 해주고 싶은 말이 있으신가요?

콘텐츠에 재미를 느끼고 좋아하는 사람이면 좋겠습니다. 영화, 드라마, 웹툰, 웹소설, 공연, 책을 되게 좋아하고 즐기는 사람이 좋죠. 많이 보면 많이 볼수록 능력이 올라갑니다. 책을 많이 읽은 친구들이 대본도 잘 보더라고요. 드라마를 많이 보는 것도 대본을 보는 데 도움이 돼요. 특이한 영화, 제3세계 단편까지 두루 섭렵하면 기획하는 데 도움이 되겠죠. 다양한 문화적 경험을 하면 확실히 도움이 될 거예요.

조카가 있다면, 이 직업 추천하시겠어요?

네, 저는 합니다. 스스로 즐길 수만 있다면, 이거보다 좋은

손잡고 함께, 더 크고 넓게

직업은 없는 것 같아요.


콘텐츠 기업도 많고 드라마 제작사도 많습니다. 그중에서
콘텐츠지음만의 경쟁력은 무엇인가요?

작가들과 IP를 많이 확보해둔 것. 그전에 IP가 없을 때는
공동제작을 많이 했지만, IP를 열 개 이상 확보하고 있으니까 제
작사로서는 그게 경쟁력이죠. 또 신선하고 통통 튀는 아이디어
를 가진 작가 분들이랑 계약을 많이 한 상태고요.


얼마 전 하이스토리와 합병을 하고 회사 이름을 하이지음
스튜디오로 이름을 바꿨는데, 그 배경은 무엇인가요?

하이스토리 역시 드라마 제작사예요. 싸이더스 출신 황기
용 대표님이 맡고 있는 회사죠. 황 대표님은 iHQ에서 〈당신이
잠든 사이에〉(2017)를 비롯해서 아주 많은 작품을 제작하셨어
요. 저보다 선배님이니까 함께 일하면 시너지가 날 수 있을 거라
고 생각해요. 합병은 SLL의 그림일 수도 있고요. 어쨌든 스튜디
오가 레이블을 계속 늘려갈 수는 없는데 실력 있고 잘하는 제작
사를 영입해서 자회사로 두는 방법의 하나로 저희와 합쳐서 시
너지를 내게 하고 싶은 것이 목적이겠죠. 하이스토리가 송중기,
이종석처럼 영향력 있는 배우가 소속된 매니지먼트 기업이기도
하고. 저도 언제까지 혼자 할 수만은 없는 데다 힘들고 난관에 부
딪칠 때 같이 이야기할 수도 있고 서로 의지할 수도 있으니 안 할
이유는 없다고 생각했죠.

보통 픽쳐스, 엔터테인먼트 식의 이름이 많은데 스튜디오라고 한 특별한 이유가 있나요?

원스톱 제작을 하고 싶거든요. 감독, 작가, 배우를 모두 두는 회사가 스튜디오니까요. 저희도 라인업이 있고, 하이스토리도 준비해온 작품들을 계속 제작할 텐데 서로 필요한 부분을 도와주고, 저희 쪽 IP랑 하이스토리 작가를 매칭할 수도 있고요.

앞으로 이루고 싶은 꿈이나 꼭 하고 싶은 작품이 있는지요?

할리우드에 진출하고 싶어요. 드라마로는 에미상을 받는 거, 영화로는 칸 영화제에 가는 게 꿈이에요. 그리고 하고 싶은 일이 있는데 젊은 프로듀서들이 저만큼 성공하게 만들어주고 싶어요. 신입들이 시작할 때 도와주고 싶은 마음이 많이 있어요. 제가 신입일 때 그런 도움을 받기도 했고요. 본인들이 하고 싶은 작품이 있는데 돈이 없다거나 할 때 도움을 주고 싶어요. 어쨌든 기회를 많이 주고 싶습니다. 제작 프로듀서들이 언제까지 현장에만 있을 수는 없거든요. 그런 친구들이 기획부터 같이할 기회가 많아졌으면 좋겠다 싶어서 제가 할 수 있는 일을 찾아보려고 합니다. 좋은 프로듀서가 많아지는 건 그만큼 좋은 파트너가 많이 생기는 거니까요.

최근 콘텐츠지음과 함께 일했던 한 작가는 한석원 대표가 매우 귀하고 드문 유형의 제작자라고 했다. 자신을 잘 드러내지 않고 그런 것을 즐기지도 않지만, 스스로 믿고 선택한 크리에이터의 창작 방향을 지지하고 지켜주기

손잡고 함께, 더 크고 넓게

위해서 큰 힘을 발휘하는 프로듀서라는 것. 그래서 언제든지 같이 일하고 싶다고 했다.

한석원 대표는 지장智將, 용장勇將보다 덕장德將에 가깝다. 공자의 '덕불고필유린德不孤必有隣'은 21세기 콘텐츠 세계에도 통한다. 자신이 펼쳐놓은 판에서 작가, 감독, 배우, 스태프가 마음껏 실력을 뽐낼 수 있게 든든히 지원하는 것을 기쁨으로 여기면서 혼자서 하나를 잘하기보다 여럿이 손잡아 더 크고 다양한 것을 만드는 게 좋다는 EP 한석원의 다음 작품이 기다려진다.

> **"**
> 섬세하고 다정한 사람들이
> 잘 살았으면 좋겠어.
> 상냥한 사람들을
> 바보 취급 안 했으면 좋겠어.
> **"**

JTBC 드라마 〈런온〉 중에서

**팬엔터테인먼트 부사장 · 드라마부문 대표**

# 김희열

〈겨울연가〉〈동백꽃 필 무렵〉〈라켓소년단〉 등 제작

# 한류, 그다음을 생각한다

오늘날 한류는 유튜브와 글로벌 OTT 플랫폼 서비스 확대에 힘입어 범위가 전 세계로 확장되고 있으나 그 시작은 동아시아였다. 한류라는 용어가 탄생한 계기는 1997년에 중국에서 드라마 〈사랑이 뭐길래〉(1991~1992)가 대중적 인기를 얻은 것으로 보는 견해가 다수지만, 강력한 팬덤 형성, 팬들의 대규모 한국 방문 등 역동적 수용 현상으로서 한류가 비약적으로 올라선 시점은 2003년 일본에서 일어난 〈겨울연가〉(2002)의 역사적 대흥행이다.

K-pop이 전위를 이루어왔으나 한국어, 음식, 패션, 미용 등 매력적인 라이프스타일로서 한류를 형성하고 꾸준히 이끌어온 것은 텔레비전 드라마의 힘이다. 일본, 중국, 대만, 홍콩, 베트남, 태국 등 아시아 미디어, 플랫폼에서 핵심 콘텐츠로 자리 잡은 한국 드라마의 인기는 20여 년이 지났으나 여전히 확고부동하다. 드라마 없는 한류를 말할 수 없고, 한류 없는 드라마는 생각할 수 없다. 넷플릭스가 한국 드라마에 대

규모 투자를 감행한 배경에도 넓고 깊게 자리 잡은 한류 팬덤이 있다. OTT 플랫폼 시대를 맞아 드라마 한류는 이제 새로운 국면에 접어들었다. 〈겨울연가〉 〈해를 품은 달〉(2012) 〈동백꽃 필 무렵〉(2019) 〈청춘기록〉(2020) 같은 화제작을 비롯해 60여 편이 넘는 드라마를 제작한 한류 드라마의 산증인 김희열 팬엔터테인먼트 부사장·드라마부문 대표를 만났다. EP는 개별 프로젝트를 책임지기도 하지만, 제작사 전체의 전략을 주도하면서 지속 가능한 경영을 생각하지 않을 수 없다. 상장기업 임원이면서 동시에 현역 EP로서 김희열 부사장은 요즘 빠르게 변화하는 산업현장을 주목하고 있다고 했다.

대학에서 연극을 전공하고 2년 정도 배우 생활을 했어요. 그러다 1990년대 대기업 음반 사업 부서에서 음반 기획, 제작 쪽 일을 하게 되면서 엔터테인먼트 업계에 발을 들였고, 1999년 부터 팬엔터테인먼트에서 일했어요. 팬엔터테인먼트가 몇 년간 꾸준히 방송사 드라마 OST 사업을 했거든요. 방송사와 연결 고리가 있다 보니 2000년부터는 우리도 드라마를 외주제작해보는 게 어떻겠느냐 얘기가 나왔어요. 그때 KBS에 있던 윤석호 감독님과 표민수 감독님이 독립하셨는데 그분들과 인연을 맺으면서 드라마를 시작하게 됐어요.

제작 실무를 맡으신 거네요?

그 당시 드라마 외주제작사가 삼화, 김종학, JS, 이관희, 로고스 정도 있었을 때였고, 대부분 방송사 연출자 출신이 주축이 된 회사였어요. 팬엔터가 방송사 출신이 아니라 음반 사업 관계자들이 만든 회사니까 그때만 해도 안정된 직장인 방송사를 그만두고 직원 네댓 명 있는 작은 회사로 옮기는 것은 있을 수 없는 일이었죠. 드라마 제작 실무를 경험해본 인력이 없어서 어떡하나 고민하던 차에 윤석호 감독님과 계약을 했고, 윤 감독님이 추천한 작가님과도 계약하게 됐죠. 그런데 그 당시에 저는 가수 계약서, 가창 계약서, 라이선스 계약서만 검토했기 때문에 연출 계약서, 집필 계약서는 본 적이 없었어요. 그래서 그때 제 대학 동기면서 예비역 형이었던 김종학프로덕션 박창식 이사*한테

전화를 했죠. 연출 계약서 하나만 구해달
라고. 우리도 드라마를 제작해보려고 한다
고 하니 막 웃더라고요. 어쨌든 그 형이 팩
스로 보내준 계약서를 기초로 폼을 만들

★  김종학프로덕션 대표, 한국드
라마제작사협회 회장을 거쳐
제19대 국회의원을 지냈다.

어 계약을 진행했죠. 그러고 나서 윤석호 감독님이 요청하신 연출
부 사무실, 작업실 얻는 일을 도와드렸습니다. 그 과정에서 윤 감
독님이 좋게 보셨는지 2001년 〈겨울연가〉 제작 들어갈 때 저한
테 제작부장을 해췄으면 좋겠다고 제안하셨어요.


제작 프로듀서인가요?

그때는 제작 프로듀서, 라인 프로듀서 이런 말이 있지도
않았고, 그냥 제작부장이었어요. 감독님이 시키는 대로 배우랑
계약하고, 현실적인 단가를 고려해 스태프와 계약 체결하는 식
으로 행정, 실무적인 업무를 어시스트했죠. 그렇게 〈겨울연가〉에
참여했는데, 이 작품이 기대 이상의 성과를 냈기 때문에 회사에
서 두 번째 드라마 제작 기회가 왔을 때도 저보고 하라고 해서 자
연스럽게 맡게 됐어요. 그 당시 회사에서 직급이 차장이었는데
제작부장 타이틀이 붙었잖아요. 그래서 다음 드라마를 할 때는
그냥 부장이 됐습니다. (웃음)


〈겨울연가〉 얘기를 좀더 듣고 싶은데요, 처음에 그 정도 히
트를 예상하셨나요?

사실 윤 감독님 드라마는 늘 OST가 잘 팔리고, 음악이 잘

됐기 때문에 윤 감독님과 계약하고 드라마를 시작한 거예요. 팬엔터테인먼트가 음반 기획이나 제작을 오래 했잖아요. 그러니까 윤 감독님이 새로운 환경에서 드라마 제작하실 수 있게 기회를 드리고, 저희는 OST 음반 사업을 잘해보자는 생각이었어요. 음반 판매를 목적으로 드라마를 제작한 거라서 당시 다른 드라마들이 하지 않았던 시도를 했죠. 영화처럼 사전 홍보를 했어요. 그때 4대 스포츠 일간지에 〈겨울연가〉 전면광고를 많이 냈어요. 그러다 보니 신문사들이 서비스로 전면광고 3분의 1 크기로 5단 광고를 실어줬어요. 그리고 버스, 지하철 광고도 했어요. 대학생, 젊은층이 많이 타는 지하철 2호선에 〈겨울연가〉 포스터를 걸었어요. 그다음에 도심 전광판 광고도 하고 케이블 TV에 뮤직비디오를 수백 회 틀기도 했죠. 그때 광고비로 사용한 비용이 4억 원 정도였는데, 그 당시 〈겨울연가〉 한 편 제작비가 9천만 원이었거든요. 지금 회당 드라마 제작비가 8억 원 정도라고 보고 광고비를 계산하면 요즘 시세로 15억 원에서 20억 원 정도 쓴 셈이죠.

드라마가 성공할 거라고 예상하셨던 거네요?

음악을 만들면 분명히 히트할 거라는 계산은 있었어요. 실제로 드라마가 방영되고 반응이 폭발적이었어요. 첫 회 시청률이 16퍼센트 나왔고, 4회 만에 20퍼센트를 돌파했거든요. 최고 시청률은 28퍼센트까지 기록했고요. 〈겨울연가〉가 2002년 1월 14일에 첫 방송됐는데 직전 드라마가 〈미나〉였어요. 그 드라마가 7퍼센트로 종영했는데, 〈겨울연가〉 첫 회가 14퍼센트로 시작했다는 건 사전 홍보 효과가 있었던 거라고 봐요. 게다가 당시 경쟁작이 SBS는 김재형 감독님이 연출한 〈여인천하〉, MBC는 이병훈 감독님의 〈상도〉였어요. 이 사극들은 고정 팬들이 상당했으니까 고전이 예상됐죠. 이런 상황에서 서정적이고 잔잔한 〈겨울연가〉가 그 사이를 뚫고 들어간 거잖아요. 홍보 효과가 분명히 있었던 거죠.

일본에서 반응이 엄청났습니다. 어떻게 해서 〈겨울연가〉를 일본에 방영하게 됐나요?

일본에 처음 방영된 게 2003년이었어요. 2002년 한일월드컵을 계기로 한일 간 문화 교류 활성화 차원에서 일본이 우리 드라마 한 편을 구매하기로 했죠. 일본 NHK의 위성 채널 BS에 처음 방영됐고, 그다음 NHK 지상파 방영, 비디오 대여, 머천다이징, 파친코, 슬롯머신까지 폭발적인 반응과 함께 일본을 넘어서 아시아 시장에서 사랑받았어요. 여기까지가 정사正史죠. 그런데 제가 들은 야사野史가 있어요. 그때 NHK 한국지사가 여의도 KBS 안에 있었는데 당시 지사장이 어떤 드라마를 구입할지 고민하다가 부인이 즐겨 봤던 〈겨울연가〉를 선택했다는 거예요.

당시 일본에서 〈겨울연가〉의 성공은 일일이 나열하기 힘들 정도다. 욘사마 열풍을 불러온 배우 배용준의 인기는 상상을 초월할 정도였고, 일본 관광객들이 남이섬, 춘천 등 드라마 촬영지를 대거 방문하는 일도 전례 없는 사건이었으며, 이후 일본이 한국 드라마 '빅 바이어'가 된 계기 또한 〈겨울연가〉 덕분이었다. 이 드라마는 한국 텔레비전 역사, 한류사에서 매우 기념비적인 작품일 뿐 아니라 제작사 팬엔터테인먼트에도 많은 시사점을 던졌다.

당시 드라마 산업 규모를 생각해보면 〈겨울연가〉가 벌어들인 금액은 천문학적인 액수였겠네요.

맞아요. 〈겨울연가〉가 가져다준 이익이 어마어마했어요. 그 당시 주변에서 일본은 모든 콘텐츠 판매 수량과 리포트가 되게 정확하다는 말씀들을 많이 하셨어요. 그걸 믿고 매절 계약을 하지 않고 로열티 계약을 했죠. 만약 그때 매절 계약을 했었다면 지금의 팬엔터테인먼트는 없었을지도 몰라요. 분기별로 들어오는 방송과 복제 배포권 로열티가 엄청났고, 상품화 사업에 대한 로열티도 무시할 수 없었거든요. 당시 아시아 시장 방영권과 전세계 상품화 사업 판권을 제작사인 팬엔터가 가졌기 때문에 가능했죠. 요즘 IP 중요성을 많이 얘기하잖아요. 그런데 저희는 제작사가 IP를 갖는 것이 얼마나 큰 의미인지 알게 된 거죠. 이미 20년 전에.

〈겨울연가〉는 한국 드라마를 외국 시청자들이 즐겨보고, 드라마가 수출 상품이 될 수 있다는 것을 보여준 최초의 사례다. 또한 당시 외주제작에 머물렀던 드라마 제작사가 단순히 프로그램을 납품하는 하청업체가 아니라 독자적으로 콘텐츠를 기획하고 수익을 창출해 자본을 축적할 수 있음을 알게 해주었다. 또 드라마 IP를 기반으로 다양한 부가 사업을 전개할 수 있다는 것도 입증해주었다. 이를 계기로 방송사들 역시 드라마에 대한 모든 권리를 방송사가 갖는 쪽으로 정책을 전환하게 되었다. 팬엔터테인먼트는 〈겨울연가〉로 축적한 재원을 기반으로 2006년 드라마 외주제작사 최초로 코스닥 직상장에 성공했고, 드라마 IP를 확보하기 위한 전략을 지금까지 고수하고 있다.

프로듀서로서 〈겨울연가〉에서 배운 것과 얻은 것은 무엇인가요?

개인적으로 연극배우 하면서 살고 싶었던 꿈을 접고, 월급쟁이로 살아가던 상황에서 제작에 참여한 첫 작품이잖아요. 그 작품이 성공하는 것을 보면서 이 일이 굉장히 신나고 즐거운 것이라는 걸 느꼈죠. 그리고 드라마를 만들 때 판을 깔고 모든 환경을 조성하면서 일하는 제작자 역할이 매우 중요하다는 것을 깨달았어요.

〈겨울연가〉 이후 팬엔터테인먼트의 전략이나 비즈니스가 어떻게 달라졌나요?

〈겨울연가〉 성공 이후 DSP, 도레미, 예당, 싸이더스HQ, DK미디어처럼 음반 기업, 연기자 매니지먼트 회사가 드라마 외주제작 사업에 뛰어드는 사례가 눈에 띄게 늘어났어요. 시장진입이 자유로운 환경에서 많은 제작사와 경쟁해야 하는 상황이 됐죠. 처음에 저희는 연출자와 계약했는데 그때 더 중요한 사람은 작가라는 것을 알게 됐어요. 우수한 작가를 확보하는 게 시급했고, 제작사끼리 경쟁이 붙었죠. 그래서 저희도 좋은 작가를 영입하는 데 많은 노력을 기울였어요. 단기 수익보다는 장기적으로 웰메이드 드라마를 만드는 회사로 인식되도록 노력했죠. 그리고 그때 시장진입이 자유롭다 보니 준비가 덜 된 제작사들도 있었고, 제작비 미지급 사태가 발생하기도 했는데 제작사가 작가, 연기자랑 스태프 들 사이에서 좋은 평판을 얻는 게 중요하다는 것을 깨달았어요. 적어도 팬엔터와 계약하면 지원이 확실하고, 약속 잘 지키고, 스태프들과 상생하려고 한다는 믿음을 심어주려고 노력했어요. 물론 저희가 IP를 보유하는 전략은 계속 고수했고요.

한국 드라마에서 작가가 차지하는 비중은 절대적이다. 특히 2000년대 이후 지상파 방송 3사가 평일 밤 10시부터 11시까지 미니시리즈 드라마를 편성하고 치열하게 경쟁하면서 제작사들은 16부작에서 20부작까지 긴 이야기를 쓸 수 있는, 집필 역량이 검증된 작가를 확보하는 데 사활을 걸 수밖에 없었다. 팬엔터테인먼트는 지금도 박경수, 임상춘, 진수완 등 스무 명의 작가와 계약을 맺은 상태다.

한류, 그다음을 생각한다

이후 작품을 기획하고, 사업전략을 수립하면서 해외 부문은 어떻게 고려하게 됐나요?

우리나라 드라마는 제작 구조상 해외시장 의존도가 굉장히 높을 수밖에 없어요. 해외에 드라마를 수출하지 못하면 제작비를 회수할 수 없을 만큼 국내시장이 안정적이지 않거든요. 제작비가 매년 계속해서 올라가는 데 비해 광고 수입은 한계가 있기 때문에 방송사가 지급하는 방영권료로는 제작비를 충당할 수 없어요. 그런데 동아시아 시장에서는 한국 드라마 인기가 꾸준하기 때문에 처음부터 해외에 판매하는 걸 염두에 두고 제작을 시도하게 됐죠. 그래서 해외에서 선호도가 높은 스토리, 선판매가 가능한 연기자, 소위 한류배우 섭외를 항상 고려하고 있어요. 물론 만든 드라마가 모두 해외시장에 판매되는 것은 아닙니다. 그래도 우리가 모르는 새로운 시장이나 새로운 수요처가 분명히 존재하고, 우리나라 드라마 구매를 희망하는 해외 바이어들은 늘 우호적인 편이니까 해외 판매가 가능한 작품을 만드는 게 중요하죠. 그동안 방송사 자회사(해외 마케팅 법인)나 유통 배급 에이전시를 통해서 작품을 판매했는데 수수료 같은 비용도 만만치 않아서 최근에는 직접 판매도 시도하고 있어요.

직접 판매에 성공한 작품들이 있나요?

2021년에 저희가 제작한 〈라켓소년단〉은 지상파랑 넷플릭스 동시 방영 방식으로 직접 판매했어요. 그리고 잘 알려지지 않은 중국 뉴미디어 플랫폼에도 팔았고요. 이런 경험을 바탕으로 로맨스 사극 〈꽃선비 열애사〉(2023)도 기획하고 준비하는 과정에서 직접 판매에 성공했어요. 유통 대행료가 판매 금액의 약 15퍼센트에서 18퍼센트 수준인데, 이게 크잖아요. 이렇게 아낀 비용을 제작비로 쓰면 안정적인 제작 환경을 만들 수 있다고 생각해요. 편성권을 가진 방송사나 플랫폼에서는 자신들의 유통 조직을 보호하기 위해서 유통 사업 권한을 제작사에 내주지 않으려고 합니다만, 제작사가 더 좋은 제작 환경을 만들기 위해서는 치열하게 노력하고 경쟁해야 한다고 봅니다. 요즘은 해외 바이어들 가운데 한국어가 가능한 사람들도 있어서 소통에도 문제 없고, 파일 전송하는 시스템이 좋아서 과거처럼 유통 전문 회사에 꼭 의존하지 않아도 되니까 직접 비즈니스 하는 게 충분히 가능해요.

이야기하신 것처럼 제작사가 해외에 직접 판매를 하기도 하지만, 제작 구조상 여전히 방송사나 플랫폼에 많은 권리를 넘기는 일이 반복되는 것 같습니다. 팬엔터테인먼트 나름의 전략이 있나요?

요즘은 방송사도 방영권만 구매해서 방송하는 사례가 늘었어요. 제작사가 IP 주도권을 갖고 사업을 하려면 우선 안정적인 재무구조를 갖춰야 하고, 방송사, 플랫폼 들이 경쟁하는 상황에서 서로 원하는 매력적인 콘텐츠를 기획해서 이들이 제작사에게 구애하도록 해야 합니다. 작가를 통한 스토리일 수도 있고, 사업성이 높은 캐스팅을 통한 방법일 수도 있어요. 예를 들어 〈동백꽃 필 무렵〉을 쓴 임상춘 작가의 신작이라고 하면 다 줄을 서요. 그러면 제작사가 사업 구조를 유리하게 짤 수 있는 부분이 생기는 거죠. 우리가 모든 IP를 가져 해외 선판매도 하고, 방송사는 국내 방영권만 갖는다든지 하는 식으로요.

한류 콘텐츠 제작자로서 냉정하고 객관적으로, 한국 드라마가 해외에서 왜 인기가 있다고 생각하세요?

스토리의 다양성과 영상미 그리고 배우들의 사실적이고 섬세한 연기죠. 독창적인 소재와 이야기인데 누구나 공감할 수 있고, 가족 모두 볼 수 있는 건강한 드라마라는 거죠. 그리고 한국의 도시, 자연이 아름답잖아요. 또 최근에 글로벌 OTT들이 한국을 아시아 시장의 전진기지로 삼아서 진입한 것도 한몫했다고 봐요. 그들이 아시아 시장에서 한국을 굉장히 중시하고, 한국 시장에 많은 제작 비용과 판권 수급 비용을 투자했기 때문에 거기에서 또 많은 성과가 일어난 거 아닌가 싶습니다. 아시아권에 머물던 한국 드라마 시청자층이 전 세계로 넓어졌으니까요.

만약, 한한령과 같은 큰 타격이 일본이나 동남아시아에서 온다면 어떻게 될까요?

한한령 이전인 2012년에 정치외교 문제로 한일 관계가 경색되는 바람에 일본 시장이 막힌 적이 있어요. 그때 중국 시장이 크게 다가온 덕분에 숨통이 트였죠. 그러다가 한한령으로 중국 시장이 막혔을 때는 글로벌 OTT 시장이 열렸어요. 코로나19

팬데믹이 종식되고 OTT 성장이 정체되면 시장이 위축될 수 있는데 그때는 그에 맞게 새로운 드라마 시장이 열릴 거라고 예상해요. 디지털 시장에 맞게 숏폼이나 미드폼을 만들 수도 있고, 그러다가 심각한 타격이 온다면 그때는 난립해 있는 외주제작사들이 재편되거나 경쟁이 더욱 치열해질 수도 있다고 생각해요.

한국 드라마가 해외에서 인기를 잃거나 위기를 겪는다면, 그 원인은 무엇 때문이라고 예상하시나요?

원인을 찾기보다 실제 사례를 말씀드리고 싶어요. 잘나가던 일본 시장에서 한국 드라마 수입이 확 줄었을 때가 있어요. 한류 열풍으로 드라마 수출이 호황기를 누리니까 모든 제작자가 일본에만 줄을 댔어요. 그리고 일본 바이어들이 감당할 수 없을 만큼 한국 제작자들이 아주 배짱을 튀기면서 영업했죠. 게다가 콘텐츠를 끼워 파는 일도 있었어요. 그때는 일본에 비싸게 파는 게 제작자의 프라이드인 것처럼 여겨졌거든요. 그 때문에 일본 바이어들이 한국 드라마 수입을 포기하거나, 방송사마다 한국 콘텐츠 방영 시간을 줄이기 시작했어요. 그때 우리 스스로 자정 기능을 잃은 상태에서 중국 시장이 열리지 않았다면 한국 드라마 산업이 매우 어려워졌을 거예요. 그런데 한한령이 내려지기 전에 한국 제작사들이 일본 시장에서 했던 것처럼 중국 시장에서도 똑같이 행동했어요. 별그대가 얼마 받았으면 우리는 회당 30만 달러! 그럼 다른 쪽에서는 50만 달러 받을 거야, 이런 시기가 있었단 말이죠. 욕심이 과했죠. 콘텐츠를 비싸게 팔고 싶은 마

한류, 그다음을 생각한다

음은 저도 마찬가지입니다만, 상대 국가의 시장상황, 경제 규모를 고려해서 적절한 판매가격을 유지해야 다 같이 살아갈 수 있다고 생각해요. 한 번 팔아보니 좋더라 식이 아닌 계속 판매할 수 있는 비즈니스 구조를 만들어야죠.

최근 3~4년간 OTT 플랫폼의 출현, 특히 넷플릭스의 한국 드라마 산업 진출은 개별 제작사에도 큰 영향을 줬는데 변화를 체감하세요?

그렇죠. 예전에는 충무로 다방에 앉아 있으면 다 영화 얘기만 하고 배우 얘기만 했다고 하잖아요. 제가 근무하는 상암동에서는 이 테이블에서도 넷플릭스 저 테이블에서도 넷플릭스 얘기만 해요. 저도 어떻게 하면 넷플릭스와 일해볼 수 있을지 계속 생각해요. 업계 종사자들의 화두는 넷플릭스예요.

팬엔터테인먼트는 이러한 변화에 잘 대응했나요?

(깊은 한숨) 솔직히 글로벌 OTT 등장으로 시장 환경이 급변할 거라는 걸 정확하게 예측하지 못했어요. 이 부분이 저한테는 굉장한 트라우마로 남아 있고, 그래서 지난 1년 동안 이 문제에 막중한 책임감을 느끼고 일할 수밖에 없었는데 팬엔터테인먼트가 그만큼 보수적이었다고 생각해요. 사실 한국에 지사가 생기기 전인 2017년에 넷플릭스가 싱가포르에 있을 때, 총괄 책임자를 만난 적이 있어요. 그때 저희가 준비하던 작품을 이야기했는데, 넷플릭스가 크게 관심을 갖지 않았습니다. 그래서 추구하

는 방향이 우리와 다르구나 했지, 넷플릭스의 미래 전략이 정확하게 무엇인지 파악 못 했어요. 그러다 보니 늘 안주하던 방식으로 전통 미디어에 시선을 뒀죠.

경영진 입장에서는 〈킹덤〉 시리즈 같은 화제작이 에이스토리에서 나왔고 주가가 오르기도 했으니까 후발 주자가 이렇게 준비하고 있을 때 우리는 뭘 했냐고 질책할 수밖에 없는 상황이었어요. 그때 만약 변화의 흐름을 제대로 읽었다면 우리도 〈오징어 게임〉 같은 화제성 있는 작품을 제작할 수 있지 않았을까 하는 자책을 많이 했습니다.

자원 기반 경영전략이론resource-based view에 따르면, 다른 기업이 모방하기 힘든 희소한 자원을 보유한 회사는 산업 내에서 경쟁우위를 차지할 수 있다. 팬엔터테인먼트는 안정된 재무구조를 바탕으로 방송사 미니시리즈에 특화된 기성작가를 다수 영입하고 그 힘으로 경쟁력 있는 드라마를 기획함으로써 IP를 확보하는 전략을 구사했다. 그러나 급변하는 미디어 환경 앞에서 구축해놓은 인적자원과 시스템, 준비하던 아이템과 대본은 무력했다. 2020년에 팬엔터테인먼트는 〈청춘기록〉 한 작품을 제작하는 데 그쳤다. 김희열 부사장은 내부적으로 전열을 정비하고, 새로운 준비를 시작하고 있다고 했다.

글로벌 OTT 플랫폼, 국내 OTT 사업자 들이 새로운 흐름

한류, 그다음을 생각한다

을 주도하고 있지만, 여전히 시장에는 지상파 방송사, 케이블, 종편 등 전통적인 플레이어들이 존재합니다. 그 어느 쪽도 소홀히할 수 없을 것 같은데 어떤 전략을 펼치고 계신가요?

저희가 1년에 최소 세 편 내지 네 편, 많게는 다섯 편도 제작해본 적이 있어요. 그런데 제작사가 150여 개나 되나 보니 공급 기회가 이전보다 많이 줄었어요. 요즘 생각하는 것은 납품처의 다각화입니다. 전통 미디어만 고집해서는 안 되죠. 레거시 미디어가 싫어서가 아니라 종편의 약진도 있고, JTBC나 tvN은 광고 시장에서 이미 지상파를 능가하고 있고, 거기에 OTT까지 있으니까요. 저희는 넷플릭스, 디즈니와도 작품을 하고 싶습니다. 어느 것 하나 소홀히하지 않는다는 게 원칙이에요. 그래야만 다작을 할 수 있고, 상장사 입장에서는 주가에 미치는 영향을 위해서라도 다각화 전략이 필요하죠. 다각화를 하려면 전통이냐 뉴미디어냐를 따지는 건 중요하지 않아요. 다만 회사는 젊어져야 해요. 꼭 전통만 고집하는 회사가 아니라 플랫폼들이 원하는 콘텐츠를 기획, 제작하는 게 젊어지는 거라고 봅니다.

넷플릭스를 비롯한 글로벌 OTT 플랫폼이 한참 잘나가다가 성장이 정체된 것 같아요. 현재 시장 상황을 어떻게 보시는지요? 또 새롭게 주목하는 플랫폼이나 방향이 있나요?

넷플릭스가 2020년, 2021년에 투자한 금액이 굉장히 많잖아요. 그래서 그 돈으로 제작하고 있는 작품들이 많이 있어요.

그중에서 분명히 〈오징어 게임〉 못지않은 파급력 있는 작품들이 간간이 나올 거예요. 만약 나오지 않는다면 그 회사는 영위할 수 없거든요. 저희로서는 어떤 미디어, 플랫폼이라도 매력을 느낄 수 있는 작품을 준비해야 한다고 생각해요.

그렇다면 기획 방향도 이전과 달라졌나요?

저희 회사에 총괄급 프로듀서가 네 명 있습니다. 그 친구들이 각자 서너 편씩 드라마를 기획하고 준비 중인데, 각자 한 편씩 편성이 확정돼서 캐스팅이 끝난 작품들은 프로덕션에 들어가 있는 상태예요. 이전과 달라진 점은 준비하는 작품 모두 공동제작이라는 거예요. 팬엔터는 보수적이고, 또 전통적이라 그동안 공동제작을 잘 안 했어요. IP나 수익을 나누기 싫어서요. 그런데 우리가 부족한 부분을 채워줄 전문성 있는 회사와 결합해서 시너지를 내는 쪽으로 전략을 바꿨습니다. 혼자 하려다 못 해서 쩔쩔매다가 시기를 놓치는 것보다 다른 제작사와 같이 대응하는 게 훨씬 낫겠다고 판단했죠.

2023년 봄, 팬엔터테인먼트는 600억 원 규모의 한국 드라마 역사상 최고 제작비가 투입되는 프로젝트 제작 계획을 공개했다. 임상춘 작가가 글을 쓰고, 〈시그널〉(2016) 〈나의 아저씨〉(2018)의 김원석 감독이 연출을 맡은 〈폭싹 속았수다〉에 가수 아이유와 배우 박보검이 출연한다. 이 작품과 함께 설경구, 김희애 두 주연배우의 드라마 〈돌풍〉 역시 넷플릭스 시리즈로 공개할 예

한류, 그다음을 생각한다

정이다. OTT 플랫폼 드라마를 제작하고자 했던 팬엔터테인먼트의 오랜 고민이 반영된 결과로 보인다.

최근 신생 제작사, 젊은 프로듀서 들의 약진도 눈에 띕니다. 이 판에서 오래 건재해온 제작사 입장에서 보면 경쟁자들일 텐데 이들로부터 받는 자극이 있나요?

어떤 후배가 저를 '조상님'이라고 부르더라고요. (웃음) 그만큼 제가 오래됐다는 거겠죠. 젊은 프로듀서들을 보면 똑똑하게 일을 잘해요. 그 친구들을 보면 에너지와 열정 면에서 많이 자극받아요. 그런데 팬엔터가 지금까지 전통 미디어에서 드라마를 하면서 백상예술대상을 여러 번 받았어요. 서울드라마어워즈에서 상도 받았고. 우리도 그런 필모들이 있고 그만한 업력이 있으니까 결코 부러워만 할 일은 아니고 언젠가 하면 되는 거고. 어떤 작품이 어떤 결과를 낼지는 아무도 몰라요. 이 비즈니스의 고유한 특성이니까요.

젊다는 것은 좋은 점이기도 하지만, 서툴고 부족한 점도 있습니다. 드라마 산업에 들어오고 싶어 하는 젊은이들에게 한마디 부탁드려요.

이 일이 지식만 갖고 할 수 있는 건 아니에요. 다양한 능력을 필요로 하죠. 기획 프로듀서는 인문학에 관심도 많아야 하고 경청과 토론에 능해야 해요. 잘 들어야 토론이 가능해요. 제작 프로듀서는 숫자에 대한 감각이 되게 중요하고, 설득 커뮤니케이션도 잘해야 해요. 현장 분위기를 좋게 하는 협상 능력이 필요한데 그러려면 에너지가 좋아야죠. 문서 작성 잘하는 것도 반드시 갖춰야 할 능력입니다. 여러 회사와 함께 일하기 때문에 기록을 잘 남기고, 커뮤니케이션을 명확하게 해야 하거든요.

앞으로 몇 작품쯤 더 할 수 있다고 생각하시나요? 꼭 해보고 싶은 작품이나 이루고 싶은 소망이 있나요?

전에는 '회사 떠나기 전에 한 100편은 할 수 있겠구나, 은퇴 전에 100편' 이런 생각을 했어요. 그런데 지금 같은 현실에서는 자신 없고……. 앞으로 1년에 세 편 정도, 한 5년쯤 더 한다고 하면 일흔다섯 편쯤 할 수 있지 않을까요. 개인적으로 장르물보다는 드라마를 좋아해요. 삶의 디테일이 녹아 있고, 캐릭터 하나하나 골고루 살아 있는 작품을 하고 싶어요. 최근에 〈우리들의 블루스〉를 인상 깊게 봤어요. 사극도 좋아해서 〈꽃선비 열애사〉를 직접 프로듀싱했어요. 후배들을 못 믿어서가 아니라 제가 더 잘 알고 좋아하니까 제가 맡는 게 효율적이라고 판단했거든요.

EP는 선장이다. 드라마 프로젝트라는 배에 승선한 감독, 작가, 배우들, 수백 명의 스태프들에게 가야 할 방향과 목표를 제시하고 흔들림 없이 이끌어가야 한다. 큰 배는 방향을 급하게 바꾸기 어렵지만, 그 대신 웬만한 파도에 흔들리지 않고 먼 길을 오래 항해할 수 있다.

한류, 그다음을 생각한다

김희열 부사장은 시종일관 '웰메이드 드라마'를 만드는 것이 목표라고 했다. 돈도 중요하지만, 좋은 작품을 하는 게 중요하다고 강조했다. 그리고 한국 드라마에는 우리나라 사람들의 착한 마음, 고운 심성이 드러난다고 했다. 그것이 한국 드라마의 진짜 매력이라고. 말은 쉽지만, 보여주는 것은 어렵다. 급변하는 시장에 수많은 제작사와 프로듀서가 명멸하지만, 반짝이는 트렌드를 좇지 않고, 긴 호흡으로 한류의 바다를 항해하는 백전노장 EP '김희열호'의 다음 행선지가 궁금하다.

> **"**
> 중요한 건 원칙,
> 오직 실력뿐이야.
> **"**

SBS 드라마 〈라켓소년단〉 중에서

래몽래인 대표

# 김동래

〈성균관 스캔들〉〈시맨틱 에러〉〈재벌집 막내아들〉 등 제작

# 드라마 제작사, IP로 날아오르다

최근 한국 드라마 산업의 주요 화두 가운데 하나는 IP다. 〈오징어 게임〉의 모든 권리가 플랫폼에 귀속된 것을 두고 논쟁이 거듭되고 있을 때 뜻밖의 성공작 〈이상한 변호사 우영우〉가 등장했다. 이 드라마는 작품성, 시청률, 세계적인 흥행으로 화제가 되었지만, 제작사가 IP를 확보했다는 점에서 업계의 큰 주목을 받았다.

대체 IP란 무엇인가? 왜 방송사, 플랫폼, 제작사는 IP를 두고 치열하게 다투는가? 엄밀히 말해, 지금 한국 드라마 산업에서 통용되는 IP의 의미는 판권, 즉 콘텐츠를 이용해 이익을 독점하는 권리를 말한다. 국내외 방영권, 전송권, 리메이크, 후속작 제작, 부가 사업 등 드라마 한 편을 기반으로 전개할 수 있는 모든 종류의 미래 사업 권리를 통칭하는 개념이다. 그러니까 미디어 콘텐츠 기업은 IP를 보유하고 있어야 사업을 전개할 수 있고 수익을 추구할 수 있다.

중소 제작사가 IP를 보유한 사례는 많지 않다. 〈겨울연가〉〈태왕사신기〉(2007) 〈아이리스〉(2009, 2013)와 최근 2~3년 일부 상장기업이 대규모 투자를 감행해 제작한 〈지리산〉(2021) 〈지금, 헤어지는 중입니다〉(2021~2022) 〈라켓소년단〉(2021) 등이 있을 뿐이다. 그리고 〈성균관 스캔들〉(2010)이 있다. 이 드라마는 2010년에 KBS에서 방영한 작품으로, 송중기와 유아인 등 스타 반열에 오른 배우들이 신인 시절에 출연해 화제가 되었다. 국내는 물론 아시아 시장에서 인기를 얻었는데 특히 일본에서 크게 성공했다. 당시로서는 드물게 제작사가 IP를 보유함으로써 해외 방영권, OST 음반 판매, 화보집 등 다양한 방식으로 수익을 거두었다. 〈성균관 스캔들〉 제작사 래몽래인은 2022년 하반기 최대작 중 하나로 손꼽히는 송중기 주연 〈재벌집 막내아들〉을 제작했다. IP와 수익을 방송사와 제작사가 50 대 50으로 나누는 조건이었다.

2022년 7월 말, 래몽래인 김동래 대표를 만나 한국 드라마 제작사와 IP 전략에 관해 이야기를 나누었다.

드라마 일은 언제부터 하셨어요?

1991년 말에 매형의 권유로 방송 음향 일을 먼저 시작했어요. 대학 때 음악을 해서 음향 쪽에 관심이 많았거든요. 광고 녹음실에서 드라마 녹음을 했습니다.

동시녹음인가요?

드라마 동시녹음은 아직 초창기였고, 후시녹음이라고 해서 촬영 끝난 배우가 장면에 맞춰서 더빙하던 거였어요. 드라마 오디오 믹싱을 하다가 자연스럽게 이쪽 일을 하게 됐어요.

그럼 드라마 제작은 어떻게 시작하시게 된 건가요?

제가 10년 정도 드라마 음향 일을 꽤 열심히 했어요. 촬영장에서만 일한 게 아니라 촬영이 끝나면 편집실에 가서 제가 맡았던 부분이 어떻게 됐는지 확인하고 늘 연구했어요. 그래서 이분야는 내가 제일 잘한다는 자부심도 있었어요. 음향을 잘하려다 보니 대본을 많이 읽게 됐고, 대본이 영상으로 만들어지는 것을 보면서 내 손으로 프로듀싱해보고 싶다고 생각하게 된 거죠. 직접 제작해보자.

김동래 대표는 2004년 휴픽쳐스라는 드라마 제작사를 설립하고 기획을 시작했다. 〈그린로즈〉(2005) 〈프라하의 연인〉(2005) 〈불량주부〉(2005)를 준비하던 과정에서 제작사 올리브나인과 합병했고, 올리브나인에서 총괄 제작자

드라마 제작사, IP로 날아오르다

인 EP가 되어 이 세 편의 드라마를 직접 만들었다.

처음 하려고 준비한 작품은 조정래 선생님 소설 『한강』이었는데 우여곡절 끝에 잘 안됐어요. 그때 큰 좌절을 겪었습니다. 그 일을 계기로 어떻게 하면 드라마를 할 수 있을까 고민한 끝에 당시 〈파리의 연인〉(2004)으로 최고 시청률을 기록했던 김은숙 작가님, 강은정 작가님을 찾아갔습니다. 맨주먹으로 시작해서 아무것도 없는 신생 제작사인데 한 번만 도와달라고 몇 달을 쫓아다녔죠. 결국 이분들이 제 구세주가 됐습니다. (웃음) 그렇게 기획한 작품을 올리브나인에 가서 본격적으로 제작하게 됐어요.

그 뒤에 김동래 대표는 2007년 독립해 래몽래인을 설립하고, 〈내사랑 금지옥엽〉(2008~2009) 〈성균관 스캔들〉 〈한반도〉(2012) 〈야경꾼일지〉(2014) 〈어쩌다 발견한 하루〉(2019) 등 스무 편이 넘는 드라마를 제작했다.

30년 가까이 지상파, 케이블, 종편, OTT 플랫폼까지 미디어의 변화를 모두 경험하신 셈인데, 특히 최근 3~4년 사이에 넷플릭스의 한국 드라마 산업 진출은 개별 제작사에도 큰 영향을 주었잖습니까. 변화를 체감하시나요?
미디어산업의 변곡점이 됐죠.

어떤 부분이 가장 많이 변했나요?

우선 수요자가 많이 늘어났어요. 그 덕에 수익률이 좋아졌고, 드라마 제작사의 위상이 조금 더 올라갔어요. 무엇보다 다양한 스타일의 드라마가 나오게 됐죠. 그전에는 시간, 포맷, 기획, 아이템 모든 면에서 굉장히 제한적이었거든요. 지상파는 방통위(방송통신위원회) 심의 규정도 지켜야 하고. 그런데 OTT는 유료 콘텐츠여서 규제를 덜 받으니까 리얼리티도 더 살릴 수 있게 됐어요. 창작하는 입장에서 보면 많이 자유로워졌어요. 예전에는 12부작도 미니시리즈라고 안 했어요. '땜빵 프로그램'이라고 했지. 무조건 16부작, 20부작 해야 했고, 광고를 많이 수주해야 하니까 주 2회 60분씩 만들었는데 OTT는 그런 기준이 없잖아요. 작품이 굉장히 콤팩트해지고, 얘기하고자 하는 게 아주 명확해졌죠. 다양한 기획을 할 수 있어서 제작사 입장에서는 운신의 폭이 넓어졌어요.

이러한 미디어 플랫폼 변화 환경에 래몽래인은 잘 대응하고 있나요?

솔직히 잘 못 했어요. 나이를 먹어서 그런가? 하는 생각도 했습니다만, 지상파에 납품하는 기준에 길들여진 사람이었다는 걸 깨달았어요. 변화하려면 어쨌든 새로운 동력, 새로운 사람들, 젊은 기획자들이 많이 들어와야 하는데 저희는 오랫동안 방송용 드라마에만 특화돼서 움직였던 거죠. 그래서 변화를 꾀하기에는 내부 구성원도 문제였고, 작가 구성도 문제였던 것 같아요. 미니

드라마 제작사, IP로 날아오르다

시리즈 드라마만 계속 만들어내는 공장이었던 거예요. 시스템을 두 트랙으로 해서 하나는 방송용으로, 하나는 OTT용으로 구축했어야 하는데 그러기에는 그 당시에 여력이 안 됐어요.

김동래 대표는 2017년 넷플릭스의 등장을 비롯해 시장의 변화를 감지하고 있었다고 했다. 그런데 하필이면 그때 회사가 가장 어려운 시기를 맞아서 변화에 대비할 여력이 없을 만큼 힘들어졌다고. 원인은 중국 시장 리스크였다.

무슨 문제가 있었나요?

해외시장 판로를 확보하려고 중국 시장에 먼저 진출했어요. 그런데 사드 사태가 터지면서 중국 시장이 얼어붙었어요. 저희가 투자했던 드라마, 합작을 시도하던 프로젝트가 모두 무산됐죠. 3년을 공들여 한중 합작 드라마 50부작을 만들었거든요. 저희가 국내 IP를 갖고, 중국과 동시 방영하기로 했는데 중국에서 돈도 못 받게 됐죠. 그러면서 2017년과 2018년에 굉장히 어려움을 겪었습니다. 저희가 그때 코넥스KONEX에 속해 있었는데, 코넥스 주가가 2만 5천 원에서 2만 8천 원 하다가 1천 원대까지 내려가는 바람에 시총이 50억 원도 안 되는 회사가 돼버린 거죠. 그런 회사가 어떻게 투자를 받겠어요. 회사를 넘기는 것밖에 방법이 없었는데 2018년 위지윅의 투자를 받으면서 고비를 넘겼죠.

김동래

최근 래몽래인이 〈시맨틱 에러〉를 왓챠에 공급하고 종합편성채널, 케이블 드라마도 여러 편 제작했어요. 또 OTT용 드라마도 준비하고 있는 것을 보면 다양한 콘텐츠를 기획하는 것으로 보여요. 각 채널에 대한 래몽래인만의 전략이 있나요?

결국은 기획력이라고 생각해요. 사실 〈시맨틱 에러〉는 고심을 많이 한 작품이에요. BL물을 해본 적도 없었으니까요. 그런데 기획팀 젊은 프로듀서들이 저를 설득했어요. 하나의 장르라면서. 그래서 승인했는데 결과적으로 엄청 잘됐어요. 이럴 줄 알았으면 IP를 가질 걸 하고 뒤늦게 후회했습니다. 의외로 수익률이 높았거든요.


지상파 미니시리즈와는 어떤 점에서 다르던가요?

기획이 아주 콤팩트했어요. 짧은 회차였지만, 메시지 전달이 확실해서 아주 깔끔했어요. 게다가 적은 제작비로도 아이템을 잘 준비하면 수익률이 공중파보다 훨씬 높았어요. 타깃이 정해져 있어서 그 안에만 정확하게 들어가기만 하면 됐거든요. 그러면서 5백만 명, 1천만 명이 봐야 하는 드라마를 만드는 건 이제 어리석은 짓일 수도 있다, 전략적으로 BL 장르를 좋아하는 20만 명이 우리에게 맞을 수도 있다는 걸 깨달았어요. 요즘은 NFT도 만들어볼 수 있고, 화보집, 대본집 같은 부가 사업도 가능하잖아요. 팬들의 충성도가 높으니까요.

지금까지 몇 작품이나 제작하셨나요? 그중에서 가장 기억에 남는 작품은 무엇인가요?

50편 정도 제작했는데 황정민, 김아중 씨가 나왔던 〈그저 바라보다가〉(2009)라는 작품이 기억에 많이 남아요. 제가 휴먼 드라마를 좋아해요. 우체국 9급 공무원과 세상 단물 짠물 다 먹은 톱 여배우가 사랑에 빠진 이야기였는데 굉장히 따뜻하고 진심을 전하는 부분이 있어서 좋았어요. 두 번째는 〈황진이〉(2006). 역사에 기록된 바도 별로 없고, 그때까지 황진이 하면 기생 이미지만 부각시키는 경향이 있었는데 예술가로서 그 시대를 살아간 멋진 인물로 잘 그려낸 작품이라 의미 있어요.

저는 〈성균관 스캔들〉이 가장 먼저 떠오르는데요, 아무래도 이 작품은 래몽래인에 특별한 의미가 있을 것 같아요. 작품도 재미있고 신선했지만 제작사가 IP를 다 가진 사례였잖아요.

(약간 망설임) 〈성균관 스캔들〉이 저희 회사에 큰 도움이 된 작품인 건 맞아요. 그런데 지금 다시 같은 선택을 하라고 하면 자신 없어요.

어떤 점에서죠?

그때는 굉장히 무모했거든요. 당시 정확하게 기억나는데 SBS는 〈자이언트〉를, MBC는 〈동이〉를 하고 있었어요. 이미 그 작품들이 30퍼센트 시청률을 올리고 있었고, 저희는 중간에 들어가야 하는 상황이었죠. 양사가 30퍼센트씩 하는 중간에 어떤 제작사도 들어가려고 하지 않았어요. KBS로서는 중간에 붕 뜬 거죠. 게다가 사극이다 보니 협찬, PPL도 받을 수 없었고요. 그런 상황에서 제가 이 작품은 성공할 것 같다, 그냥 될 것 같다 싶어서 하겠다고 했습니다. 그래서 너무나도 무모하게 미술비까지 다 포함해서 회당 5천만 원만 받고 제작하기로 했어요. 그 대신 IP를 저희가 갖겠다고 했어요.

지금도 그렇지만, 당시에는 제작사가 IP를 100퍼센트 갖는 경우가 극히 드물었잖아요. 처음부터 IP를 가져야겠다고 생각하신 건가요?

솔직하게 얘기하면, 계산을 아예 안 한 것은 아니에요. 무모하게 IP를 가질 수는 없어요. 회사가 휘청거릴 수도 있으니까요. 제작사가 IP를 가져야 한다는 생각은 진작부터 했어요. 드라마를 하면서 수익에 대한 고민을 많이 했거든요. 제가 올리브나인에 있을 때 〈황진이〉도 IP를 갖자고 했어요. 그런데 못 가져왔어요. IP를 가져야 해외 판매가 가능하고 부가 사업도 키울 수 있잖아요. 〈겨울연가〉〈대장금〉(2003~2004)이 IP로 어마무시하게 돈을 벌었어요. 그래서 제작사가 살길은 IP를 갖고, 그것을 기반으로 10년, 20년 먹거리를 만드는 거라고 생각했어요. 맨날 하청받고 마진 남겨서는 회사가 커나갈 수 없다는 걸 올리브나인에서 일할 때 깨달았거든요. 그래서 제가 독립할 때 양보다 질로 승부해보자는 생각이 강했는데, 〈성균관 스캔들〉이 불리한 조건에서 제작에 들어가야 하는 상황이니까 오히려 잘됐다 싶어서 IP를 달라고 했죠.

〈성균관 스캔들〉이 준 자신감, 깨달음이 있겠습니다.

어쨌거나 제작사가 IP를 가지면 어떻게 되는지를 알게 됐어요. 그래서 〈성균관 스캔들〉 이후로는 무슨 방법을 써서라도 IP를 갖고 와야겠다고 생각했어요.

그렇다면 〈성균관 스캔들〉 IP를 활용해서 얻은 것은 무엇인가요?

부가 사업, 해외 판매 수익이요. 이게 지금도 조금씩 계속해서 일본에서 들어와요. 글로벌 OTT 때문에 일본 시장이 다소 위축됐지만, 일본은 굉장히 좋은 시장이에요. DVD 판매 수익, 렌털 수익 같은 것들이 계속해서 발생하는 데거든요. 반면에 다른 나라는 한 번 팔면 끝이에요. 일본처럼 판권 구입하고 난 뒤에 BEP(손익분기점)를 넘기면 계속해서 수익을 분배하는 정산 시스템이 없어요. 게다가 송중기 씨가 〈태양의 후예〉로 뜨니까 〈성균관 스캔들〉이 다시 붐업된 적이 있어요. 하다못해 케이블에서 재방송하면 회당 5백만 원, 1천만 원씩 들어와요. 지금 방영한 지 10년이 넘었음에도 계속해서 수익이 들어오고 있어요. 그러니까 이런 작품을 1년에 한두 개씩만 하면 아주 좋죠.

〈성균관 스캔들〉 이후로 해당 수익모델을 고수하면서 길을 걸었지만 순탄하지만은 않았잖아요. 〈한반도〉가 잘 안되기도 했고요.

(단호하게) 망했죠. 완전히. 그때 회사가 굉장히 휘청거렸어요. 어느 정도 궤도에 오르면 잠시 멈추고 돌아보면서 가야 하는 데 너무 오만했어요.

담담하고 솔직했으나 회한 어린 표정이었다. 김동래 대표는 TV조선 창사 특집 드라마로 제작한 대형 기획물 〈한반도〉의 실패 과정을 한참 동안 설명했다. 원인은 여러 가지겠지만, 성공 사례만 믿고 욕심이 앞서 프로듀서로서 냉정함을 잃었던 자신이 가장 큰 문제였다고 털어놓았다. 그때 많은 교훈을 얻었다고 했다.

한국에서 제작사가 IP를 갖지 못하는 현실적인 어려움 혹은 장애물은 무엇일까요?

방송사, 플랫폼 진입장벽이 높기 때문이에요. 미디어, 채널 숫자가 늘었지만, 제작사들 역시 많아져서 작품 편성받는 건 여전히 어려워요. 그리고 방송사가 IP를 쉽게 내주려고 하지도 않고요. 방송사도 IP를 가져야 유지가 되니까요. 광고 수익만으로는 수지를 맞출 수 없어요. tvN, 글로벌 OTT 플랫폼은 IP를 아예 안 줍니다. 국내 OTT도 IP를 안 줍니다. 유일하게 IP를 주는 곳이 KBS랑 MBC 정도예요. 게다가 제작사가 모든 IP를 갖는 게 능사도 아니에요. 돈 안 되는 IP도 많거든요. 제 경험에 비추어볼 때 IP를 가져올 때는 굉장히 신중해야 하고, 성공할 수 있는 요소를 잘 판단해야 합니다.

그럼에도 제작사가 IP를 가져야 하는 이유는 무엇인가요?

생존이죠. 생존과 성장. 제작사는 IP가 있어야 스튜디오로 성장할 수 있고, 사업 확장을 도모할 수 있어요. 단순히 제작해서 납품하는 구조면 할 수 있는 일이 별로 없어요. 그래서 요즘 웹툰이나 웹소설 IP를 확보하려고 하고 직접 투자를 하기도 해요. OTT가 들어오고 시장이 커지면서 드라마 산업 인건비가 굉장히 높아졌어요. 인센티브 제도도 많이 생겼고요. 그러니까 제작사가 IP를 갖고 종합 스튜디오로 성장하지 않으면 계속 제자리걸음할 수밖에 없고, 좋은 인력을 빼앗기게 되면 결국은 살아남기 어렵지 않을까 싶어요.

2018년 위지윅스튜디오의 투자를 받았고, 2021년 말에 코스닥 상장을 했지요.

위지윅이 VFX 회사니까 서로 시너지를 낼 수 있는 부분이 있겠다고 생각했어요. 위지윅도 CG 물량을 확보하는 게 쉽지 않으니까 우리 작품만 안정적으로 작업해도 나쁘지 않겠구나 싶었죠. 그런데 위지윅이 계속해서 웹소설 회사처럼 IP를 보유한 기업에도 투자하고 확장성을 갖게 되면서 시너지를 더 낼 수 있는 구조가 된 거죠. 위지윅이 확보한 IP를 우리가 갖다 쓸 수 있으면 좋으니까요.

드라마 제작사로서 CG/VFX 기업과 공동체를 이룬다는 것은 어떤 의미인가요?

처음에는 대단한 시너지를 낼 거라고 생각하지 못했어요. 솔직히 자본이 급한 상황이었으니까. 게다가 방송은 CG 예산이 영화에 비하면 적어요. 그런데 위지윅이 공격적으로 IP를 확보하고, 영화사, 예능 제작사, VR 스튜디오에 투자하는 걸 보면서 파트너십 맺기를 진짜 잘했다고 생각하고 있어요. 앞으로 종합 스튜디오로 가는 데 큰 도움이 될 듯해요.

실제로 그러한 효과가 있었나요?

위지윅에게서 좋은 IP를 몇 개 받았어요. 지금 기획 개발 중이에요. 게다가 〈재벌집 막내아들〉 CG를 위지윅이 맡아주면서 저희가 훨씬 더 안정적으로 제작할 수 있는 환경이 됐습니다. 시대물이고, 1980년대 배경이니까 후반 작업에서 CG, VFX 물량이 많이 들어가거든요. 〈백설공주에게 죽음을〉도 사실은 위지윅에서 처음 관여하면서 저희가 제작에 참여하게 된 거고, 〈신병〉도 제작사인 이미지나인이 위지윅 자회사여서 기획을 같이하게 된 거예요.

인수합병한지 2년쯤 지났는데 전체적으로 볼 때 잘했다 싶은 거네요.

그럼요. 물론 위지윅이 컴투스라는 게임 회사에 넘어가는 바람에 문제가 생기진 않을지 염려되기도 했어요. 그런데 컴투스가 미주 시장에 기반이 있더라고요. 사실 넷플릭스, 디즈니 말고도 HBO 맥스나 훌루 같은 플랫폼과 프로젝트 하고 싶은 생각이 있어서, 미국 쪽 네트워크를 확장하고 해외 유통 면에서도 시너지를 낼 수 있지 않을까 기대하고 있습니다.

모기업이 탄탄해도 결국 래몽래인이 경쟁력을 갖추는 게 중요한데, 제작사로서 핵심 경쟁력은 무엇이라고 보세요?

(조심스럽게) 제가 끝까지 본다는 거 같아요. 저희가 지금 스무 개 정도의 작품을 기획 개발하고 있는데 모든 작품의 스토리부터 다 꿰고 있어요. 이제는 정말 EP로서 제 드라마를 제가 책임질 수 있는 시대가 온 게 아닌가 생각합니다. 예전에는 방송국에 편성이 넘어가면 제작사가 할 수 있는 일이 없었어요. 제작사가 IP 없이 넘기면 방법이 없었거든요. 감독이 대본을 고치든 누구를 캐스팅하든 크게 관여할 수도 없었죠. 물론 저는 악착같이 싸웠지만요. 결국 좋은 감독님을 만나는 것밖에는 방법이 없었는데, 지금은 제가 살림을 다 꾸릴 수 있게 됐어요. 지금 준비 중인 중요한 프로젝트가 몇 개 있는데 그 작품들 모두 내부 감독님들이 담당하세요. 저희 회사랑 계약했기 때문에 제가 책임져야 해요.

래몽래인은 공동대표 체제다. 래몽래인이 위지윅스튜디오로부터 투자받고 코스닥에 상장되면서 재무를 전담하는 CFO가 따로 생겼다. 그 덕분에 김동래 대표는 기획 개발과 제작 관리에 더 많은 에너지를 쓸 수 있게 되었다. EP로서 일관성 있게 모든 프로젝트에 깊이 관여하는 것이 중요한 포인트인데 김동래 대표는 이게 장점이자 단점이 될 수 있다고 했다. 그래서 기획 PD의 능력을 잘 활용하고, 그들의 의견을 최대한 존중한다고 한다.

**래몽래인의 기획 개발 시스템은 어떻게 돌아가나요?**

저희 회사는 기획 인원이 거의 다예요. 제작 담당자는 한두 사람밖에 없어요. 여섯 명의 기획 프로듀서가 분업해서 각자 취향에 따라 하고 싶은 작품이랑 안 하고 싶은 작품을 나눠요. 저도 다른 사람들과 똑같이 한 표만 행사할 수 있고, 모두 반대하면 제가 최종적으로 결정하는 시스템입니다. 철저하게 프로듀서 시스템으로 가려고 노력하고 있어요. 뉴미디어 콘텐츠는 조금 더 젊은 사람들이 담당해요. 기획 프로듀서 나이대가 20대, 30대, 40대 골고루 분포돼 있고, 자신이 담당하는 작품에만 관여하고 집중할 수 있도록 철저하게 분업화된 시스템입니다.

**계약한 작가는 몇 명이나 있나요?**

서른 명쯤 돼요. 기성작가 40퍼센트, 신인 작가 60퍼센트 정도 비율입니다.

**신인이 더 많네요?**

새로운 것은 새로운 사람에게서 나올 수 있다고 생각해요. 예전 미니시리즈는 기술자들이 썼어요. (웃음) 4부까지는 누구나 잘 써요. 그런데 16부까지 쓰는 건 아무나 못합니다. 그래서 경험 많은 노련한 작가가 필요했죠. 그런데 요즘은 숏폼이잖아요. 6부작도 있고 8부작도 있고. 신인들에게 많은 기회가 왔다고 생각합니다. 좋은 아이템으로 4부작, 6부작, 8부작 쓸 수 있으면 데뷔할 수 있으니까요.

**신인에게 기회를 주는 이유가 있나요?**

누구에게나 신인 시절이 있잖아요. 저도 드라마 동시녹음을 하면서 현장에서 많은 경험을 쌓았지만, 드라마 제작을 시작한다고 했을 때 도와주겠다는 사람이 없었어요. 그런데 이 산업이 계속 이어지려면 새로운 사람을 찾고 기회를 줘야 해요. CEO로서 돈 버는 것도 중요하지만요.

**신인 작가를 쓰려면 역량 있는 기획 PD가 붙어서 잘 리드해야 할 텐데 기획 PD는 어떻게 확보하고 육성하나요?**

경력자를 뽑습니다. 전문화된 인력이 필요하기 때문에 신입은 한 명 정도만 뽑았고, 나머지는 경력 있는 분들로 채용해서 호흡을 맞춰가고 있습니다.

**그럼 기획 PD를 뽑을 때 가장 중시하는 점은 무엇인가요?**

최근에 영화 쪽 경험이 있는 분들을 뽑았어요. 저희가 드라마만 오래 했기 때문에 새로운 스타일의 기획 개발 방식을 도입하기 위해서요. 숏폼 드라마 했던 사람도 뽑았습니다. 다양한 경험이 있는 친구들, 우리에게 없는 것을 갖고 있는 PD를 뽑았죠. 팀장급 PD는 기획 담당 이사가 전담해서 선발하고, 팀장과 일할 PD는 팀장의 권한을 존중해서 맡기는 편이에요.

드라마 산업에 입문하려는 청소년, 대학생 들이 많습니다. 어떤 사람이면 좋겠고, 무엇을 준비해야 할까요?

첫 번째는 웹툰이나 웹소설 같은 콘텐츠 전반에 관심이 있어야 해요. 또 해외시장 흐름을 알고 있고, 각기 다른 경험을 한 친구들이 필요해요. 저는 학력이나 전공은 중요하게 보지 않아요. 이쪽 일은 성격이 좀 달라서 다양한 경험과 감성이 중요하다고 생각해요. 여행도 많이 다니고, 다양한 인간관계를 경험하는 게 필요하죠.

드라마 총괄 제작자인 EP로서 드라마를 제작할 때 원칙이나 방향 같은 게 있나요?

공감이에요. 주인공의 감정, 서사 같은 것들이 기반이 돼야 합니다. 기획의 신선함이나 주제 의식도 중요하지만, 그 안에 공감할 수 있는 포인트가 없으면 따라가기 어렵거든요. 드라마는 주인공을 응원하게 만들어야 해요. 그러니 시청자들이 주인공의 감정에 얼마나 이입할 수 있게 만드는지가 중요하죠.

그럼 EP로서 작품을 기획 개발할 때 꼭 관여하고 결정하는 부분이 있나요?

지금도 첫 번째 기획 설정 회의에는 꼭 참여하고, 최종적으로 기획팀에서 넘어온 대본을 살펴봅니다. 주인공 캐스팅이나 편성도 종합적으로 논의하죠. 1년에서 2년 안으로 CEO 직함을 떼고, 대표 프로듀서 타이틀을 갖고 싶어요. 기획에 더 많이 참여하고 싶거든요.

왜 그렇게까지 하시나요?

그 과정에서 저도 배우는 거예요. 그렇다고 해서 모든 래몽래인의 드라마가 제 컬러대로 가는 건 아닙니다. 참여할 뿐이지 선택은 다 같이 결정해요. 〈시맨틱 에러〉도 저는 반대했지만 제작에 들어간 것처럼. 최종 결정이 날 때까지 계속 참여하는 게 제가 해야 할 기본이라고 생각해요. 궁극적으로는 저희 회사만 잘할 수 있는, 래몽래인만의 특화된 기획을 할 수 있는 회사로 거듭나야 하니까요. 지금은 맨날 먹고사는 일에 치여서 이것도 하고 저것도 하는 잡화상 같지만, 우리 브랜드 네임 밸류에 맞게 브랜딩 하는 작업을 준비하고 있습니다.

자본력이 있고, 자기 자본 100퍼센트로 텐트폴 작품을 보유하려는 방송사, 플랫폼을 상대로 협상력을 높이려면(제작사 자본을 받아들이게 하고 IP를 가져오려면), 제작사가 어떤 능력을 키워야 할까요?

작가와 대본, 그리고 배우 캐스팅 이게 가장 큽니다. 〈재벌집 막내아들〉을 예로 들면 대본이 좋았고, 송중기라는 배우가 캐스팅됐기 때문에 방송사에서도 충분히 흥행에 성공하고 수익을 낼 수 있다고 판단했을 거예요. 배우는 결국 해외 판매와 아주 밀접한 관계가 있습니다. 제작사와 방송사가 서로 IP라는 생명줄을 놓고 싸우는 건데, 방송사에서도 계산하겠죠. IP를 주고도 자신들이 수익을 낼 수 있는지. 저희는 IP를 가져와서 어떻게 수익 구조를 만들어낼 것인지 계산하고 협상에 들어가요. 결국 서로 윈윈할 수 있는 구조를 짜야 하고, 그래서 치밀하게 접근합니다.

좋은 대본과 경쟁력 있는 배우가 관건이지만 〈재벌집 막내아들〉을 제작한 래몽래인이나 〈이상한 변호사 우영우〉로 큰 성공을 거둔 에이스토리, 〈지금, 헤어지는 중입니다〉로 높은 수익을 창출한 삼화네트웍스는 모두 상장기업이다. 이 제작사들은 드라마를 만들 때 제작비 수백억 원을 투입했다. 1년에 한두 편이라도 텐트폴급 작품을 기획하고 제작사가 제작비 대부분을 투입함으로써 IP를 확보하는 모델은 자본조달 능력을 갖췄기 때문에 가능한 전략이다. 축적된 자본이 없어서 기획으로 승부하는 작은 제작사들은 시도하기 어려운 일이다.

그건 래몽래인이 상장기업이기 때문에 가능한 전략 아닌가요?

맞아요. 저희도 상장을 했기 때문에 가능한 일이었어요. 하지만 제작사가 IP를 자꾸 갖게 되면 영화처럼 드라마에도 투자자들이 모이지 않을까 생각해요. 실제로 드라마도 잘되면 수익률이 괜찮아요. 1년에 한두 작품이라도 제작사가 IP를 확보하고, 미리 선판매하는 구조를 짠다면 가능한 시나리오입니다. 다만 방송사, 플랫폼 들이 근본적으로 IP를 내놓으려고 하지 않기 때문에 이 부분은 충돌이 좀 있죠. 이것만 빼면 나머지 구조에 대해서는 제작사가 IP를 갖는다고 해서 리스크가 클 거라고 생각하지 않습니다. 물론 대본, 배우 캐스팅이 괜찮아서 제작사가 IP를 가져도 20퍼센트에서 30퍼센트 정도 리스크가 생길 수 있는데 이것도 시간이 지나면 다 리쿱이 가능하다고 봅니다.

CEO로서 요즘 가장 큰 고민은 무엇인가요?

저희가 콘텐츠 공장이기 때문에 좋은 콘텐츠를 어떻게 만들 것인지가 가장 큰 고민이에요. 생산만 잘하면 회사는 점점 더 좋아질 거라고 생각해요. 그래서 생산 라인에 대해서 항상 고민하고 있습니다. 시장에 어떤 기획, 어떤 작품을 내놓아 우리가 선도해갈 것인지, 어떻게 해야 시장에서 인정받을 수 있는 제작사가 될 것인지요.

래몽래인은 제작 마진을 목표로 하는 회사가 아니기 때문에 이런 구조를 넘어서는 어떤 큰 그림을 그려가고 있다는 생각이 듭니다. 래몽래인의 비전은 무엇인가요?

그동안은 목전에 있는 것에만 집착했는데, 회사 규모도 점점 커지고 상장도 했기 때문에 제가 할 수 있는 것들이 좀더 많이 생겼어요. 여러 사람의 도움으로 여기까지 왔으니 새로운 사람들한테 기회를 많이 주고 싶어요. 앞으로는 뉴미디어 콘텐츠를 더 많이 기획하려고 합니다. 새로운 포맷을 가진 콘텐츠를 펼쳐놓고, 거기서 우리 색깔을 찾는 작업을 하려고 해요. 이번에 〈시맨틱 에러〉가 뉴미디어 콘텐츠에 발을 딛게 용기를 줬습니다. 앞으로 숏폼, 미드폼도 1년에 몇 작품씩 만들어갈 생각입니다. 몇 년 안에는 영화도 한 편 론칭할 수 있지 않을까 싶고요. 주제넘게 무슨 영화까지 하느냐 이러실 수 있는데 래몽래인은 좋은 콘텐츠를 기획해서 만들어내는 게 중요한 경쟁력입니다. 방송용 드라마, 뉴미디어 콘텐츠, 영화까지 다양한 작품을 생산해낼 수 있는 기획 제작 시스템을 만들고 싶어요. 더불어 우리만의 색깔, 독특한 컬러의 브랜드를 만들어갈 계획입니다.

김동래 대표는 희망이 있는 드라마를 만들고 싶다고 했다. 밑바닥 인생을 사는, 짱돌 같은 사람들이 곡절을 이겨내고 인생 역전을 보여주는 이야기를 정말 좋아한다고. 어쩌면 그것은 그의 라이프 스토리 아닐까? 제작 현장 스태프에서 가진 것 하나 없이 오직 드라마를 제작하고 싶다는 꿈으로 시작한 프로듀서 인생. 몇 번의 큰 실패와 좌절, 위기에도 굴하지 않고 다시 일어선 뚝심의 사나이.

래몽래인來夢來人. '꿈이 오고, 사람이 온다'는 뜻의 회사 이름은 김동래 대표가 직접 지었다. 제작사가 IP를 갖는다는 것이 무엇인지, IP를 바탕으로 제작사가 어떻게 성장하는지 보여주고 싶다는 EP 김동래의 새로운 꿈, 브랜드가 어떤 모습일지 궁금하다.

**"**

이 세상 그 누구도
부모를 선택하거나
자기가 원하는 모습으로
태어나진 않아.
우리가 선택할 수 있는 일은
단 하나뿐이다.
오늘,
내가 어떻게 살 것인지.
그것뿐이야.

**"**

KBS 드라마 〈성균관 스캔들〉 중에서

**빅오션이엔엠 대표**

# 신인수

〈그 해 우리는〉 〈내일〉 〈너의 밤이 되어줄게〉 등 제작

# 드라마, 그 너머를 꿈꾼다

드라마 〈그 해 우리는〉(2021~2022) 〈내일〉(2022)의 EP 신인수는 공식 직함이 두 개다. 그는 제작사 슈퍼문픽쳐스 대표이면서 동시에 빅오션이엔엠이라는 회사의 CEO이다. 빅오션이엔엠은 2020년 8월, 슈퍼문과 영화사 곰픽쳐스, OST 음악 제작사 더그루브컴퍼니가 뜻을 모아 세운 통합 브랜드다.

2020년 대한민국 미디어 콘텐츠 산업 지형이 크게 움직였다. 국내외 OTT 플랫폼이 한국 드라마 산업에 뛰어들면서 판이 요동했다. 대기업 방송사들이 중소 제작사에 투자하면서 몸집을 키웠고, 플랫폼 카카오 역시 유명 작가, 감독이 소속된 제작사를 인수했으며, 신세계 같은 유통 기업이 드라마 제작사에 투자했다. 이런 상황에서 중소 제작사 연합군 형태의 빅오션이엔엠이 등장했다. 빅오션이엔엠은 각자 자본투자를 받는 것보다 분야가 서로 다른 회사끼리 힘을 모아 시너지를 내는 쪽이 승산 있다고 보았다. 드라마와 영화가 스토리를 공유하고, 음악적 특성이 강한 콘텐츠를 만들어 음원, 공연, 뮤지컬로 이어지는 수익모델을 그려나가는 전략이다. 모든 콘텐츠에는 음악이 따라오는 법이니까. 빅오션이엔엠은 제작비 대부분을 투자해 2021년 11월, 아이돌 네 명이 출연하는 드라마 〈너의 밤이 되어줄게〉를 제작했다. 국내에서는 SBS와 웨이브에서 방영했고, 아이치이iQiyi, 비키Viki, 뷰Viu 등 해외 플랫폼을 통해 중화권, 동남아, 북미, 일본 등에 직접 판매했다. 2022년 2월부터 4월까지 5인극 뮤지컬 〈M〉을 극장에 올렸고, 이 작품은 다시 〈M: 리부트〉라는 이름으로 드라마 제작을 준비하고 있다. 2022년 7월, 드라마를 기반으로 영화, 뮤지컬, 공연, 음원, 전시까지 다양한 콘텐츠 전략을 모색하고 있는 빅오션이엔엠의 신인수 대표를 만났다.

언제부터 이 일을 시작하셨나요?

2007년에 〈칼잡이 오수정〉이라는 드라마로 일을 처음 시작했습니다. 원래 통신 회사에 다녔어요. 대학교 때 방송사 PD 시험 준비도 한 적 있고, 회사에서 콘텐츠 관련 일을 계속하다 보니 자연스럽게 이쪽 일에 대한 동경이 있었어요. 그러던 차에 도레미엔터테인먼트 김운호 본부장이라고 친구이자 멘토인 그 친구가 더 늦기 전에 이 일을 해보는 게 어떻겠냐고 해서 과감하게 회사를 그만두고 드라마 PD 일을 시작하게 됐어요.

통신 회사면 꽤 괜찮은 직장이고, 연봉도 높았을 것 같은데요.

그래서 회사 그만둘 때 친구들이 다 저보고 미친놈이라고 했어요. 좋은 회사 때려치우고 연봉도 거의 절반 정도만 받으면서 시작했으니까요. 그리고 당시만 해도 엔터테인먼트라고 하면 소위 '딴따라'라고 해서 무시하는 분위기가 있었어요. 그때는 미혼이고 젊었으니까 제가 하고 싶은 대로 과감하게 지른 거죠.

그럼 처음에 엄청 고생하셨겠네요.

완전 밑바닥에서부터 시작했으니까요. 저보다 나이 어린 촬영 현장 보조 스태프보다 월급도 적었고, 경험이 없으니 무시당하고 그랬어요. 기획 회의에 들어가면 작가님이 저한테 누구냐면서, 앞으로는 오지 말라고 그랬던 적도 있어요. 진짜 오기로 버텼죠. 그때 목표로 세운 게 10년만 이 바닥에서 기자고, 그리고 10년 뒤에는 꼭 내 이름으로 드라마를 제작하자는 거였어요.

드라마, 그 너머를 꿈꾼다

그럼 언제 처음 드라마 제작자가 된 건가요?

2012년에 IOK미디어라는 회사의 대표를 맡게 됐어요. 그리고 2013년부터 제 이름 걸고 드라마를 제작하기 시작했죠. 〈여왕의 교실〉(2013) 〈연애 말고 결혼〉(2014) 〈블러드〉(2015) 〈착하지 않은 여자들〉(2015) 같은 작품들을 만들었어요. 그 뒤에 IOK미디어가 합병되고 상장하면서 회사를 나왔고요. 슈퍼문픽쳐스를 만든 뒤에는 2018년에 〈이별이 떠났다〉라는 드라마를 처음 제작했습니다.

지금까지 제작한 드라마 중에서 가장 기억에 남는 작품은 무엇인가요?

〈내일〉 〈그 해 우리는〉 그리고 〈너의 밤이 되어줄게〉 이 세 드라마예요. 최근 작품이기도 하지만, 2021년에 이 세 개를 거의 동시에 제작했거든요. 그러다 보니 너무 힘들기도 했고, 또 드라마 성격들도 서로 너무 달랐거든요. 〈너의 밤이 되어줄게〉는 음악과 결합한 드라마인데 사전 제작이었고, 〈그 해 우리는〉은 로맨틱코미디로 스튜디오N과 공동제작했어요. 〈내일〉은 웹툰을 원작으로 하는 작품이었고요. 채널, 제작 구조, 장르 모두 다르다 보니 힘든 점이 많았지만, 그만큼 보람도 컸습니다.

〈그 해 우리는〉은 제가 만든 드라마 중에서 아내가 제일 재미있게 본 작품이에요. (웃음) 이 드라마는 시청률과 상관없이 반향이 아주 컸습니다. 넷플릭스에 함께 공개되면서 전 세계적으로 인기를 많이 얻었는데 젊은 층부터 40대, 50대 시청자까지 세대를 불문하고 좋아해주셔서 보람을 많이 느꼈죠. 제작 현장도 즐거웠고, 비즈니스 관점에서도 괜찮았어요. 〈너의 밤이 되어줄게〉는 굉장히 큰 모험을 한 드라마입니다. 사전 제작인 데다 저희가 판권, IP를 다 확보해서 해외 유통도 직접 해야 했죠. 그래서 작품이 편성되고 방영됐다는 것 자체만으로도 저한테는 프로듀서로서의 자신감을 높여줬어요. 〈내일〉은 우여곡절도 많았고, 너무 고생한 작품이라 기억에 남아요. 영화감독님이 연출하셨는데 스케줄이 워낙 빡빡하다 보니 두 팀이 동시에 돌아갔거든요. 드라마 안에 사극과 판타지가 있고, 에피소딕이라 여러 가지 이야기가 다 결합됐어요. 제가 이 원작을 예전부터 좋아했어요. 네이버 웹툰에서 스튜디오N이라는 자회사를 만들고 처음으로 원작 계약을 한 작품이라서 스튜디오N에도 의미 있고, 저희한테도 의미 있는 작품입니다. 저는 무엇보다 이 드라마의 메시지가 좋았고, 시청자들에게 그걸 잘 전달할 수 있었다는 점에서 큰 보람을 느껴요. 넷플릭스에 공개되면서 해외에서도 좋은 반응을 얻었고요.

〈너의 밤이 되어줄게〉〈그 해 우리는〉〈이벤트를 확인하세요〉(2021)를 이어서 보면 청춘 로맨스물인데 이쪽 장르를 좋아하시는 걸까요?

그런 건 아니에요. 회사 비즈니스 모델로 드라마와 음악의 시너지를 생각하다 보니 〈너의 밤이 되어줄게〉 같은 드라마를 기획하게 됐어요. 또 다른 기획으로 여행과 음악을 결합한 콘

드라마, 그 너머를 꿈꾼다

텐츠도 있어요. 음악, 공연 사업을 염두에 두다 보니 자연스럽게 그런 장르, 톤앤매너의 드라마를 많이 하게 되는 것 같아요.

드라마, 영화, 음악을 함께 구상하면서 비즈니스를 했을 때, 장점과 단점은 각각 무엇인가요?

단점은 별로 없고, 장점이 많아요. 직원들이랑 IP에 대해 논의할 때 모든 가능성을 열어놓고 대화하다 보니 영화, 드라마, 음악을 자연스럽게 믹스해서 생각하게 되고, 그 과정에서 시너지가 나는 부분이 생겨요. 비즈니스 아이디어도 다양해지는데 기획만 하는 게 아니라 실행으로 옮기는 게 중요하잖아요. 앞으로 자본투자를 받아서 볼륨을 조금 더 키워나가려고 노력하고 있습니다.

EP로서 추구하는 작품의 원칙이나 방향이 있나요?

'의미'와 '재미'입니다. 재미도 있지만, 의미를 부여할 수 있는 요소, 그게 새로운 비즈니스 모델일 수도 있고 새로운 창작 방식일 수도 있는데 어떤 면에서든 의미를 부여할 수 있어야 하죠. 그리고 드라마는 사람들에게 뭔가 울림을 주는 이야기를 해야 한다는 생각을 많이 해요. 제가 사회적으로 악영향을 끼치는 콘텐츠를 만들고 싶지도 않고요.

웹툰, 웹소설 원작을 구매할 수도 있고 오리지널 아이디어를 개발하는 방법도 있는데, 어떻게 이야기를 찾나요?

다양하게 접근합니다. 오리지널 기획하는 것도 있고, 웹툰이나 웹소설을 기반으로 하는 드라마도 제작하고. 〈M: 리부트〉처럼 과거 성공 사례를 가져다가 다시 기획하는 작품은 처음 시도하는 거예요. 매달 새로 나오는 웹툰, 웹소설, 소설, 해외 원작 중에서 재미있는 게 있으면 직원들과 계속 공유하면서 직접 구매하기도 하고, 네트워크가 형성돼 있어서 해외 콘텐츠를 소개받기도 합니다. 이 부분은 다른 제작사와 차별점이 아닐까 싶은데, 남들이 저런 드라마 어디서 사요? 싶은 것들, 예를 들어 북유럽 드라마 포맷을 구입하기도 하거든요.

그럼 원작을 고를 때 중요하게 생각하는 건 무엇인가요?
촉이죠. 〈내일〉은 보자마자 꽂혔던 거고, 〈종이달〉의 원작인 영화도 제가 극장에서 울면서 보다가 꽂혀서 구입했어요. 그러니까 참신성을 먼저 봐요. 그리고 판권을 사왔을 때 내가 잘 만들 수 있는지에 대한 제작 능력을 고민해요. 그다음으로 이걸 만들었을 때 그만큼의 시장성이 있는지에 대해서도 고민하죠. 그런 요소들이 다 어우러져서 저한테 와닿는 거고. 당연히 재밌어야죠. 참신하기는 한데 너무 허무맹랑해서 우리나라에서 만들 수 없는 얘기면 안 돼요.

〈그 해 우리는〉은 드라마를 하면서 웹툰 프리퀄을 함께 선보였습니다. 그런 전략을 세운 특별한 이유가 있나요?
지금까지는 드라마로 각색할 원작 웹툰, 웹소설을 많이

찾았다면, 요즘은 웹툰, 웹소설 원천 IP 자체를 우리가 기획하고 만들어야겠다는 생각을 많이 해요. 모종을 키우는 일부터 우리가 해야 IP에 대한 권리를 가질 수 있으니까요. 실제 그렇게 진행하는 프로젝트가 있습니다. 당장 영상화하기에는 허들이 너무 많지만 유니크하고 재미있기 때문에 먼저 웹툰으로 만들어보자는 발상이죠. 어떻게 보면 순서를 바꿔서 비즈니스를 진행하는 거예요. 이제는 이런 식의 고민을 하고, 실행에 옮겨야 하는 시점이 아닐까 해요.

드라마를 기획할 때 웹툰이 갖는 매력은 무엇인가요?

인지도가 있고 그림이 있으니까 영상화가 쉽다는 건 너무 당연한 얘기예요. 지금 웹툰은 유행이거든요. 하나의 패션이 됐어요. 제가 방송사, 플랫폼에 피칭할 때 유사한 소재, 비슷한 이야기라도 오리지널 대본은 잘 안 팔려요. 그런데 이건 무슨 웹툰 원작입니다 하면 자세히 봐요. 그러다 보니 신선하고 좋은 소재의 웹툰이 나오면 여기저기서 다 달려들어 먼저 확보하려고 하죠. 설명하기 좋고, 피칭에 용이한 게 가장 큰 장점이죠.

유명 웹툰 IP는 원작료가 비싸서 영상화 판권 확보에 비용이 많이 들지 않나요?

저희는 자수성가형 콘텐츠 기업을 꿈꿉니다. (웃음) 돈 많은 집안이 아니거든요. 그러니까 돈으로 베팅하기 어렵죠. 다행히 저희가 스튜디오N과 파트너십이 좋기 때문에 하고 싶은 게 있으면 그 회사에 프러포즈를 해요. 판권이 살아 있으면 스튜디오N이 클리어하고, 저희와 같이 기획 개발하는 방식으로 리스크를 공동으로 지는 형태죠. 카카오 같은 데서 원작을 직접 사기도 하지만 어쨌든 무리하게 지출하면서 구입한 적은 없어요.

IP를 중심으로 다양한 방식의 미디어 전략을 쓴다는 점에서 마블이나 디즈니처럼 세계관을 기반으로 트랜스미디어 스토리텔링을 펼쳐가는 거 아닌가 하는 생각이 드는데 실제로도 그런가요?

트랜스미디어 스토리텔링이라고 하면 저희가 아직 뭘 했다고 하기에는 너무 거창한 용어고요. 이게 OSMU와는 진짜 달라요. 사람들이 트랜스미디어 스토리텔링을 OSMU와 동일하게 생각하는데 그게 아니라 영화는 영화대로, 드라마는 드라마대로, 게임은 게임대로, 만화는 만화대로 다 의미가 있고, 재미가 있고, 이야기의 완성도가 있어야 하거든요. 그런 콘텐츠를 만들어내는 게 어렵죠. 아직 국내에는 사례가 없다고 생각해요. 그런데 그런 걸 정말 꿈꾸기는 해요. 앞으로 우리만의 트랜스미디어 스토리텔링을 할 수 있는 콘텐츠 IP를 만들어서 세계관을 구축할 수 있다면 여한이 없을 것 같아요.

최근 방영이 끝난 〈내일〉이나 준비하고 있는 〈M: 리부트〉는 이전 작품들과 장르나 분위기가 다릅니다. 판타지, 스릴러물인데 다양한 분야로 확장하고 있는 이유가 있을까요?

장르 확장은 아니에요. 기획한 작품들이 순서대로 나오고 있을 뿐이죠. 다 같은 시기에 기획 개발을 시작한 것들인데 어떤 건 좀 빨리 되고, 어떤 건 좀 늦어졌어요.

준비 중인 라인업 중에 〈M: 리부트〉가 눈에 띕니다. 〈M〉이 1994년 나온 드라마니까 벌써 30년이 다 됐네요. 그때 심은하 배우가 나와서 최고 시청률 50퍼센트 넘은 걸로 기억하는데, 이 작품을 고른 특별한 이유가 있나요?

미국은 〈배트맨〉을 비롯해서 옛날 작품들을 계속 리부트하잖아요. 우리나라에도 훌륭한 옛 작품이 정말 많다고 생각하거든요. 그래서 리부트 성공 사례를 한번 만들어야겠다 싶어서 시작했고, 〈M〉은 한국판 〈기묘한 이야기〉처럼 공포스릴러 장르여서 해외시장에서도 충분히 통할 수 있는 소재라고 생각했어요.

드라마는 아무래도 작가가 매우 중요한데 신인과 기성 중 어느 쪽과의 작업을 더 선호하시나요?

프로듀서로서 보람이자 자랑이기도 한데, 저는 신인 작가들과 작업을 정말 많이 했습니다. 박지은 작가님 첫 작품을 프로듀싱했었고, 김은희 작가님 〈싸인〉(2011)에도 참여했어요. 사실, 신인 작가 발굴해서 편성받는 게 정말 어렵거든요. 회사 규모가 전보다 커지고, 역량이 쌓이면서 좀더 많은 사람한테 기회를 줄 수 있는 사람이 됐다는 사실이 저한테 아주 큰 의미가 있다고 생각해요. 재능이 있어도 빛을 보지 못하는 창작자도 많고, 오랫동안 잘 안 풀리는 분들도 정말 많아요. 그런 분들이랑 같이 작품 준비해서 메이드 시켰을 때 진짜 쾌감을 느껴요. 저는 그게 프로듀서의 가장 중요한 능력이라고 생각하는데 만약 제가 감이 떨어지고, 그렇게 할 수 없게 된다면 그만둬야죠.

요새 프로듀서가 많아졌는데, 프로듀서로서 본인만의 경쟁력은 뭐라고 생각하세요?

프로듀서가 뭐냐고 물으면 'bring it into something', 즉 뭔가 가져다 특별한 것으로 만들어내는 능력 있는 사람이라고 답합니다. 저는 새로운 사람을 발굴해서 같이 기획하고, 그 사람을 데뷔시킨 경험이 많아요. 그게 가장 큰 보람이고, 경쟁력이지 않나 싶어요. 예를 들어 회당 5천만 원에 한 작가를 계약한다고 하면 저는 500만 원에 열 명과 계약할 수 있는 쪽에 좀더 꽂혀요. 그중에서 두세 명만 성공시켜도 의미 있다고 생각하거든요. 물론 그 과정이 무척 어렵지만요.

그러한 경험을 한 적이 있나요?

실제로 김은희 작가님의 〈싸인〉 드라마를 할 때 굉장히 어려웠어요. 물론 저뿐만 아니라 공동제작사를 비롯해 여러 사람이 달라붙었지만, 거의 모든 방송사에서 거절당한 작품을 메이드 시킨 거였거든요. 다른 아이템이 펑크 나서 저희가 대타로 들어갔는데 홈런을 친 거죠. 〈연애 말고 결혼〉도 작가님이 몇 년 동안 준비한 건데 계속 편성을 못 받다가 같이 기획 개발해서 메

이드 시킨 사례고요. 〈너의 밤이 되어줄게〉도 SBS에 없던 시간
대를 뚫고 들어갔어요. 그것도 드라마국이 아니라 예능국을 통
해서요. 새로운 루트를 개척한 덕분에 방영할 수 있었죠. 게다가
이 작품은 저희가 직접 해외에 다 판매한 사례라 이 작품을 하면
서 프로듀서로서 자신감을 많이 얻기도 했어요.

여기저기서 거절당하고 일이 안 풀릴 때 이를 뚫고 들어가
는 나만의 킥이 있나요?

자기 확신이 중요합니다. 어떤 시점에 다다르면 빨리 판
단해야 해요. 메이드 시킬 수 있다는 확신이 들면 배우를 붙이고,
캐스팅 쪽을 미리 움직여서 드라이브를 거는 겁니다. 그러면 방
송사 편성 담당자도 처음에는 긴가민가하다가 캐스팅을 보고 마
음을 바꾸기도 하거든요. 그러니 내가 자신 있다면 밀어붙여야
해요.

드라마는 여러 집단(제작사, 방송사, 플랫폼, 스튜디오, 에이전시 등), 수많은 개
인(프로듀서, 감독, 작가, 배우, 스태프)의 마음과 의지가 한 방향으로 모여야 시
작하고 제작할 수 있다. 사람들의 마음이 흔들리고 확신이 없을 때, 누군가
강력한 의지로 믿음을 심어줘야 하는데 그 역할을 하는 사람 중 열에 아홉
은 EP다. 논리와 전략, 계획과 방법을 바탕으로 프로젝트가 나아갈 길을 구
체적으로 제시할 때 사람들은 움직인다. EP는 불확실성을 제거하고 미래를
보여주는 사람이어야 한다.

제가 학생들한테 돈 벌고 싶으면 다른 일을 하라고 말해요. 차라리 중장비 자격증 같은 걸 따는 게 나을 수 있다고. 저는 이 일을 하려면 소명 의식이 있어야 된다고 생각해요. 이 일을 통해서 다른 사람들한테 좋은 영향을 끼칠 수 있는 사람이 돼야겠다는 꿈이 있어야 하고, 그리고 무엇보다 콘텐츠 자체를 좋아해야 해요. 드라마를 안 보는데 어떻게 드라마를 만들고, 웹툰을 안 보는데 어떻게 웹툰 일을 하겠어요. 그러니까 콘텐츠에 미쳐야 해요. 그러다 보면 내가 좋아하는 장르를 자연스럽게 알게 돼요.

지금은 예전보다 이 일을 하기 좋은 시대예요. 저희 세대는 드라마를 만들려면 언론 고시를 준비해야 했어요. 그때는 방송사 말고는 드라마를 만들 곳이 없었거든요. 지금은 종편에, 드라마 제작사에, 드라마제작사협회 프로듀서 스쿨 같은 곳도 있어요. 인턴십하러 온 친구들 보면 딱 알아요. 진짜 이 일을 좋아하고, 이 분야에 촉이 있는지, 준비된 사람인지 아닌지. 그러니까 본인이 준비를 잘해놓으면 기회는 과거보다 얼마든지 쉽게 얻을 수 있어요. 사실 제작사들은 좋은 사람을 못 구해서 난리예요. 신인 뽑는 것에 대해 거부감도 없고요. 왜냐면 새로운 자극이 필요하거든요. 쉽게 말해 '똘끼' 있는 감수성이 필요해요.

비교적 자유로운 편이에요. 저희 회사도 업무 시간에 제약을 크게 두지 않아요. 출퇴근도 마찬가지예요. 예를 들어 오늘 주 일정을 상암동에서 소화해야 하면 그쪽으로 바로 출근해도 돼요. 일반 직장과 다른 점이 있다면 밤에 이루어지는 일이 많다는 정도예요. 저도 보통 저녁에 약속이 세 개씩 있어요. 이쪽 사람들이 야행성이 많아서 오후 두 시나 세 시부터 하루를 시작하다 보니 미팅 시간이 늦고, 회의하다 보면 또 늦어지게 되죠. 또 작품 진행하다가 돌발 상황이 생겨서 배우랑 얘기할 일이 있으면 새벽에도 나가야 하는데 이쪽 일을 하려면 이런 부분에 조금은 열려 있어야 해요.

최근 OTT 플랫폼의 출현이 제작사에 큰 영향을 주고 있잖아요. 특히 넷플릭스의 한국 드라마 산업 진출은 개별 제작사에도 큰 영향을 주고 있고. 변화를 체감하시나요?

그래서 저도 이제는 글로벌 경쟁력을 갖춘 드라마인지를 많이 따져요. 넷플릭스에 올라갔을 때 전 세계 수많은 콘텐츠와 동시에 경쟁해야 하니까요. 과거 지상파만 있을 때는 방송 3사끼리 경쟁하면 됐는데 지금은 칠레, 독일, 핀란드의 드라마와 경쟁해야 할 수도 있으니까요. 그 안에서 살아남을 수 있는 경쟁력 있는 드라마를 만들어야 하다 보니 기획할 때도 생각을 많이 열어놓아요. 넷플릭스가 좋은 점은 상대적으로 작가나 감독의 네임 밸류를 많이 따지지 않는다는 거예요. 파격적인 기획, 그러니까 이런 걸로 드라마를 만들어? 하는 소재도 가능하고, 신인들을 캐스팅하는 모험을 해도 성공하는 것을 보면서 기획할 때 편견이나 고정관념을 깨려고 하죠. 이게 가장 많이 바뀌고 있는 것 같아요.

넷플릭스를 비롯한 국내외 OTT 플랫폼이 한참 잘나가다가 성장이 정체된 것 같아요. 또 〈이상한 변호사 우영우〉를 보면, 콘텐츠 한 편이 신생 채널의 인지도를 한 번에 끌어 올리기도 하잖아요. 새롭게 주목하는 플랫폼이나 채널, 움직임이 있나요?

저희가 요즘 KT와 일을 많이 하는데 KT가 앞으로 펼치려는 콘텐츠 전략이 궁금합니다. 해외 플랫폼 중에서는 아마존이 앞으로 어떻게 하느냐에 따라 판도가 달라질 것 같아요. 우리나라와 중국을 제외하면 아마존이 전 세계 온라인 유통을 장악하고 있잖아요. 게다가 아마존 프라임 콘텐츠는 회원 서비스 개념이라서 넷플릭스처럼 오리지널 콘텐츠를 무기로 신규 가입자를 유치해야 하는 것과는 맥락이 다르거든요. 그래서 이들이 앞으로 어떤 콘텐츠를 만들고 사업을 전개하느냐에 따라 국내 시장이 달라지겠죠.

또 하나, 집집마다 TV가 있고 인터넷이 연결돼 있잖아요. 그러면 TV 자체가 하나의 플랫폼이란 이야기가 돼요. 삼성이나 LG 텔레비전 수상기가 전 세계에 수천만 대 있는 거예요. 그래서 요즘 삼성이 거기에 콘텐츠를 탑재하면 어떻게 될까, 라는 생각을 많이 하고 있습니다. 애플이 그런 전략을 취하고 있으니 삼성도 따라가지 않을까요? 그렇게 되면 아마도 광고 기반 콘텐츠가 될 텐데 어쨌거나 이런 새로운 시장도 유심히 보고 있습니다.

국내 OTT 플랫폼의 상황과 미래는 어떻게 보세요?

현재 국내 OTT 플랫폼들이 처한 환경이 아주 치열하고 어렵습니다. 결국 글로벌시장으로 가지 않으면 살아남기 어려울 거예요. 과거 tvN이나 JTBC 같은 매체가 기존 레거시 미디어와의 경쟁에서 우위를 점하게 된 과정을 분석해보면 그들에게 혁신적인 콘텐츠가 있었어요. 해외도 마찬가지죠. HBO, 넷플릭스도 〈밴드 오브 브라더스〉(2001)나 〈하우스 오브 카드〉(2013~2018) 같은 파격적인 콘텐츠를 만들면서 치고 올라온 거잖아요. 국내 OTT 플랫폼에서는 그런 파격적인 도전과 혁신을 찾아보기 힘들어 다소 아쉽죠. 좀더 과감한 시도가 필요하지 않을까 싶어요.

현재 수많은 미디어, 플랫폼이 존재하는데 빅오션이엔엠만의 대응 전략이 있나요?

저는 모든 플랫폼과 일을 해봤기 때문에 특별히 우선순위를 두거나 치우치지는 않습니다. 어떤 콘텐츠를 기획했을 때 SBS가 좋겠다 싶으면 SBS에 먼저 제안하고, OTT로 가는 게 좋겠다 하면 그쪽에 먼저 제안하죠. 50 대 50 정도 비율로 안배해요. 게다가 요즘은 콘텐츠만 좋으면 다 봐요. 반대로 얘기하면 이제는 모든 채널이나 플랫폼이 기득권을 내려놓고 경쟁해야 할 때예요. 채널의 장벽 같은 게 큰 의미가 없는 것 같아요.

그럼 빅오션이엔엠, 슈퍼문픽쳐스는 이런 미디어 플랫폼 변화 환경에 잘 대응하고 있다고 보시나요?

빅오션이엔엠을 만들 때 그 부분을 가장 중요하게 생각했어요. 지금까지 과정을 돌아보면, 코로나19로 극장이 셧다운되는 등 아주 어려운 시기에 영화 〈제8일의 밤〉(2021)을 넷플릭스 오리지널로 론칭했고, 드라마도 〈그 해 우리는〉 〈내일〉을 연달아서 넷플릭스에 서비스했으니까 비교적 대응을 잘하지 않았나 싶어요. 이미 OTT 플랫폼 전용 드라마를 몇 작품 계약했고, 개발 중인 것도 있어서 앞으로도 이런 흐름에 최대한 잘 맞춰가려고 하고 있습니다.

2020년 말, 곰픽쳐스, 더그루브컴퍼니와 빅오션이엔엠이라는 통합 브랜드를 만들어 함께 일하게 됐는데, 드라마 제작자로서 영화 제작사, 음반 제작사와 '한 지붕 세 가족'을 이룬다는 것은 어떤 의미인가요?

그 당시에 OTT 중심으로 콘텐츠가 많이 만들어지고 소비되면서 드라마, 영화 간 장르나 영역이 거의 허물어지고 있었어요. 그래서 영화 쪽에 있던 많은 분들이 드라마로 넘어오기도 하고, 드라마 쪽에 있던 분들이 영화로 가기도 했죠. 그 시기에 오랫동안 알고 지내던 곰픽쳐스, 더그루브컴퍼니 대표님들과 우리가 뭉쳐서 회사를 더 키우고 시너지를 내는 게 좋겠다는 이야기가 자연스럽게 오갔어요. 그래서 지금 영화사에서 준비하던 아이템을 드라마로 전환해서 개발하는 것도 있고, 소속 시나리오 작가나 영화감독과 저희가 드라마를 개발하는 것도 있어요. 또 저희가 하는 드라마 제작이 끝나면 영화로도 만들 수 있죠. 〈너의 밤이 되어줄게〉가 그 시작이었는데 음악적인 비즈니스를 같이 만들어보자고 했고, 앞으로 이런 콘셉트의 콘텐츠를 계속 만들어갈 예정입니다. 음악과 영상이 믹스된 기획을 아주 자연스럽게 할 수 있게 된 거죠. 기획하는 단계에서부터 확장성을 염두에 두고 가는 겁니다. 결국 엔터테인먼트 비즈니스는 하나의 콘텐츠 영역에 머물지 않고 OSMU, 트랜스미디어 스토리텔링 같은 그림을 그려가게 되는데, 저를 비롯해 콘텐츠를 하는 사람들은 누구나 그런 꿈을 꾸죠.

콘텐츠 기업끼리의 시너지요?

최근에 큰 기업 우산 밑으로 작은 회사들이 모이는 사례가 많은데 그 회사들 간에 시너지가 있냐 하면 그렇지 않아요. 서로 남이죠. 반면에 저희는 이미 오랫동안 같이 봐왔고 일한 사이예요. 음악 쪽 파트너는 제가 드라마 할 때 OST 작업을 늘 같이 하면서 유대가 형성됐습니다. 앞으로도 마찬가지인데 각 회사별로 자생력을 갖추는 게 중요하고, 거기에 플러스알파로 시너지를 낼 수 있는 새로운 수익모델을 만들어내는 게 중요해요. 그리고 결국 콘텐츠 기업이 IP를 보유하지 않으면 살아남기 어렵다고 생각합니다. 그러니까 이제는 우리만의 IP를 보유할 수 있는 회사로 만들어야 해요. 단순히 제작 하청받는 게 아니라. 그래서 원천 웹툰 개발도 하고, IP를 다양하게 확보하고 활용하는 방안을 세우고 있습니다. 〈M: 리부트〉도 드라마만 계약한 게 아니라 뮤지컬 계약도 하고, 여러 장르로 확장해나가고 있습니다. 그러니까 우리가 IP를 보유해서 프랜차이즈화할 수 있는 거, 그게 트랜스미디어 스토리텔링이 되겠지만, 그런 성공 사례를 만드는 게 목표입니다.

통합 브랜드를 시작한 지 2년 가까이 됩니다. 실제로 시너지 효과가 있었나요?

〈너의 밤이 되어줄게〉처럼 음악과 연계한 드라마를 슈퍼문이 론칭했고, 〈M: 리부트〉는 뮤지컬을 먼저 론칭했죠. 곧 드라마로 만들 계획이고요. 이런 시너지는 빅오션이라는 그림이 있어서 가능한 케이스라고 할 수 있어요. 원래 〈너의 밤이 되어줄게〉는 드라마가 끝나면 OST를 바탕으로 해외 공연을 할 계획이었어요. 코로나19로 진행하지 못해 기대에 조금 못 미치기는 했지만, 저희들만의 밸류체인을 만든 사례라서 의미가 크다고 생각해요. 빅오션 소속 회사들끼리는 인력, 리소스를 공유해서 쓸 수 있어서 비용이 절감되기도 하고, 네트워크가 많이 확장되는 장점도 있습니다. 기존에는 동종업계 사람들만 만났는데 두루두루 다양한 분야 콘텐츠 기업들을 만나다 보니 전혀 생각지도 못했던 새로운 비즈니스 기회가 생기기도 하고요. 저희가 최근에 강아지들이 보는 유료방송 채널인 도그 TV를 인수했어요. 원래 계획한 건 아니었지만 PPprogram provider(케이블 TV 프로그램 공급사업자) 사업군을 새로운 비즈니스에 추가하기도 하는 거죠.

IP 확보는 어떻게 하세요?

드라마, 그 너머를 꿈꾼다

자체적으로 기획하기도 하고 오리지널 IP를 가져올 때도 있는데, 오리지널 IP를 가져오더라도 한 영역만 계약하는 게 아니라 모든 영역을 아우를 수 있도록 권리를 확보해서 개발해요.

실제 그렇게 준비하고 있는 프로젝트가 있나요?

우선 〈M: 리부트〉가 있고, 드라마 〈종이달〉은 영화 버전으로 만드는 것도 고민하고 있습니다. 그리고 영화 파트에서 준비하고 있는 크리처물도 있어요. 이건 시리즈를 먼저 만들고, 극장판을 제작하는 것으로 동시에 기획하고 있습니다. 또 준비하고 있는 어린이드라마는 머천다이징 상품을 같이 만들어서 유통하는 방식을 고려 중이에요.

드라마가 빅오션이엔엠 전체의 기본적인 플랫폼인 셈입니다. 숙제는 수익모델을 만들고 지속 가능한 경영을 하는 것일 텐데 빅오션이엔엠만의 비즈니스 모델은 무엇입니까?

처음 세 개 회사가 모였을 때 가장 중요하게 생각한 게 각 부문별 수익성이었어요. 각자도생이 가능한 상태에서 다양한 변수에 대응하자는 거였죠. 드라마가 이익이 안 날 수도 있고 갑자기 영화가 대박 날 수도 있기 때문에 각자 생존을 위한 체력을 기르고 서로 도움이 필요할 때 다른 부문에서 보완할 수 있는 구조의 회사를 만들자는 게 기본이었습니다. 거기에 빅오션이엔엠의 파이프라인을 만들자. 우리가 보유한 IP를 통해서 꾸준히 매출이 발생할 수 있는 수익모델을 만드는 게 중요하다고 생각했어요.

그런 면에서 음악이 굉장히 중요해요. OST나 앨범이 당장 큰 수익을 만들어내는 것은 아니지만, 꾸준히 매출을 일으킬 수 있고 갑자기 어디서 음원이 터져서 매출이 급증할 수도 있거든요. 해외 유통 부분에서도 매출이 조금씩 발생하는 구조, 여기에 매니지먼트 사업권, 케이블 TV PP 사업을 추가한 것도 전체적인 맥락에서 봤을 때 비즈니스 모델 구축의 일환입니다.

단순히 드라마 제작 프로덕션을 이어가기보다는 이를 넘어서는 어떤 큰 그림을 그려가고 있다는 생각이 듭니다. 'beyond drama'의 비전은 무엇인가요?

여러 물줄기가 바다로 흘러들어 만나잖아요. 모든 콘텐츠를 담을 수 있는 회사였으면 해요. 그리고 빅오션, 말 그대로 큰 바다는 모든 대륙에 닿을 수 있으니까 전 세계로 뻗어나갈 수 있는 콘텐츠를 만들어내는 것이 두 가지 큰 모토예요. 오리지널 IP를 갖고, 진정한 트랜스미디어 전략을 구축하고, 전 세계에 영향을 미치는 콘텐츠를 만드는 게 프로듀서로서 꿈입니다. 그래서 작은 회사지만, 일본이나 미국 시장에서 파트너들과 협업하기 위해서 해외에 지사를 내려고 합니다. 큰 기업에 인수합병돼 그 우산 밑에서 보호받는 게 아니라 작은 회사들이 모여서 큰 성공을 거두고 시너지를 낼 수 있는 모델이 될 수 있다는 걸 보여주고 싶습니다.

자수성가형 콘텐츠 제작자 신인수 대표는 슈퍼문픽쳐스와 빅오션이엔엠의 정체성을 이 답변으로 설명했다. 대기업 자본과 플랫폼은 따뜻하고 안정적이지만 자유롭지 못하다. 작은 기업들의 연합군으로 출발했지만 드라마를 기본 플랫폼으로 두고 여기에 영화, 웹툰, 뮤지컬, 음악, 공연까지 자신들만의 이야기 세상, 트랜스미디어 전략을 구사함으로써 새로운 성공모델을 만들어가겠다는 꿈.

슈퍼문픽쳐스와 빅오션이엔엠 이름 모두 신인수 대표가 지었다. 상서로운 조짐과 기운이 가득한 작품을 만들어 지구촌 곳곳에 다다르고 싶다는 큰 포부가 담겨 있다. 드라마 너머를 바라보는 그의 꿈이 어떤 새로운 콘텐츠로 익어갈지 기대된다.

**"**

고마워요.
잘 버텨줘서.
포기하지 않아서.

**"**

MBC 드라마 〈내일〉 중에서

히든시퀀스 대표

# 이재문

**〈구해줘〉〈돼지의 왕〉〈백설공주에게 죽음을〉 등 제작**

# 다르게 간다, 그게 나의 길이다

2020년 여름, 아직 〈오징어 게임〉이 나오기 전이었다. 넷플릭스가 〈킹덤〉 시즌 2, 〈인간수업〉을 선보였던 그때 한국 드라마 산업 물밑에서는 이미 변화의 큰 흐름이 감지되고 있었다. 글로벌 OTT 플랫폼이 불러온 한국 영상산업 변화의 초입에 나는 드라마 제작사 프로듀서들을 만나러 다녔다. 판의 변화를 먼저 감지하고 빠르게 다음 스텝을 준비하는 쪽은 몸이 가벼운 신생 제작사들이었다. 그 가운데 히든시퀀스도 있었다.

CJ ENM에서 〈미생〉(2014) 〈시그널〉을 프로듀싱하면서 이름을 알리기 시작한 히든시퀀스 대표 이재문 프로듀서는 30대 초반에 홀연히 조선 과학수사대 〈별순검〉 시리즈를 제작한 독특한 이력의 소유자다. 케이블 TV, 그것도 지상파 프로그램 재방송 전문 채널에서 자체 드라마를 만든다는 것은 누구도 상상하지 못하던 시절이었다. 2007년, 변변한 지원 하나 없이 오직 패기와 열정으로 사극에 과학수사를 접목한 신선한 기획을 실현한 프로듀서가 바로 이재문이다.

대기업에서 독립해 제작사를 차린 이재문 대표는 〈구해줘〉 1, 2, 〈복수노트〉 1, 2, 〈이미테이션〉(2021) 〈돼지의 왕〉(2022) 등 색깔 있는 드라마를 꾸준히 만들었다. 그 사이 히든시퀀스는 게임 기업 크래프톤에서 투자를 받았으며, 변영주 감독이 연출을 맡은 작품 〈백설공주에게 죽음을〉을 제작 중인데 2023년 말 또는 2024년 초에 세상에 내놓을 예정이다.

2020년 여름에 만났으니까 2년 만이네요. 그때 '변화'를 얘기했는데 그 사이 또 많이 바뀌었습니다. 어떤가요?

저 개인적으로도 그렇고 회사도 그렇고 이 판도 그렇고 최근 3년간의 흐름이 앞선 30년보다 더 크게 변화무쌍한 시기였어요. 분기별로, 아니 매달 트렌드가 너무 급격하게 변하고 있으니까. 제작 문화도 마찬가지고요. 그 사이 회사 성장을 위해서 투자를 받았고, 그 돈으로 여러 작가님과 좋은 아이템을 개발해서 지금 프로젝트 스무 개 정도 준비하고 있어요.

지난 3년의 영상산업은 넷플릭스가 주도했습니다.

압도적이었죠. 넷플릭스가 불러일으킨 파장이 워낙 커서 넷플릭스냐 아니냐로 나뉘어버린 것 같아요. 모든 레거시 미디어랑 토종 OTT 전체를 다 합친 것보다 넷플릭스가 더 많이 빨아들였으니까요. 그래서 제일 좋은 대본들은 무조건 넷플릭스부터 보여줘요. 넷플릭스 담당자들 만나기는 더 어려워졌습니다. 예전에는 대본을 주면 바로 검토해줬는데 지금은 4개월에서 5개월 이상 기다려야 피드백을 받을 수 있으니 넷플릭스의 인기를 실감하고 있죠.

넷플릭스 외에 디즈니플러스, 애플티비플러스, 아마존프라임 같은 글로벌 OTT에 웨이브, 티빙, 왓챠 등 국내 OTT도 있습니다. 이들은 어떤가요?

넷플릭스 외에는 피부로 와닿을 만큼 영향력을 보여주는

**다르게 간다, 그게 나의 길이다**

플랫폼은 없는 것 같아요. 다만 웨이브나 티빙은 서서히 어느 정도의 매체력을 갖게 될 것 같아요. HBO나 파라마운트 같이 유력한 글로벌 미디어와 손을 잡고 넷플릭스에 필적할 만한 콘텐츠들을 만들어낸다면요. 또 티빙이 2022년 12월에 시즌과 합병해 몸집을 키운 것도 있어서 이런 변화들이 무르익으면 뭔가 새로운 흐름을 만들 수도 있지 않을까 싶어요.

얼마 전 〈돼지의 왕〉을 끝냈습니다. 제작자로서 점수를 매긴다면 몇 점인가요?

85점. 제가 원래 스튜디오에 피칭할 때 제시한 콘셉트가 한국형 새드 스릴러였어요. 〈돼지의 왕〉은 폭력의 불편함이나 연쇄 살인마가 나오고 등장인물이 어린시절에 불행했던 상황 속에서 격렬하게 부딪히지만, 이 과정에서 한국만의 정서, 슬픔이 계속 묻어 나오거든요. 묘하게도 19금 콘텐츠이고, 여러 가지 제약도 있고, 장르적으로도 호불호가 갈릴 수 있어요. 그런데 그 점들을 감수하고 지켜봐주신 분들한테 아주 색다른 쾌감을 줬다는, 분에 넘치는 칭찬을 받아서 감사할 따름이에요.

원작이 유명하면 홍보 면에서는 유리하지만 각색하기에는 부담스럽지 않나요? 그럼에도 원작을 선호하는 이유가 있나요?

솔직히 말씀드리면 프로젝트를 조금 더 안정감 있게 진행시키고 싶은 프로듀서의 욕심이죠. 원작이 있으면 채널, 플랫폼,

스튜디오하고 얘기하기 좋습니다. 예측 가능하니까요.

〈구해줘〉도 웹툰 원작이었죠?

네. 〈구해줘〉 시즌 1은 한국 사회에 대한 문제의식에서 출발한 드라마예요. 작가님이나 저나 한국 사회를 지배하는 학연, 지연, 혈연 커뮤니티에 속해 있으면서 내가 안심하고, 도움을 바라고, 또 내가 누군가에게 도움을 주면서 영향력이 있다고 느끼는 게 마치 지역 사회가 종교 집단의 축소판 아닌가, 라는 생각을 하고 있었어요. 때마침 저희 생각과 굉장히 유사한, 잘 짜여진 중편 사이즈의 〈세상 밖으로〉라는 웹툰을 발견했죠. 61편 정도 되는 비교적 짧은 웹툰이었는데 더 좋았던 거는 이걸 확장시킬 수 있겠다 싶었어요.

〈구해줘〉 시즌 2는 시즌 1과 원작이 달랐죠?

〈구해줘〉 시즌 1이 나가고 시즌 2 요청을 여러 번 받았어요. 시즌 1의 주제가 여전히 유효하다고 생각했고 여기서 더 심도 있는 이야기를 하고 싶어 기획을 시작했습니다. 그런데 프로듀서로서 〈구해줘〉 시즌 1을 돌아보니 제가 팬으로서 엄청 좋아하는 연상호 감독님의 〈사이비〉 영향을 많이 받았다는 것을 깨달았어요. 그래서 연 감독님께 〈사이비〉를 원작으로 한 〈구해줘〉 시즌 2를 해보고 싶다고 말씀드렸더니 흔쾌히 허락해주셨죠.

〈돼지의 왕〉도 연상호 감독님 애니메이션을 각색한 드라마잖아요.

〈구해줘〉 시즌 2 제작하고 나서 연 감독님이 저한테 〈돼지의 왕〉 리메이크를 제안하셨어요. 그때 제가 웃으면서 본인이 직접 글도 쓰고 연출도 하시면서 왜 돈 안 될 콘텐츠만 나한테 주시냐고 했죠. (웃음) 그런데 제가 〈돼지의 왕〉 완전 빅 팬이거든요. 〈사이비〉를 각색하면서 '이 사람이 내 세계를 알아주네?' '내가 해석하고 들어가기에 너무 용이한데?' 그러면서 서로 더 깊이 이해하게 된 거예요. 그래서 〈돼지의 왕〉도 제작하게 됐죠.

오리지널 창작에 비해 원작을 각색하는 게 유리한 지점이 있다고 들립니다.

원작이 있으면 각색 작업할 때 작가와 프로듀서가 합의를 쉽게 할 수 있어요. 〈돼지의 왕〉 원작 애니메이션과 드라마의 차이에 대해서 작가님과 제일 먼저 합의했던 게 제가 원작을 사랑하지만 그렇다고 TV 시리즈물에 원작의 우울함만 갖고 가는 건 너무 불편하다. 어떻게 생각하시냐 했더니 동의한다고 하시더라고요. 그래서 그러면 어떻게 할까요? 하면서 의견을 조율해나갔죠.

그럼 원작과 다른 점은 무엇인가요?

원작에서 주인공은 실패한 삼류소설가, 대필 작가로 나와요. 그 친구가 잊고 지내던 중학교 동창한테 오랜만에 전화를 받으면서 얘기가 시작되는데 원작에서는 두 인물의 중학교 회상으로만 쭉 가요. 게다가 그 친구가 아내를 죽인 것, 우선 그게 불편하기 짝이 없고. 그 스토리라인이 드라마로서 힘이 없다고 생각했어요. 그래서 연락을 받는 친구는 광수대(광역수사대)로 설정을 바꿨습니다. 김동욱 씨가 연기했던 '경민'이라는 캐릭터는 아내를 살해한 걸로 보이지만 실제로는 살해한 게 아닌 걸로 바꿨고요. 왜냐면 아내를 죽인 사람이 과거 고통스러운 기억이 있다고 해서 동창들을 죽여 나간다는 것에 동의할 수 없었거든요. 제가 주인공이 아내를 죽인 설정은 절대로 안 된다고 했어요. 그 설정이 나름 1부부터 반전이었죠. 그리고 주인공에 대해 측은지심이 생긴 상태에서 이 사람을 점점 응원할 수도 없고, 쾌감도 아니고, 막고는 싶은데 한편으로 이해가 되는 식으로 시청자들이 굉장히 복잡한 감정에 빠질 수 있게 설정을 바꾸자 했죠. 이런 중요한 결정이 굉장히 빨리 났어요. 원작이 있기 때문에 서로가 본 다른 면모들을 토론하는 과정에서 어, 난 생각하지도 못했는데 작가님은 이런 아이디어가 있으시네, 하는 거죠. 이런 방법으로 커뮤니케이션하니까 긴 대본 집필 기간이 굉장히 즐거웠어요. 그 덕분에 그동안 리메이크를 많이 했던 것 같아요. 현재는 반반입니다. 오리지널 아이템이 꽤 많이 늘어났어요.

〈복수노트〉〈이미테이션〉이 있기는 하지만 〈구해줘〉〈돼지의 왕〉은 소재 면에서 무척 강렬하잖아요. 장르물을 선호하는 특별한 이유가 있나요?

사실 제가 호러나 스릴러를 잘 안 봐요. (웃음) 이렇게 얘기하면 안 믿으시더라고요. 제 인생작은 〈러브레터〉(1999) 〈시네마

천국〉(1990)이에요. 가장 보편적인 감정을 다루면서도 사람의 마음을 잔잔하게 해주는 작품들이요.

그런데 어째서?

남들하고 다르게 하고 싶으니까요. 우리 제작사만의 스타일, 컬러를 만들고 싶거든요. 제가 예전부터 마이너를 메이저로 끌어올리는 일에 쾌감이 좀 있었던 것 같아요. 〈구해줘〉라는 드라마가 일견 보면 스릴러 작품이고, 묘하게 우울하고 어두운 이미지들이 있는 것은 맞는데 16부작을 그걸로만 채울 수는 없거든요. 그 과정에서 약간의 해학이나 페이소스Pathos도 있어야 되고요. 그런 면에서 〈구해줘〉 시즌 1, 2 모두 공통적으로 그런 요소들을 잘 섞어 넣었어요. 제가 마을 사람으로 코미디언 임하룡 선생님을 추천해서 캐스팅했는데 그분이 갑자기 정색하면서 사악해졌을 때 시청자들이 더 깜짝 놀란다든지, 국민 아버지 이미지의 천호진 배우님을 굉장히 표리부동한 사기꾼으로 등장시킨다든지 하면서 시청자들과 숨바꼭질하는 재미가 있어요.

회사를 창업할 때 제 목표는 히든시퀀스를 브랜드로 만드는 거였어요. 지금까지 드라마 제작사들, 선배님들은 어쩔 수 없이 B2B만 해야 했는데 제작사 자체가 B2C가 돼야 한다고 생각했거든요. 그래서 저는 제작사도 팬덤이 생기길 바랍니다.

제작사 팬덤이요?

〈겟아웃〉(2017)을 만든 제작진들이나 〈노팅힐〉〈빌리 엘리어트〉〈러브 액츄얼리〉(2009)를 만든 워킹타이틀처럼 콘셉트와 색깔이 분명한 제작사가 되고 싶어요. 로맨스, 멜로처럼 전통적으로 한국 드라마가 잘하는 분야는 이미 포화 상태예요. 그래서 고생스럽고 빛도 별로 못 보는, 남들이 안 하는 새로운 장르를 파고들었죠. 아직은 업력이 짧기 때문에 앞으로 한 4년 동안 몇 작품 더 해서 완성도 있는 콘텐츠가 나온다면, 비로소 대중이 조금씩 알아봐주지 않을까 합니다. "히든시퀀스 이런 거 잘하잖아요"라고 얘기를 해주시는 분들도 서서히 생기고 있고요. 배우들도 맨날 뻔한 거 하다가 이런 대본 받으니까 쾌감이 있다고 얘기해주시기도 하고요.

히든시퀀스는 남들이 안 하는, 조금은 어려운 길을 선택해서 가고 있는 것 같습니다. 가다 보니 그렇게 된 건가요? 아니면 일부러 그런 아이템, 남들이 안 하는 작품만을 고르는 건가요?

저도 잘 몰랐던 제 내면의 어떤 성향이 드러났나 봐요. 세상을 약간 염세적으로, 조금 삐딱하게 보는. (웃음) 제가 어려운 길을 간다고 생각한 적은 없어요. 만약에 로맨스물을 한다 해도 한 번은 꼬았을 것 같아요. 요즘 나오는 드라마 대부분 복합장르예요. 약간씩 다른 요소들이 섞여 있어요. 〈돼지의 왕〉 다음으로 준비하는 작품이 〈백설공주에게 죽음을〉인데 이 드라마는 훨씬 보편적입니다. 그런데 어쨌든 이 작품도 살인자로 보이는 한 청년의 얘기거든요. 그러나 이 작품은 휴먼드라마여서 〈구해줘〉와

구조가 비슷하면서도 훨씬 대중적인 스토리예요.

OTT 플랫폼 시대가 열리면서 지난 3년 동안 취향의 세계
가 넓어졌고, 그러면서 히든시퀀스가 기획한 드라마를 제작
할 수 있는 길이 더 커졌겠네요.

맞아요. 예를 들어 〈오징어 게임〉은 한국의 메이저 시각
에서 봤을 때 뭘 하겠다는 것인지 절대 못 알아들을 작품이에요.
1퍼센트면 분명히 특정 취향을 타는 작품이지만, 전 세계 시청자
1퍼센트라고 하면 얘기가 달라져요. 그러면 저희가 한 우물을 파
는 게 맞다는 생각이 들어요. 블룸하우스처럼 두 시간을 헛되게
보내게 안 할 거야, 스릴만큼은 확실하게 뽑아낼 거야 이런 확신
을 주는 브랜드가 됐을 때 오히려 해외 강자들하고 얘기하기도
쉽고 레퍼런스가 일관성 있으니 신뢰 면에서도 유리하다고 생각
해요. 해외에서는 프로듀서, EP의 크레디트를 보기 때문에 지금
힘들더라도 명확하게 이건 제가 만든 겁니다 할 수 있는 콘텐츠
로 '필모'를 쌓아가고 있습니다. 그래서 조금 돌아가는 것 같지
만 10년이면 확실하게 브랜드를 형성할 수 있을 거라는 희망이
있어요.

EP를 한마디로 정의한다면요?

EP는 콘텐츠의 처음과 끝, 주인이죠. 주인으로서 콘텐츠
를 처음부터 보고 시작한 사람이기 때문에 계속 일관된 커뮤니
케이션을 하는 디자이너라고 생각합니다. 그래서 EP의 컬러, 스

타일에 따라 드라마가 달라진다고 생각해요.

왜 그렇게 생각하시나요?

왜냐면 EP하고만 얘기하면 되거든요. 플랫폼도, 스튜디오도, 그다음에 나아가서 대중까지도. 제가 알기로 몇 분은 그렇게 하고 계세요. 그런데 그게 아니라 "이것만큼은 원래 방송사 권한이니까 불가침이야. 넘어가면 안 돼" "이거는 작가님의 성역이니 넘보면 안 돼" "이거는 배우가 좀 도와줬으면 좋겠어"라는 식으로 조금씩 조금씩 타협하면서 영광만, 혹은 제작된 작품에서 수익만 취하려고 하는 EP가 아직 더 많은 문화라서 한참 멀었다고 생각하죠.

그렇다면 EP로서 세운 원칙이 있나요?

프로듀서가 중심이 되는 지속 가능한 제작 시스템, 예측 가능한 시스템을 만들고 싶어요. 저희가 최근에 히든시퀀스 프로듀서 매뉴얼을 만들었어요. 촬영 현장은 일단 시작되면 계속 돌아갑니다. 비가 오나 눈이 오나 덥거나 추워도 수많은 사람이 달라붙어서 돌아가는데 주 52시간 제작 시스템상에서 10분, 20분 허투루 쓰는 것은 돈과 수많은 사람의 시간을 낭비하는 죄악인 거예요. 제 원칙은 크리에이터들과 프로듀서 모두가 하나의 그림으로 똘똘 뭉칠 때까지 절대 촬영에 나가지 않는다는 겁니다. 그렇게 철저하게 준비를 하고 나가도 현장에서는 변수가 생기기 마련이거든요. 그런데 예를 들어 현장에 가서 프로듀서가 저

감독은 연출력이 없어, 임기응변이 없어, 왜 이렇게 센스가 없어, 라고 생각한다면 그건 그 제작사의 시스템이 없는 거라고 봐요. 우리가 정한 방식이나 원칙을 위배하고 약속을 어기면 바로 회사에 신고하고, 이게 두 번, 세 번 계속 반복되면 그 감독은 해고한다 이런 것까지 세세하게 다 정했습니다.

저희는 작은 제작사예요. 작지만 개성 있고 뭔가 자기 색깔을 내는. 어떻게든 그걸 계속 반복해서 해내려고 하는 일관성을 추구하죠. 회사를 존속시키고 능력 있는 직원들이 이탈하지 않게 좋은 처우를 해주는, 이것도 EP의 역할이죠. 물론 이 과정에서 딜레마와 스트레스를 계속 겪고 있지만요. 어쨌든 지속적인 노력의 결과로 대중의 호응을 얻는다면, 그래서 플랫폼들이 그걸 어마어마한 힘으로 간주해줄 수밖에 없다면 그때는 제가 EP라고 구태여 소개하지 않아도 될 듯해요.

2년 전에 만났을 때 전체 제작비 배분하는 원칙을 설명하는 부분이 인상적이었어요. 그 원칙은 여전히 유효한가요?

미술비는 25퍼센트 이상, 출연료는 33퍼센트 넘지 않게 책정합니다. 물론 출연료에서 단역, 엑스트라는 빠집니다. 미국에서도 출연료가 제작비의 3분의 1 수준을 넘으면 안 된다고 하더라고요. 그런데 한국 드라마는 개런티 비중이 너무 높아요. 절반 이상 되거든요. 그렇다고 연기 못하는 배우를 캐스팅해서 금액을 맞추는 건 의미가 없어요. 배우 캐스팅이 너무나 중요하고, 제가 좋아하는 배우는 남들도 좋아하니까 당연히 비싸죠. 그래서 꼭 필요한 중요한 배역은 캐스팅을 해놓고, 나머지는 캐스팅 디렉터를 활용합니다. 할리우드 드라마나 영화를 보면 '캐스팅 바이casting by' 크레디트가 있어요. 그만큼 캐스팅 디렉터의 역할을 중요하게 인식하고 있죠. 그분이 조연, 단역을 선발하는데 그 대신 모두 오디션을 통과해야 해요. 캐스팅 디렉터가 하는 일에는 배우들에게 대본 설명해주고, 수시로 변하는 촬영 현장에 배우들을 스탠바이 시켜주는 것까지 포함됩니다. 당연히 정확하게 비용을 책정해서 지급하죠. 어쨌든 이런 식으로 어떻게 해서든 그 밸런스를 맞추려고 해요. 만약 배우 개런티가 33퍼센트를 넘어 40퍼센트까지 가면 그만큼 미술을 포기해야 하고, 장비 투입을 줄여야 해요. 또 예비비가 부족해지니까 돌발 상황이 생겼을 때 대처할 수 없어요.

미술이나 장비 투입을 줄이면, 영상 퀄리티에 문제가 생기지 않을까요?

예를 들어 시대물이나 사극인데 야간 신이 전부 다 블랙으로 돼 있는 거 보면 속상하죠. 조명 크레인을 먼 산에 띄워야 하는데 그렇게 하면 비용이 많이 드니까 이걸 아끼려고 안 했구나 이런 게 보이면…… 미술이 없는 거고, 미장센이 없는 건데.

저희가 〈구해줘〉를 양평에서 찍었어요. 양평에 산이 많잖아요. 이 작품이 스릴러고 밤 장면이 많은데 마을이나 배경을 잘 살리려고 조명 크레인 두 대를 전부 썼어요. 올데이*로. 다들 '미친놈'이라고 그랬어요. 그런데 저희가 그전에 제작비 책정 원칙

**다르게 간다, 그게 나의 길이다**

을 지켰기 때문에 거기에 투자할 수 있었어요. 그렇게 해야 두세 번 봐도 영화가, 드라마가 재밌어요. 처음에 안 보이던 장면도 보이고.

★ 다량의 HMI 데이라이트day light 조명을 썼다는 뜻. 영화나 드라마 야외촬영을 할 때 넓은 장소를 커버하기 위해 사용하는데 비용이 많이 들고 관리가 어려운 단점이 있다.

그렇게 해서 얻으려는 게 뭔가요?

제가 회사 설립 목적에 아예 써놓았는데 TV 쇼가 예술이 되는 상황을 만들고 싶어요. 넷플릭스나 세계적인 OTT 플랫폼들이 투자한 작품을 보면 그림도 예쁘고 색감도 너무 좋아요. 한국 드라마에서는 찾아볼 수 없는 정서들, 접근하기 어려운 로케이션 촬영, 투자 많이 해서 보여주는 그림들이 있잖아요. 이제 TV 사이즈도 워낙 커졌고, 모바일 디바이스라고 하더라도 화질이 아주 좋기 때문에 영상미를 충분히 느낄 수 있거든요. 퀄리티 면에서 최고가 되고 싶어요. 그러다 보니 기술 투자를 더 하고 싶어서 혹독할 만치 그런 기준을 지키려고 하는 게 있어요. 그래서 화면이 스타일리시하게 예술적으로 나오면, 여느 프로덕션에서 안 하는 방식의 것들이 꾸준히 나온다면 결국 배우들도 그런 작품에 나오고 싶어지지 않을까요? 정석을 지키려고 하는 이 제작 방식이 어느 순간 인정을 받을 때가 오리라 믿어요.

히든시퀀스 작품에는 소위 톱스타가 안 나옵니다. 그것도 같은 맥락인가요?

말씀하신 톱클래스가 최고의 한류배우를 가리키는지 모

르겠지만 변요한 씨나 김동욱 씨는 연기로 상도 받았고, 영화에서 무수히 많은 작품의 주인공을 했던, 어떤 의미에서 보면 연기력으로나 대중적으로 신뢰를 받는 톱클래스 배우들이라고 생각해요. 그리고 이분들 출연료도 낮지 않아요. 그러니까 제가 제작비를 아끼기 위해서 톱스타를 캐스팅 안 하는 건 아니에요. 그 대신 지금 안 유명해도 이 역할을 잘할 수 있는 배우를 찾으려고 철저하게 오디션을 봐요. 그러면서 주어진 예산 안에서 굴러가도록 EP인 제가 출연료를 통제하고 있으니까 이 살림살이를 유지하고 있는 거죠. 만약 톱스타가 필요하다면 캐스팅하고 싶어요. 다만, 지금까지는 저희 작품에 그런 배우가 필요하지 않았어요. 그러니까 이병헌 배우가 제 작품에 나와서 득 될 일 없고, 송중기 씨가 〈돼지의 왕〉에 나올 일은 없어요. 엄태구 배우니까 충분히 개성 있고 콘셉트가 잘 맞아 보였지, 여기 조승우 같은 배우가 나온다고 해서 훨씬 더 잘될 거냐. 저는 그렇게 생각하지 않거든요.

'드라마는 작가의 미디어'라는 말이 있을 정도로 한국 드라마는 전통적으로 작가가 매우 중요하다. 잘나가는, 성공 경험이 있는 유명 작가를 '붙여서' 좋은 대본을 '뽑아야' 편성이 되고 캐스팅도 되며, 이것이 높은 시청률을 향해 가는 성공 방정식이다. 그런데 히든시퀀스가 선택하는 작가는 늘 신인이거나 무명이다.

저희가 하려는 방식으로 가려면 같이 대화하면서 대본을 수정해나갈 수 있는 여지가 있는 작가여야 해요. 그런데 유명한 작가님들은 제 말씀을 안 들을 거라고 생각했어요. 그래서 더더욱 원작을 확보하고, 역량은 있지만 신진 작가들, 그리고 영화를 했거나 예능 프로그램, 라디오를 했던 작가들에게 작업을 제안해요. 결국은 프로듀서와 커뮤니케이션이 되는지 안 되는지 그것만 봤어요. 요즘 드라마를 보면 이 작가 누구지? 하는 경우가 많아요. 그만큼 유명 작가한테 기대는 일이 점점 줄어드는 추세예요. 대본이 재미있는지 아닌지가 중요하지, 유명한 작가냐 아니냐는 별로 중요하지 않아요.

기획이란 본질적으로 새로움이고, 누구나 새로운 이야기를 하고 싶어 합니다. 대표님이 생각하시는 새로움은 무엇인가요?

(심각한 얼굴) 어려운 얘기인데요. 새롭다고 해서 황당무계하고 세상에 없던 걸 말하는 게 아닙니다. 제가 새롭다고 하는 건 시선과 관점이 다른 거예요. 가령 뉴욕 도시를 부수고, 외계인의 침공을 막아내는 히어로물이 있다고 쳤을 때 작가가 그 아수라장에서 차에 깔린 소시민이 주인공인 글을 쓰는 거죠. 아, 이런 싸움 난 모르겠고. (웃음) 이런 시선을 가졌다면 그 사람 글이 거칠고 유려하지 않더라도 어떤 독특한 지점이 있잖아요. 저는 그런 점에 주목해요. 매니악한 시선을 갖고 그 장르에서는 아주 깊

은 식견을 갖춘, 세계관이 제법 탄탄하고 자기만의 원칙이 정확하게 돌아가고 있으니까. 그동안 주류가 아니었지만, 본 사람들이 와! 하고 탄복하고 인정할 수 있으면 새로운 거라고 봅니다.

'히든시퀀스 작품은 달라야 한다' 이런 방향이 분명한 것 같네요.

비슷한 임팩트를 가진, 그냥 그저 그런 작품을 하나 더 하는 건 관심 없어요. 그러니까 망하더라도 진짜 화끈하거나, 혹은 특정 시청자층만 열광하더라도 엄지척이 나오는 것을 하고 싶어요. 그러려면 분명히 차별화되는 게 있어야겠지만요.

준비하고 계신 새 작품 얘기를 해보죠. <백설공주에게 죽음을>은 어떤 작품인가요?

원작은 독일 소설인데, 넬레 노이하우스Nele Neuhaus라는 베스트셀러 작가의 작품이에요. 독일 시골을 배경으로 동급생 두 명을 살해한 파렴치한 살인범이 10년형을 마치고 고향으로 돌아오면서 벌어지는 얘기예요. 그런데 주인공이 블랙아웃 상태예요. 주인공이 사람을 죽였다는 모든 증거가 완벽한데 정작 주인공은 살인한 기억이 없는 거죠. 그래서 잃어버린 10년의 기억을 더듬어가는 데 그 뚜껑을 열었을 때 차라리 몰랐으면 더 행복했을 거라는 얘기예요. 스릴러 요소도 있고, 휴먼극이고, 아주 연극적이기도 하고, 재밌는 추리물입니다.

변영주 감독님과 작업하시게 된 특별한 이유가 있나요?

원래 감독님하고 김탁환 작가님 소설을 원작으로 하는 사극을 준비하고 있었어요. 그러던 중에 〈백설공주에게 죽음을〉을 드라마로 연출할 분을 찾고 있었는데 감독님이 이 소설의 마니아였고, 모니터를 해주시는 과정에서 감독님이 적극적으로 본인이 연출하겠다고 하셔서 성사가 됐어요. 공식적으로는 〈화차〉(2012) 이후 10년 만에 컴백 작품입니다.

변영주 감독님과의 작업은 어땠나요?

이분과 대화하다 보면 인간에 대한 통찰이 진짜 깊다는 게 느껴져요. 툭 던지는데 그 사람을 꿰뚫어보고 있구나, 라는 생각이 들 때가 많아요. 게다가 애처로운 사람들, 약자에 대한 연민이 많습니다. 또 이 작품은 제가 이미 캐스팅을 다 해놓은 상태였어요. 권해효 선배나 이두일 선배처럼 오랜만에 드라마하는 분들, 변요한, 고준, 조재윤 같은 젊은 배우들까지. 다른 분이 생각 안 날 정도로 변 감독님이 최적이라고 생각한 건 이 드라마에 이렇게 많은 인물이 이유 없이 나오는 게 아니거든요. 모두 마지막에 가서 뒤통수를 쳐야 하는데 이 인물들의 서사를 하나하나 서서히 만들어줄 수 있는 분으로서 감독님이 최적임자라고 생각합니다. 최근에 편집본 일부를 봤는데 대단히 새로운 게 나왔어요. 아주 시네마적인 촬영이고, 호흡이 길어요. 그런데 안 지루해요. 묘하게 재미있어요. 감독도 작가잖아요. 변 감독님이 우리가 대본에서 전혀 느끼지 못했던 어떤 부분에 대해서 새롭게 해석해서 정의해주시는데 이런 일을 참 오랜만에 겪으니까 너무 감사한 생각이 들더라고요. 감독다운 감독님과 일하니 안심이 됐어요.

〈백설공주에게 죽음을〉은 2021년 10월부터 시작해 2022년 하반기 촬영을 마쳤다. 편집을 진행 중인데 언론보도에 따르면 국내 OTT 플랫폼 한 곳에 서비스하기로 했으나 최종적으로 어느 채널, 플랫폼에 공개할지는 아직 알 수 없는 상황이다.

이제 40대 중반, 아직 젊습니다. 10년 뒤에는 어떤 모습, 어떤 드라마를 하고 있을까요?

지금보다 훨씬 더 보편적인 작품을, 조금 더 능숙하게 하고 있을 것 같아요. 예를 들어 워킹타이틀의 역사를 보면, 〈빌리 엘리어트〉로 시작해서 여러 작품을 계속 만들지만 자신들의 정체성은 계속 유지하거든요. 영국적인 코드, 소박함, 휴머니즘에 입각해서 약자들을 놓치지 않아요. 저희도 마찬가지입니다. 늘 새롭고 날카롭고 힘이 있는데 성숙하고 안정된 모습이어야 하죠. 팬들이 히든시퀀스 드라마를 보면서 저건 내 취향이야, 항상 나를 고민하게 만들어, 나는 얘네들 드라마 만드는 방식을 지지해, 라고 말해주는 상황이 될 수 있도록 하는 게 궁극적인 목표예요.

**다르게 간다, 그게 나의 길이다**

이재문 대표는 〈돼지의 왕〉을 하면서 건강이 많이 나빠졌다고 했다. 아주 솔직하고 내밀하게 아픔과 고민의 시간이 있었노라고 길게 털어놓았다. 나는 그것이 대한민국 드라마 제작사 대표 누구라도 겪을 수 있는 상황이고, 노심초사하며 안달과 조바심으로 밤잠 못 이루는 EP의 일상이자 현실이라고 생각했다.

〈돼지의 왕〉이 북미 최대 장르 영화제인 '판타지아 필름 페스티벌 2022'에 한국 드라마로는 처음으로 초청받다. 이재문 대표는 행사가 열리는 캐나다 몬트리올에 방문했다가 귀국길에 미국 할리우드에 들러 다음 프로젝트 협의를 한다고 했다. 그리고 곧 회사를 서울 상암동으로 확장 이전할 예정이라며 새로운 계획을 말할 때 그의 눈은 반짝였고 목소리는 밝아졌다.

남다른 길을 선택했고, 그래서 부딪치고, 깨지고, 진도는 더디지만 그의 말처럼 한국 드라마 판에 이런 제작사 하나는 있어야 하지 않을까? 제작사 팬덤을 꿈꾸고 나아가는 히든시퀀스의 라인업은 모두 스무 개다. 또 어떤 독특한 컬러의 드라마가 나올지 궁금하다.

와이낫미디어 대표

# 이민석

〈전지적 짝사랑 시점〉 〈오피스워치〉 〈오늘부터 계약연애〉 등 제작

# 틱톡,
# 유튜브에서
# 칸까지

그를 처음 본 것은 2017년 10월 말, 서울 강남에서 열린 콘퍼런스에
서였다. 콘텐츠의 미래를 표방해 '콘미 2018'이라 이름 붙인 행사에
셀레브, 트레저헌터, 72초TV, 글랜스TV 등 온라인 동영상 콘텐츠를
생산하는 스타트업과 MCN 회사 대표들이 총출동했다. 아침부터 플로
어가 비좁을 정도로 많은 사람이 모였고, 행사장은 젊은 CEO들이 쏟
아내는 비전과 전략, 열정으로 후끈했다. 몇 년 사이 〈연애세포〉(2014)
〈오구실〉(2015~2017) 〈연애플레이리스트〉(2017~2019) 같은 콘텐츠
가 인터넷을 타고 10대, 20대 팬들에게 의미 있는 영향력을 형성하
던 때였다. 대부분의 연사가 새로운 포맷, 스토리텔링을 기반으로 희
망 섞인 전망을 말할 때 '돈 얘기'를 꺼낸 사나이가 있었다. 후드 티
에 청바지를 입은 젊은 프로듀서는 유머와 재치 가득한 말솜씨로 좌
중을 웃겼지만, 당면한 비즈니스 현실을 짚어나갈 때는 눈빛이 날카
로웠다. 경력 무관, 아이디어만 있으면 누구에게라도 기회를 주되 적

은 제작비로 빨리, 자주 만들고, 시청자 반응에 따라 검증된 콘텐츠에 투자를 이어가는 방식이 인상적이었다. 답답한 실내 공기, 비슷비슷한 말들과 식곤증으로 늘어졌던 허리를 곧게 펴도록 만든 사람은 드라마 〈전지적 짝사랑 시점〉(2016~2017) 〈사당보다 먼 의정부보다 가까운〉(2016~2018)의 EP, 이민석이었다. 행사장이 혼잡해 인사도 제대로 나누지 못했지만, 그날 이후 제작사 와이낫미디어와 이민석 대표가 어떤 콘텐츠를 내놓는지 눈여겨보게 되었다.

2016년에 창업한 와이낫미디어는 〈일진에게 찍혔을 때〉(2019~2020) 〈일진에게 반했을 때〉(2021~2022) 〈오피스워치〉(2019)를 비롯해 150편이 넘는 드라마를 제작했고, 1천여 건이 넘는 콘텐츠 IP를 보유하면서 대표적인 뉴미디어 숏폼 콘텐츠 전문 기업으로 자리를 잡았다. 처음부터 방송사, 플랫폼에 콘텐츠를 납품하지 않고, 기획, 제작, 유통까지 독자적인 사업 모델을 추구한 결과다. 2021년에는 일본 시장에 진출해 아베마ABEMA TV와 손잡고 〈오늘부터 계약연애〉 〈@계정을 삭제하였습니다〉 등을 선보였으며, 최근 장편 드라마 제작사 오즈아레나, 더그레이트쇼를 인수하면서 다양한 콘텐츠 생산 파이프라인을 구축하고 있다.

2022년 9월, 시리즈 C 투자를 마치고, 본격적으로 사업 확장을 준비하고 있는 이민석 대표를 만났다.

언제부터 이 일을 하셨나요?

처음 교양 정보 프로그램 외주제작사에서 일을 시작했습니다. 리스프로라고 〈인간극장〉으로 유명한 회사예요. 그곳에서 여러 프로그램을 연출하고, 실력을 인정받아서 다른 회사로 옮겼습니다. KBS플러스, 나중에 KP커뮤니케이션이 됐죠. 그때부터 연출보다 사업 쪽에 관심을 더 많이 갖기 시작했어요. 디지털 콘텐츠가 막 태동하던 시기였는데 유튜브의 가능성을 다른 사람들보다 먼저 봤고, 새로운 도전을 해야겠다고 생각해서 와이낫 미디어를 창업하고 지금까지 왔습니다.

주로 교양 정보 프로그램을 연출했는데 드라마를 제작하게 된 특별한 계기가 있나요?

리스프로에 있을 때 선배들이 별걸 다 시켰어요. 가장 특이한 일은 1분짜리 드라마 기획이었어요. 그 무렵 프랑스 칸에 가서 유튜브 콘퍼런스를 본 적이 있는데 그때부터 유튜브에 관심을 가졌죠. 당시 유튜브에 1분 드라마 장르가 있었는데 화질이 조악한 수준이었지만 금방 금방 좋아질 거라는 걸 알았어요. 제 전공이 전자공학인데 컴퓨팅 파워만 늘리면 해결할 수 있는 문제였으니까요.

그때 유튜브에서 뭘 보신 건가요?

진짜 온갖 게 다 올라왔는데 기획이 너무 자유롭고 기발한 거예요. 재미있던 건 '포핸즈 기타four hands guitar'라는 건데 두 사람이 기타를 같이 치는 거였어요. 그러면 그걸 보고 누가 식스 핸즈를, 에잇 핸즈를 만들어나갔죠. 트웰브까지 봤어요. 여섯 명이 서서 두드리기만 하고. 약간 '밈meme' 같은 건데 2009년쯤에 그 영상들을 본 거죠.

2010년대 초반까지 외주제작 교양 정보 다큐멘터리 프로그램 전성시대였다. 재능 있는 PD, 작가 들이 프로덕션에 몰렸고, 가벼워진 촬영·편집 장비를 무기로 국내는 물론 해외 곳곳을 누비며 활약했다. 〈VJ 특공대〉 〈인간극장〉 〈수요기획〉 〈무한지대 큐〉처럼 재미와 의미를 겸비한 프로그램들이 시청자들의 꾸준한 사랑을 받았다. 그러나 돈이 되지는 않았다. 그 결과 광고와 협찬, 정부 제작 지원에 의존하는 전통 미디어 시장에서 외주제작 PD들이 설 자리는 갈수록 좁아졌다.

별별 프로그램, 프로젝트를 다 해봤습니다. 그런데 결국 방송사를 대상으로 수익을 창출하는 방법이 너무 제한적이라는 걸 깨달았죠. 지상파 PD도 아니고, 그렇다면 내가 뭘 잘할 수 있을지 고민하다가 마지막에는 기술개발을 했어요. 게임과 퀴즈를 결합한 애플리케이션을 만들어 특허를 내고 창업을 했죠.

사업에 관심이 많았던 이민석 PD는 새로운 길을 모색했고, 전기전자컴퓨터를 전공한 공학도답게 다양한 기술적 실험을 거듭하다가 결국 콘텐츠로 돌아오게 됐는데 유튜브에서 단서를 찾았다고 했다.

창업하기 1년 전에 미국에서 열린 비드콘Vidcon 행사에 갔어요. 그곳에서 리스프로에 있을 때 봤던 유튜브 환경이 완전히 만개한 걸 봤죠. 그때 유튜브, 페이스북을 기반으로 비즈니스를 해보자 결심했습니다. 왜냐면 제가 그쪽 노하우나 콘텐츠에 대한 학습 능력과 배경지식, 프로젝트 경험이 있었으니까요. 기술 서비스 하려고 준비하던 걸 접고 콘텐츠로 돌아갔죠.

그렇다면 와이낫미디어는 처음부터 드라마 제작사를 표방한 것인가요? 아니면 디지털 환경에 적합한 독특한 콘텐츠를 생산하는 걸 염두에 둔 건가요?

MIPTV 같은 해외 마켓에 가보면 한국 콘텐츠들 중 거래되는 건 드라마예요. 예능 포맷도 일부 있지만 쉽지 않아요. 그래서 유통이 되는 걸 만들려면 드라마밖에 없다고 생각했죠. 유튜브 환경이 철저히 광고 기반인데 잘못하면 나중에 고사될 것 같더라고요. 크리에이터를 중심으로 콘텐츠를 생산하면 제작사는 결국 에이전시 역할에 그칠 수밖에 없는데 크리에이터가 인기를 얻어서 떠나면 회사는 유지할 수 없잖아요. 그래서 작품을 시리즈로 만들어서 IP화하고 그걸 팔아야겠다고 생각했어요. 퍼스트 스크린 유튜브First Screen YouTube, 즉 유튜브에 먼저 띄우고, 유통을 확장해가자는 개념으로 드라마를 선택했죠.

와이낫미디어 창업 당시에 미디어 콘텐츠 산업 지형을 어떻게 읽으셨나요? 당시 포지셔닝 전략, 구상이 궁금해지네요.

'호시우보虎視牛步 우보천리牛步千里'라고 하잖아요. 호랑이 눈으로 보라는 거죠. 스타트업 창업자도 PD도 마찬가지인데 산업이나 시장의 지형을 읽는 게 중요합니다. 사견입니다만, 미디어산업에서는 정책과 기술을 봐야 합니다. 제가 처음 방송산업에 들어왔을 때는 정부가 외주제작 비율을 확대해서 밀어줬어요. 때마침 가볍고 화질 좋은 카메라도 나왔고요. 그러다 보니 VJ물이 많아지고, 외주제작사가 너무 많이 생겨났습니다. 제가 창업할 즈음에 이르러 방송미디어 시장이 정점에 치달았다고 봐요. 게다가 인터넷, 모바일 환경이 좋아지면서 광고가 이쪽으로 점점 옮겨가는데 외주제작비는 예나 지금이나 비슷하니까 먹고 살길이 막막해진 거예요. 방송산업의 성장은 더 이상 없다고 판단한 거죠.

자연스럽게 유튜브, OTT 플랫폼에 눈길이 갈 수밖에 없었겠네요.

당연히. 처음에는 유튜브보다 페이스북이 좋았습니다. 소셜미디어 환경이라 조회수나 리텐션을 만들기 훨씬 유리했거든요. 그러다가 페이스북이 정책을 바꾸니까 유튜브로 갈아탔어요. 저희는 IP를 갖고 있었기 때문에. 클리핑을 하거나 복제하는 회사는 문을 닫을 수밖에 없었죠. 우리나라도 점점 선진국으로 가고 있고, 저작권 등 법령이 세세하게 마련될 것이기 때문에 정책의 흐름을 눈여겨봐야 해요. 기술적으로는 포스트 프로덕션인데 이것도 점점 경량화되고 있었습니다. 그래픽 프로그램이 많이 가벼워졌어요. 촬영도 싱글 카메라에서 멀티 카메라 방식으로 바뀌었고요. 제작 기간과 비용을 따졌을 때 유튜브 환경에서 제작해도 되겠다고 판단이 서서 드라마를 하기로 했죠.

이민석 대표는 기술을 강조했다. 드라마 제작사는 기획팀 중심으로 정규직 프로듀서 서너 명과 소수의 관리 인력이 있는 게 일반적이다. 그런데 와이낫미디어는 창업 초창기부터 정규 직원이 열다섯 명이었다. 그중에는 포스트 프로덕션과 음악 제작을 전담하는 팀도 포함되어 있었다.

와이낫미디어는 다른 제작사와 다르게 직원이 많더라고요.

저희가 IP를 온전히 갖고 세계시장에 유통하기 위해서예요. 처음에는 투자자들조차 이해를 못 하더라고요. 과비용이라는 거죠. 외부에 용역을 줘도 되는데 왜 굳이 내부에 두느냐고 하더라고요. 그런데 포스트 프로덕션은 계속 진화하는 분야거든요. 그러니 내부에 역량과 데이터가 쌓일수록 돈이 될 수 있고, 무엇보다 해외 유통을 하려면 콘텐츠 재가공이 필수적입니다. 사운드 M/E 분리Music Effect분리*를 해놓아야 하고, 영상도 자막이 1차,

2차, 3차 인풋이 될 수 있으니까 원본과 버전별 작업본이 전부 서버에 셋업돼야 합니다. 일반 제작사에서는 이걸 방송국이 다 처리해주기 때문에 쉽게 생각할 수도 있는데 결코 쉽지 않습니다. 왜냐면

★ 방송 영상물을 해외에 유통하기 위해서는 현지어 더빙을 비롯해 재제작이 필요한데 이때 오디오채널의 음악과 효과음을 분리해서 제공해야 한다.

라벨링도 해야 하고 파일 정리도 다 해야 하는데 기술적으로 데이터 관리하는 매니저가 없으면 유지가 안 돼요. 저희는 처음부터 라벨링을 다 해놓습니다. 그게 시간이 지나면 지날수록 강력한 파괴력을 가질 것이라 생각했는데 이런 주장이 처음에는 엄청 비판을 받았죠.

동영상 플랫폼 비즈니스의 본질은 라이브러리에 있다. 기술적으로 리니어 채널은 하루에 24시간 분량의 영상물만 있으면 운영이 가능하다. 사전에 제작한 드라마, 예능, 다큐멘터리 등을 송출하면서 중간중간 뉴스, 좌담회 같은 스튜디오 생방송과 스포츠 중계, 광고, 캠페인, 재방송 같은 영상물로 정해진 시간을 채우면서 운영하면 되는데 이를 '편성 시스템'이라고 한다. 그러니까 약간의 콘텐츠 재고 물량만 확보하고 있다면 채널을 움직이는 데 큰 문제가 없다. 그러나 OTT 플랫폼은 도서관과 비슷해서 한 번에 대량의 영상물을 구비해놓아야 서비스를 시작할 수 있다. 동네 책방과 대형 서점을 비교하면 이해하기 쉽다. 구독자 취향에 맞는 콘텐츠를 수십만 편 보유해야 신규 고객을 유인할 수 있고, 인공지능을 활용한 콘텐츠 추천 시스템도 힘을 발휘할 수 있다. 그러므로 새로 시작하는 플랫폼 기업에 수많은 작품을

라이브러리화해서 빠르게 공급할 수 있는 와이낫미디어 같은 제작사는 매우 좋은 파트너가 될 수 있다.


'새로운 세대를 위한 콘텐츠 프랜차이즈'를 모토로 창업하셨는데, 왜 MZ세대를 타깃으로 정하셨나요?

저도 PD를 했지만, 방송미디어의 문제점이 너무 똑같은 콘텐츠를 만든다는 거예요. 같은 방식으로. 그런데 유튜브, 페이스북에 올라오는 콘텐츠는 달랐어요. 기술적으로 떨어지고 구성이 허술할 수는 있지만 똑같은 건 없었어요. 이런 콘텐츠들이 처음에는 밈이었다가 어느 순간부터 구성을 갖추게 되거든요. 대표적으로 피키캐스트 친구들이 그런 걸 만들었어요. 제가 창업했을 때 피키캐스트가 확 떴는데 어린 친구들로 구성돼 있었어요. 그래서 이런 친구들하고 하면 되겠다 싶은 생각이 들었죠. 이친구들의 포맷과 스토리텔링 방식으로 이 친구들과 같은 세대가 공감할 수 있는 드라마를 만들자. 제작자가 20대면 20대, 30대면 30대, 10대면 10대의 이야기를 풀어가겠다는 생각이었어요. 새로운 세대가 소비자이면서 창작자인 콘텐츠가 태동하는 시장이었으니까 당연히 이 시장의 주인들하고 해야죠.


새로운 세대와 콘텐츠는 이해되는데 프랜차이즈가 가능하리라 봤나요?

처음에 모든 사람이 이 슬로건을 뜯어고치라고 했어요. 엔

젤투자자, 첫 투자자, 시리즈 B까지 그 누구도 그 개념을 이해하지 못했어요. 그래서 결국 고치기는 했어요. '모바일 방송국'으로. (웃음) 그런데 저는 방송국을 지향한 적이 단 한 순간도 없었어요. 왜냐면 방송미디어를 키우고 싶다는 생각도, 채널 비즈니스를 하고 싶다는 생각도 없거든요. 프랜차이즈는 '속편 제작'이라는 뜻이잖아요. 미디어 채널 비즈니스를 할 게 아니라면 IP를 계속 속편으로 제작해서 시리즈로 만들고, 그걸 유통 비즈니스로 엮는 게 유리하겠다고 생각해서 콘텐츠 프랜차이즈 모델로 간 거예요. 사람들을 소위 '스토리 터널'에 가둬서 계속 보게 만들어 우리 콘텐츠 안에 머무르게 하는 거죠. 〈전지적 짝사랑 시점〉이나 〈오피스워치〉 모두 이렇게 해서 시리즈로 만들게 됐죠.

20대 창작자들은 뭐가 다르던가요?

'제곧내'라고 하죠. 제목이 곧 내용이에요. 무조건 직관적이어야 해요. '전지적 짝사랑 시점', 직관적이잖아요. 그런데 있는 그대로 하면 재미가 없으니 나름의 직유나 은유를 넣더라고요. 〈사당보다 먼 의정부보다 가까운〉을 예로 들면 지하철역이 서로 멀잖아요. 그러니까 스물일곱 번을 거치고, 한 번 방향을 바꿔야 만날 수 있는 사이라는 거예요. 친구인데 거리가 먼 사이라는 거죠. 너무나 충격이었어요. 그런 20대의 감수성이. 그 친구들한테 정말 많이 배우고 있어요. 〈오피스워치〉도 재밌어요. 그 당시 유행하던 게임이 오버워치였는데 플레이어들이 협동해서 적을 무너뜨리는 거예요. 그러니까 사무실에서 직원들이 힘을 모아 빌런을 물리치는 얘기죠. 재미있는 사실은 오피스 빌런, 김팀장 캐릭터가 떴어요. (웃음) 작가가 오버워치 게임을 좋아해서 거기 나오는 트롤(일부러 게임을 망치는 사람)처럼 재미있는 설정이나 비유를 드라마에 가져왔죠. 그런 식으로 그 세대가 이해하고 공감하는 얘기를 풀어가더라고요.

작은 작품이라도 드라마를 만들려면 감독, 작가가 있어야 하는데 이 문제는 어떻게 해결했나요?

내부에서 찾았어요. 경험이 거의 없는 친구들이 만들었습니다. 처음에 기술 사업을 시작하려고 했기 때문에 마케터를 뽑았는데 이 친구가 〈전지적 짝사랑 시점〉을 쓰고 지금은 드라마작가가 됐어요. PD 직군은 광고 콘텐츠를 만들던 친구들이었어요.

그게 가능해요?

프리미엄급 콘텐츠는 분명히 특정한 기술과 노하우가 있어야 해요. 장르적으로 봤을 때 영화나 드라마, 예능은 각자 문법이 있고, 그건 존중받아야 마땅합니다. 실제로 만드는 사람들 사이에 격차가 있고, 내공이 필요한데 그 모두를 콘텐츠로 보면 상관없어요. 제가 다큐, 예능, 드라마, 영화 모두 겪어봤잖아요. 다큐랑 예능은 잘했고, 드라마랑 영화는 썩 잘했다고 보기 어렵지만, 제작비 짜는 거나 현장 준비, 모든 제반 사항을 다 알고 있었어요. 그래서 유튜브나 페이스북에 유통되는 수준이면 뭘 해도 다 커버할 수 있겠다 생각했죠. 초기에 EP 역할을 어떻게 했냐면 작가와 PD가 기획하면 예산을 짜주고 방향만 잡아줬습니다. 내용은 안 건드렸어요.

이민석 대표는 젊은 창작자들과 일하기로 하면서 크리에이티브는 물론 제작에 일절 관여하지 않기로 결정했다고 한다. 그래야 그 세대의 관점과 목소리, 스토리텔링이 담긴 콘텐츠가 제대로 나올 수 있다고 판단했기 때문이다.

창업하기 전에 결심한 건 창작에 대한 욕구를 내려놓는 거였어요. 저는 선택만 하기로 했습니다. EP가 두 가지 유형이 있다고 하면 하나는 제작에 관여해서 편집권을 갖는 것이고, 다른 하나는 선택만 하는 거예요. 사실 어떤 선택을 하고 어떤 제작 요소를 엮어줄 것인지가 매우 중요한 일이거든요. EP 중에서 미국의 마블스튜디오 대표인 케빈 파이기Kevin Feigie가 그런 사람이고, 키이스트 박성혜 대표님도 그 부분을 되게 잘하시더라고요. 저도 그러한 역할을 하기로 한 거죠.

방송 쪽 경험이 전혀 없는 사람들과 일하면 재미있겠지만, 커뮤니케이션 면에서 어려움도 있지 않나요?

PD 시절에도 그랬는데 제가 다른 사람 트레이닝시키는 걸 좋아해요. PD 때는 아주 혹독한 선생이었습니다. 덩치도 있어서『슬램덩크』북산고 안 선생처럼 호랑이 감독이었는데, 안 선생이 나중에 켄터키 프라이드치킨 할아버지가 됐잖아요. (웃음) 제가 와이낫미디어 처음 시작할 때는 치킨집 할아버지였어요. 그런데 젊었을 때는 후배들을 속된 말로 엄청 갈궜거든요. 폭언에 가깝게 비판도 했고요. 그런데 그런 식으로 해보니까 그 후배들이 못 컸어요. 스스로도 많이 반성하고 있어요. 많은 시행착오를 겪은 셈이죠. 그런데 와이낫미디어에서 같이 일했던 친구들이 내놓은 걸 보고 깜짝 놀랐어요.

어떤 점에서요?

처음 세팅할 때 제작 요소에 한계를 줬어요. 아무런 노하우가 없는데 1억 원을 주고 만들라고 하면 못 만들어요. 제작 요소의 한계는 제작비를 줄이면 돼요. 그러니까 1천만 원, 5천만 원으로 줄이면 그 안에서 해결해야 하잖아요. 1천만 원짜리, 5천만 원짜리, 1억 원짜리, 3억 원짜리로 구간을 설정해서 단계별로 쭉 증액하는 구조를 생각했고, 그걸 통과한 친구들만 좋은 작품을 낸 거죠. 사실 실패도 많지 않았겠습니까? 그런데 실패해도 부담이 없었어요. 3천만 원 못 벌었다 치면 되니까.

그렇게 해서 어떤 콘텐츠가 나왔나요?

★ 〈전지적 짝사랑 시점〉 1, 2, 3를 집필했고, 2021년 SBS 드라마 〈그 해 우리는〉 극본을 썼다.

〈전지적 짝사랑 시점〉이요. 지금은 유명 작가가 된 이나은 씨★가 원래 저희 회사 마케터였어요. 엑셀 표에 숫자 넣는 친구였는데, 〈전지적 짝사랑 시점〉 전에 제작비 5백만 원짜리 '숨이 멎다'라는 아이디어를 가져왔어요. 숨이 멎는 순간, 그러니까 설레고 설레는 순간을 다룬 아주 짧은 15초짜리 드라마였죠. 그렇게 만든 영상의 결과가 엄청 좋았어요. 평균 조회수 50만을 찍었거든요. 그래서 그 친구한테 기획을 해보라고 했더니 제대로 된 기획안도 없이 제목만 달랑 가져왔는데, '전지적 짝사랑 시점' 딱 한 줄이었어요. '속마음을 내레이션으로 소통하는 짝사랑에 관한 이야기, 겉으로 뱉는 말과 속마음이 다르기 때문에' 이 한 줄이었죠. 그 자리에서 제가 '꼰대'처럼 〈케빈은 열두 살〉(1988~1993)이라는 옛날 드라마가 있는데 거기에 내레이션이 있다고 거들었더니 그런 거 잘 모르겠다면서 무시했어요. 제 말을. (웃음) 그리고 어쨌든 이 친구가 연출도, 편집도 못하니까 편집을 잘 못해도 제작할 수 있는 방법을 몇 개 알려줬어요. 스티븐 스필버그Steven Spielberg의 원테이크 신인 워너oner*를 보여줬죠. 그 ★ 롱테이크 기법으리고 몇 개의 옵션도 줬고요. 그걸 바탕으로 잘 찍어 로, 길게 찍은 장왔어요. 원테이크로. 〈전지적 짝사랑 시점〉 원테이크 면을 가리킨다. 는 담당자가 연출을 못하는 바람에 나온 거예요. (웃음)

젊은 창작자들은 좌충우돌했지만 빠르게 성장했고, 그렇게 만들어진 〈전지적 짝사랑 시점〉은 공개하자마자 수백만 뷰를 기록했다. 구독자 수가 한 달만에 80만 명에 이를 만큼 인기를 얻었고, 한국 웹드라마 최초로 1억 뷰를 기록한 기념비적 콘텐츠가 되었다.

본 적 없는 걸 보여준 거예요. 그런데 생경한 게 아니라 마음을 천천히 두드렸기 때문에 된 거죠. 그때 조금 우쭐해졌어요. 그래서 광고하던 친구와 디자인팀 멤버 두 명한테도 기획을 해보라고 했어요. 그때 가져온 게 〈사당보다 먼 의정부보다 가까운〉이었어요. 이것도 기획안 없이 제목만 있었어요. 그런데 제 눈에 들어온 건 서브타이틀이었어요. '내 마음은 공덕공덕' '우리 잠실 만날래' 뭐 이런 식의 언어유희였는데 직관적으로 와닿았어요. 그때도 연출은 못하는 친구들이었죠. 그래서 제작 관련해서 조언을 해줬고 이것도 터졌어요. 이런 일이 쭉 반복되다 보니 자신감이 생겼죠. 제 생각에 공부할 때나 일할 때 열정을 불러일으킬 수 있는 건 딱 두 가지예요. 성공과 칭찬. 그러니 저는 필요한 게 있다고 하면 지원해주거나 멘토를 붙여주면 그만인 거예요. 제가 그 친구들에게 뭘 해줬다고 생각하지 않습니다. 트레이닝은 시켰지만 젊은 창작자들에게 뭔가 뽑아내야겠다는 생각은 전혀 없었어요. 우리는 그냥 같이 일한 거예요. 다만 그들이 만드는 콘텐츠가 지금 시점에 유효한지 아닌지에 대한 고민은 있었죠. 이게 과연 프랜차이즈로 갈 수 있을지도 염려됐고요.

10대부터 20대 초반 젊은이의 감성과 생활을 담은 와이낫미디어의 드라마는 내용, 형식, 제작 방법, 스타일 모두 새로웠는데 딱 그 세대 창작자들이 만들어냈다. 지원하되 간섭하지 않고, 철저히 상업적 검증과 성과를 바탕으로 투자하는 EP 이민석의 안목, 뚝심, 믿음이 빚어낸 도전과 실험의 결과였다. 채널이나 플랫폼의 입맛과 기준에 맞춘 드라마를 만들어 '납품하는' 외주제작 시스템이었다면 불가능했을 것이다. 처음부터 방송미디어를 버리고, 페이스북, 유튜브를 공략해 프랜차이즈 콘텐츠를 만들겠다는 승부수가 통했다.

와이낫미디어 작가, 감독 들은 20대에서 30대 초반으로 젊습니다. 이들과 일하는 이유는 무엇인가요?

유연하잖아요. 그 친구들은 도화지예요. 어떤 방향이라도 따라와주거든요. 물론 다 따라오는 건 아니에요. 안 따라오면 다른 선택을 하면 되는 거죠. 길은 많으니까요. 한 사람이 성공을 거둘 수 있는 작품이 평생 다섯 개라고 하면, 제가 가장 같이 일하고 싶은 사람은 하나 또는 두 개 성공 경험이 있는 사람이에요. 그런데 이분들 역시 경쟁이 치열하잖아요. 서로 일하려고 하니까. 그래서 아직 하나도 히트하지 않은 사람을 찾아서 함께 일하는 겁니다.

그러려면 잠재력을 알아볼 수 있는 눈이 있어야 하지 않을까요?

저는 결과에 집착하지 않아요. 이게 막연한 얘기일 수 있는데 누구를 발굴하고, 작품이 터져서 저 사람 매의 눈을 가졌다는 식의 얘기는 믿지 않아요. 운이 좋아서 된 거예요. 그럼 어떻게 하느냐? 저는 경우의 수를 늘리면 된다고 생각해요. 타석에 자주 세우면 되거든요. 많이 만들고, 많이 길러내고. '시간의 힘'이 있어야 해요. 좋은 프로세스로, 선순환 고리로 가다 보면 시간의 힘이 항상 답을 준다고 생각하거든요. 그래서 중요한 건 좋은 루틴과 좋은 태도와 좋은 기회라고 봐요. 여기서 핵심은 제가 젊은 사람들을 채용해서 함께 일하는 걸 곡해해서 젊은 사람들은 인건비가 싸니까 같이하나 보다 하는데 그런 사고로 접근하면 절대 필패합니다. 그건 MZ세대를 개무시하는 거예요. 솔직히 말하면 MZ세대는 대한민국 역사상 공부를 가장 많이 하고 가장 뛰어난 친구들입니다. 유튜브만 보고도 드라마를 만들 수 있는 세대예요. 그걸 존중해줘야 합니다. 저희 회사가 그걸 입증했잖아요. 저는 와이낫미디어 출신 중에서 슈퍼 EP가 나왔으면 좋겠어요. CP도 나오고. 저희 회사의 강점은 젊은 세대 창작자들을 많이 육성한다는 거예요. 시간이 지나면 우리가 이기는 게임이 될 거예요. 왜냐면 지금 베테랑 선배님들은 언젠가 은퇴할 텐데, 저희는 시스템을 다 갖고 있잖아요. 이 산업에서 새로운 게 나와서 자리를 잡는 데 20년쯤 걸려요. 웹툰도 그랬고 아이돌 산업도 그랬어요. 숏폼은 사실상 저희가 역사인데 이제 6년 8개월 됐습니다. 앞으로 14년 더 남은 셈이죠.

그래도 회사고, 조직인데 계속 칭찬만 할 수는 없지 않나요? 야생마를 명마로 키우려면 채찍 들고 고삐를 잡아야 할 때가 있을 텐데 그럴 때는 어떻게 하세요?

저희 회사 되게 엄격해요. 까불면 안 돼요. 규칙을 어기면

경고를 주고, 또 어기면 내보냅니다. 그런 부분은 매우 엄격해요. 저를 무시하는 건 괜찮아요. (웃음) 그런데 같이 일하는 동료에게 상처를 줬다거나 제작 예산을 오버하면 심하게 비판해요. 저희 모두 사회에서 일하는 존재들이잖아요. 회사가 학교도 아니고. 그런데 그런 걸 일방적으로 지시하고 따르라고 하지 않고 설명을 합니다. 어떤 방침이 바뀌면 타운 홀 미팅town hall meeting에서 설명해요. 리더들에게 한 번, 일선 실무자들에게 또 한 번. 그렇게 해서 안 되면 제가 일대일 미팅해서 설명해요. 그런 소통은 잘됩니다.

보통 드라마는 기획 개발 기간이 짧으면 2년, 길면 3~4년씩 걸리는데 빠르게 의사결정하고 빠르게 제작하는 와이낫미디어의 기획 개발 시스템이 궁금합니다.

저희 내부에 CDP라고 콘텐츠 디벨로프먼트 프로세스가 있어요. CDP를 매주 합니다. 롱폼과 숏폼으로 나눈 뒤 여기 올려서 결정합니다. 제작하는 부서가 두 개 셀, 한 개 팀이 있는데 브랜드 기획제작팀이에요. 이 팀에서 오리지널도 제작합니다. 여기에 여섯 명의 PD가 있고, 각 셀별로 열 명 씩, 모두 스물여섯 명이 기획 개발 조직이고, 글로벌제작본부에 기획 PD가 세 명 있습니다.

CEO, EP로서 의사결정은 어떻게 하세요?

CDP 진행할 때 저는 비토권만 있고, 결정은 CP Chief

Producer들이 합니다. CDP 멤버들로 위원회가 구성되고, 위원회에서 의견을 내면 CP들이 패스(통과), 디벨롭(기획 개발 진행), 드롭(탈락)을 결정하고 그걸 저한테 통보해요. 그러면 제가 비토를 할 수 있는데 판단하지는 않습니다. 만약 제가 의사결정에 참여하고 있다고 하면, 예를 들어 어떤 아이템이 도저히 아닌데 패스될 것 같다 싶으면 CP를 따로 불러서 티타임을 갖죠. 거기서 제 의견을 전달하고 상대의 의견을 듣고, 거기서 CP가 저를 설득하면 제가 받아들입니다. 설득당하는 거죠.

EP로서 기획 개발, 제작에 관여하는 부분은 무엇인가요?

창업 초기에는 제작비와 제작 요소들에 관여를 많이 했어요. 젊은 창작자들이 노하우가 없기 때문에 키스태프 붙여주는 일도 제가 많이 했어요. 그런데 산업이 정점에 올라올 때 가장 중요한 건 '파이낸싱financing'이라고 생각해요. 그러니 지금은 돈 구해오는 것, 자본을 당겨오는 게 EP로서의 가장 중요한 역할이죠. 그래서 자본을 설득할 수 있는 논리를 짜고 있어요.

EP로서 와이낫미디어 브랜드를 붙이고 나가는 콘텐츠의 일관된 콘셉트, 세워놓은 원칙이 있나요?

보통 기획할 때 그런 생각을 하는데, 사실 저는 작품으로 평가받는 EP가 되고 싶지는 않아요. 와이낫미디어는 다양한 드라마 제작 기능을, 파이프라인을 많이 갖는 걸 목표로 합니다. 그렇게 육성해낸 시스템과 파이프라인을 바탕으로 성장해가는 크리에이터를 통해서 평가받고 브랜딩되는 게 제 바람이에요.

기업 전략 관점에서 와이낫미디어의 힘, 경쟁력은 무엇이라고 보세요?

제작입니다. 창업하고 지금까지 제작에만 집중했어요. 좋은 콘텐츠를 만들 수 있는 파이프라인을 구축하려고 했고, 포스트 프로덕션, 음악을 내부에 두고 있는 것도 그 때문이에요. 웹드라마 진영에서는 모두 저희를 벤치마킹할 정도로 강력한 제작 시스템을 갖고 있습니다. 저희가 벤치마킹하는 기업은 TSMC예요. 반도체 제작을 제일 잘하잖아요.

이민석 대표는 업의 본질에 충실했다. 20년 넘게 제작 현장에 있었고, 제작의 허와 실을 잘 알고 있어서 콘텐츠 제작을 진짜 잘하는 회사를 만드는 게 목표라고 했다. 그리고 그런 회사로 나아가기 위해서는 사람, 즉 창작자와 프로듀서가 관건이라고 했다.

제작에서 중요한 건 IP인데, IP를 생산하는 쪽은 키 크리에이터key creator입니다. 반드시 능력 있는 크리에이터가 키 아이피key IP를 만들게 돼 있어요. 프로듀서는 키 크리에이터를 육성해야 하는데 아주 바닥이 아니라 중간 레벨에 있는 창작자를 상위 레벨로 도약시킬 수 있는 노하우를 갖고 있어야 하죠. 키 크리에이터를 돈 주고 사들이는 것보다 이게 훨씬 합리적이기 때문에 프로듀서를 키우는 거예요. 그렇다고 프로듀서 중심주의를 지향하는 건 아니에요. 저희는 제작 중심이고, 제조를 제일 잘하는 회사가 되는 게 목표예요.

와이낫미디어 수익모델과 전략은 무엇인가요?

저희가 IP를 갖는 콘텐츠는 70퍼센트까지 선투자합니다. 30퍼센트는 라이브러리 판매나 다른 방식으로 회수해요. 저희는 유튜브에 콘텐츠를 올려도 유통을 할 수 있기 때문에 유통과 광고로 리쿱하는 구조예요. 또 다른 영역은 브랜디드 콘텐츠 주문을 받아서 제작하는 일종의 외주제작이에요 이건 IP를 갖지만 크게 의미는 없었는데 이 부분도 앞으로는 유의미해질 듯해요. 얼마 전에 후배가 FAST* 사업을 제안했는데 거기 유통하면 되겠더라고요. 꽤 수익이 날 거 같아요. 그다음은 OTT에 매칭해서 판매하는 겁니다.

★ Free Ad-supported Streaming TV, 광고 기반 무료 스트리밍 서비스로, 미국 Roku, Pluto TV, TUBI 등이 유명하다.

냉정하게 볼 때 숏폼, 미드폼 드라마가 여전히 메인 스트림은 아닙니다. 당연히 창업 시점에는 더더욱 작은 시장이었는데 6년이 지난 지금, 어떻게 평가하시나요?

디지털콘텐츠 시장이 엄청나게 성장했고, 숏폼 콘텐츠 시장은 규모가 계속 커지고 있어요. 모든 레거시 미디어도 다 유튜브로 가고 있어요. 유튜브, 넷플릭스 욕해봤자 소용없어요. 넷플릭스는 끄떡도 안 해요. 넷플릭스가 미래고, 넷플릭스가 다 먹을 거예요. 유튜브도 이길 수 없어요. 유튜브 대안을 만들 수도 없고, 유튜브는 이제 구글의 모토처럼 악마가 되지 않기 위해서 스스로 노력하는 수밖에 없어요. 우리나라에서 스스로 유튜버라고 생각하는 사람이 1천 1백만 명이에요. 전 세계적으로 3억 9천만 명인데 계속 늘어나고 있죠. 저희도 유튜브 계속할 거예요. 틱톡도 하고. 그런데 그것을 가지고 경제적으로 회수를 하느냐 못 하느냐는 각자 사업 모델에 달린 거죠.

해외 시청자들이 와이낫미디어가 만든 드라마를 잘 받아들이나요?

전 세계 MZ세대는 다 똑같아요. 하나의 가설이기는 한데, X세대 특징은 자의식이 고양되면 그걸 밖으로 분출해서 알아주기를 바란대요. (웃음) 제가 X세대거든요. 그런데 MZ세대는 굳이 안 알아줘도 상관없어 해요. 내가 느끼는 것, 그러니까 그 친구들은 디스커버리 같은 걸 좋아해요. 못 보던 거, 안 해본 경험을 좋아해서 그런 콘텐츠들에 대한 소비 욕구가 굉장히 강해요. 그래서 저희 콘텐츠가 아베마ABEMA TV에 올라가면 계속 1등 해요. 플레이리스트 작품도 들어와 있는데 비슷하게 잘돼요.

와이낫미디어가 제작해 일본 주요 OTT 플랫폼인 아베마 TV에 서비스한 〈오늘부터 계약연애〉는 2021년 7월 한국 드라마 부문 1위를 차지했고,

〈@계정을 삭제하였습니다〉 역시 한국, 중국 드라마 부문 순위에서 1위를 기록했다. 이에 힘입어 와이낫미디어는 2022년에 아베마 TV와 〈배드걸프렌드〉를 공동제작해서 서비스했다.

해외시장 진출로 거두는 수익은 괜찮은 편인가요?

좋죠. 해외 유통 주 매출이 일본에서 나와요. 저희 회사 전체 매출에서 유통 부문이 30에서 40퍼센트 차지하는데 그 가운데 절반이 일본 매출이에요. 나머지 15퍼센트는 뭐냐? 패키징 판매예요. IP가 많으니까 구작 라이브러리 유통 매출이 계속 발생하고 있어요. 플랫폼은 앞으로 계속 나올 겁니다. 자율주행자동차, 인공지능, 메타버스 플랫폼이 나오면 모두 콘텐츠가 필요하거든요. 그러니까 IP 가진 사람들은 계속해서 벌 거예요.

2021년, 2022년 와이낫미디어에 많은 변화가 있었습니다. 대규모 투자를 받았고, 드라마 제작사, 애니메이션 제작사를 인수하면서 스튜디오 모델을 갖춰가고 있는 것으로 보입니다. 어떤 전략적 방향과 비전을 갖고 있나요?

원래 목표는 숏폼에서 미드폼, 롱폼으로 가려고 했어요. 저희 회사 '팜farm'에서 길러낸 선수들을 메이저리그까지 보내는 계획이었습니다. 그러니까 시간의 힘을 빌려서 우리의 루틴과 선순환 구조를 생각했고, 웹툰, 아이돌 산업이 20년 걸렸으니까 우리도 그때까지 가겠다. 중간에 제가 리더십을 내려놓을 수 있어도 그 구조는 짜놓겠다 한 거죠.

이런 전략은 '새로운 세대를 위한 콘텐츠 프랜차이즈' 모토의 연장선상이겠죠?

팜farm을 부수지 않는 이상 계속 이어가려고 해요. 그런데 대내외적으로 방향 전환이 필요한 것 아니냐는 의견이 있긴 해요. 어차피 OTT 시대인데 그곳에서 빅 사이즈 콘텐츠를 해야 매출이 나오는 것 아니냐는 거죠. 그런데 그러한 선택은 황금알을 낳는 거위의 배를 가르는 거와 똑같다고 생각해요. 웹드라마를 너무 무시하는 거예요. 유튜브를 무시하는 것처럼. 이 시장 자체가 지금 돈을 벌든 안 벌든 큰데, TV보다 훨씬 사이즈가 크고, 이 시장 성장률이 꺾이지 않잖아요. 솔직히 TV는 꺾였죠. 유튜브나 디지털콘텐츠 시장은 지금 계속 커가고 있고, 틱톡이 약진하고 있습니다. 그렇게 보면 저희가 딛고 있는 이 시장이 미래산업으로 아주 좋죠. 그런데 당장 눈앞에 다른 게 보인다고 해서 전략을 바꾸는 것은 투자 마인드이고, 기업 마인드는 아니에요. 기업은 그렇게 하면 안 돼요. 그래서 제가 젊은 크리에이터들한테 계속 집중하고 있고, 숏폼에도 집착하고 있는 겁니다.

올해 창업 7년 차인데, 10년 차가 되면 어떤 회사가 돼 있을 것으로 기대하나요?

제가 아니라 다른 경영자가 운영할 것 같아요. 저는 아마 투자 쪽에 계속 집중해서 CIO 역할을 하지 않을까 싶어요. 자본을 더 당겨오고, 자본가들에게 수익을 안겨주고, 콘텐츠를 생산할 기회를 더 많이 창출하는 쪽에 관심이 있어요. 최대한 많은 젊은 창작자에게 기회를 주고 싶어요, 틱톡과 유튜브에서 칸까지, 저희 회사의 또 다른 슬로건입니다. 젊은 친구들을 잘 성장시켜서 칸까지 보내자는 거죠. 이것을 실현시키고 싶은데 어떤 한 개인이 아니라 제작 파이프라인을 다 갖고 싶어요. 중장기 비전은 저희 회사 출신들이 이 산업의 중추가 됐으면 좋겠어요. 시간이 지나서 20년 후에는 그들이 40대가 될 텐데 지금 CJ ENM 출신이 OTT 시장에서 대표, 이사가 돼 있는 것처럼 다음 세대는 와이낫미디어였으면 하는 거죠.

이민석은 선생님, 디지털콘텐츠스쿨의 학장이다. 그가 세운 와이낫미디어캠퍼스(실제로 디즈니, 픽사, 드림웍스 스튜디오는 회사 공간을 캠퍼스라고 부른다)에서 젊은 창작자들은 자유롭고, 거침없다. 창업 7년 만에 정규직 직원 예순 명이 넘는 회사를 일군 CEO이자 150편 넘는 콘텐츠의 EP 이민석 대표는 세 시간 인터뷰 내내 '돈 얘기'를 힘주어 말했지만, 그의 진짜 관심사는 젊은이들의 성공과 성장이었다. 그는 그러기 위해서는 자본과 시스템이 필요하고, 제작자와 경영자가 서로 존중하는 기업 문화가 조성되어야 한다고 했다.

누구나 창업할 수 있다. 그러나 살아남고 성장해 마침내 하나의 브랜드가 되는 길은 멀고 험하다. 와이낫미디어와 EP 이민석은 지난 7년 동안 도전과 실험으로 새로운 길을 개척했다. 디지털 세상에서 통하는 콘텐츠, 몇십 초짜리 숏폼부터 수백억 원 제작비가 들어가는 대작에 이르기까지 새로운 세대를 위한 콘텐츠 프랜차이즈를 만들겠다는 꿈, 어쩌면 여기에 한국 드라마의 미래를 여는 단서가 숨어 있지 않을까?

**66**

새로운 사람을 알게 되면
새로운 문제도 같이 온대.

**99**

웹드라마 〈일진에게 찍혔을 때〉 중에서

## 나오는 말

용산행 KTX 차창 밖, 호남평야가 가을 햇살을 받아 금빛으로 출렁인다. 나는 한국콘텐츠진흥원 본사가 있는 나주 혁신도시에서 일한다. 그래서 2022년 EP와의 인터뷰를 위해 서울과 나주를 열 번 이상 왕복했다. 봄에 시작한 일이 여름을 지나 늦가을에야 끝났고, 그때마다 열차 밖 풍경은 빠르게 바뀌었다. 그 사이에도 새로운 한국 드라마가 꾸준히 등장했다. 그러다 보니 최근 주목할 만한 작품을 내놓으며 왕성하게 활동하고 있는 제작자 한 사람 한 사람과 약속 잡는 일 자체가 쉽지 않았다. 매번 어렵게 섭외를 마치면 그때부터 자료를 찾고, EP들이 제작한 주요 작품을 모니터링했다. 때로는 주변 인물들을 먼저 취재하기도 했는데 이런 과정을 거쳐 세 시간 인터뷰 분량의 질문을 뽑느라 애를 많이 먹었다. 그러나 새로운 만남이 주는 설렘과 속 깊은 대화와 공감에서 오는 즐거움으로 가득한 시간이었다.

사실 한 권의 책으로 묶은 이 인터뷰들은 온라인 매거진 '더스크린www.thescreen.co.kr' 콘텐츠로 먼저 기획된 것이었다. 영화 전문 저널리스트 박혜은 편집장이 내 제안에 흔쾌히 동의했고, 매번 인터뷰를 함께 준비해주었다. 박혜은 편집장이 아니었다면 이 시리즈의 완성은 어려웠을 것이다. 모든 인터뷰와 사진에 그의 오랜 경험과 열정이 스며들어 있다. 박혜은 편집장에게 감사의 마음을 전한다.

이번 인터뷰에서 중요한 요소 가운데 하나는 사진이다. 지금까지 다른 사람들을 카메라 앞에 세울 줄만 알았지 정작 자신들의 변변한 프로필 사진 한 장 없던 드라마 제작자들의 연륜과 패기, 열정이 담긴 표정을 담아낼 수 있어서 보람을 느낀다. '한국 드라마 EP의 초상'을 위해 수준 높은 촬영은 물론 인터뷰 장소까지 제공해준 에이전시테오의 도움이 없었다면 불가능한 일이었다. 에이전시테오에도 고마운 마음을 전한다.

대담을 책으로 엮는 일은 생각보다 훨씬 복잡하고 어려웠다. 현장감 있게 말맛을 살리되 독자들이 읽기 쉽도록 간결하고 깔끔하게 원고를 정리하는 데 많은 시간과 노력이 소요되었다. 이 책이 나올 수 있도록 도움을 주신 인물과사상사 강준우 대표님과 편집부의 노고에 깊이 감사드린다.

이 작업은 한국콘텐츠진흥원의 공식 프로젝트가 아니었으나 그곳에서 그동안 맡아온 일들과 쌓인 경험, 노하우, 네트워크가 많은 영향을 끼쳤다는 점을 부인할 수 없다. 음으로 양으로 도와준 선후배 동료들에게도 감사한 마음이다. 일을 핑계로 밖으로 도는 가장을 묵묵히 참아주는 가족에게 늘 미안하고 고맙다. 무엇보다 바쁜 시간에도 흔쾌히 인터뷰에 응해 깊이 있고 솔직한 이야기를 들려준 열 명의 드라마 제작자 분들에게 마음 깊이 감사의 인사를 드린다.

1   IPIntellectual Properties   지식재산이라는 뜻으로, 콘텐츠를 기반으로 다양한
    장르 확장과 부가 사업을 가능하게 하는 일련의 지적재산 권리 묶음이라 할
    수 있다.

2   NFTNon-Fungible Token   대체 불가한 토큰이라는 뜻이다. 저작권과 소유권
    을 고유한 식별자로 블록체인에 기록되어 다른 것으로 대체할 수 없는 디지
    털 자산으로, 게임 아이템의 저작권, 소유권 인증을 위한 방식으로 채택된 뒤
    2021년 예술 작품 경매에도 공식적인 방식으로 도입되었다.

3   OSMUOne Source Multi Use   하나의 원천 콘텐츠를 영화, 게임, 음악, 애니
    메이션, 캐릭터, 완구, 출판 등 다양한 분야로 확장해 부가가치를 극대화하는
    전략이다.

4   PPLProduct Placement   간접광고를 의미하는 말로, 영화나 드라마 속에 특
    정 상품, 브랜드 로고, 장소 등을 자연스럽게 노출함으로써 광고 효과를 높이
    는 방법이다.

5   VFXVisual Effect   시각특수효과라는 뜻으로, 영화나 드라마 등에서 실재하지
    않는 영상이나 촬영이 불가능한 장면을 컴퓨터그래픽으로 재현한 기술을 가
    리킨다.

6   그린 라이트Green Light   영화나 드라마 등 콘텐츠 제작을 결정하고 투자를
    승인하는 것을 이른다.

7    드라마트루기Dramaturgy   원래 희곡 작법, 극작법을 의미했으나 일반적으로 연극 이론, 혹은 희곡을 공연하는 방법, 즉 연출법을 의미한다.

8    로그라인Log Line   작품의 핵심 개념을 한 문장 또는 짧은 단락으로 요약한 것으로, 잠재적인 시청자, 미디어 플랫폼 의사 결정권자 또는 광고주에게 콘텐츠를 알리는 중요한 도구로 활용된다.

9    로케이션Location   스튜디오 내에서 하는 세트 촬영이 아니라, 옥외에서 실제와 같거나 비슷한 자연환경을 배경으로 촬영하거나, 그와 같이 하는 촬영 방식을 말한다.

10   리니어 채널Linear Channel   리니어 미디어Linear Media를 이르는 말로, 지상파, 케이블 TV처럼 편성 시간표에 따라 방영되는 순서대로 콘텐츠를 시청하는 채널 서비스다.

11   리쿱Recoup   투자한 비용 이상으로 수익을 냈다는 뜻으로, 보통 제작비를 모두 회수했을 때 쓴다.

12   머천다이즈Merchandise   방송, 영화, 게임, 애니메이션 등 콘텐츠에 등장하는 캐릭터를 활용해 만든 다양한 상품을 이르는 말이다. 보통 Merch, MD로 표현한다.

13   미장센Mise-en-Scène   '무대에 배치하다placing on stage'라는 뜻의 연극 용어에서 유래했다. 영화나 드라마에서 좁은 의미로 인물, 사물, 의상, 소품, 배경, 세트, 조명 등 시각적인 재료의 공간적 배치와 물리적 장치의 세팅을 말한다.

14   밈Meme   '인터넷 밈Internet Meme'을 줄인 것으로, 인터넷 커뮤니티나 SNS에서 확산되는 문화의 유행과 파생, 따라 하기 등 모방의 경향, 또는 그러한 창작물을 의미한다.

15   밸류체인Value Chain   기업이 제품이나 서비스를 생산해 부가가치를 만들어내는 일련의 과정을 말한다. 보통 '가치사슬'로 번역한다.

16   쇼 러너Show Runner   미국 TV 시리즈의 기획 개발, 창작을 지휘하는 Writing

Executive Producer로, 작품 전체의 중심 아이디어와 스토리의 일관성 유지를 맡는다. 작가 집단의 최상위 계급으로 작가실writer's room 운영을 총괄한다.

17  스크립트 오더Script Order  미국 지상파 TV의 드라마 신작 주문 시스템의 한 과정이다. 방송사들은 제작사들이 피칭한 신작 아이디어 중 일부를 선택해 실제 대본 집필을 의뢰한다. 이 가운데 몇 편을 골라 파일럿 제작을 맡기는데 대본을 주문하는 단계를 스크립트 오더라고 부른다.

18  스핀오프Spin-off  오리지널 영화, 드라마, 만화 등을 바탕으로 새롭게 만들어낸 이야기나 작품을 말한다. 보통 캐릭터나 특정 상황을 가져온다.

19  신디케이션Syndication  한 방송사에서 방영한 TV 시리즈를 제작사가 해당 방송사를 거치지 않고 개별적으로 별개의 방송사에 판매하는 것을 이르는 말로, 미국에서는 최초 해당 시리즈를 방영한 방송사의 독점방영권이 종료되는 시점(보통 5년)부터 신디케이션이 시작된다.

20  업프런트Upfront  매년 5월 셋째 주 뉴욕에서 열리며, 가을 방송 편성이 시작되기 전에 광고주들에게 미리 '스폿 광고'를 팔기 위해 열리는 행사다.

21  에피소딕Episodic  등장인물, 설정은 같으나 매회 다른 사건이 전개되고 해당 회차 내에서 이야기가 마무리되는 형식의 TV 시리즈다. 예를 들어 〈CSI〉 시리즈가 있다.

22  전CM  프로그램 앞부분에 들어가는 광고를 말한다. 보통 텔레비전 프로그램은 '前타이틀-前CM-본편-後CM-後타이틀' 순서로 편집 방영하며, 이 전체 길이가 프로그램의 R/T(러닝 타임)이다.

23  쪽대본  드라마를 촬영할 때, 당일에 바로 촬영할 수 있는 한두 쪽짜리 분량의 대본을 말한다.

24  클리프 행어Cliff-hanger  극의 절정 단계로 관객의 긴장감 및 기대감을 극도로 고조시키는 순간이나 사건, 혹은 그러한 기법을 사용한 영화를 가리킨다. 초창기 연작 영화에서 사건의 결론이 나지 않고 다음 작품에서 그 사건이 해결되는 구성에서 유래한다. 오늘날에는 드라마에서 보통 이어지는 스토리 전

개를 궁금하게 만들어 다음 회차를 시청하게 만드는 유도장치로 사용한다.

25 텐트폴Tentpole 텐트를 세울 때 지지대 역할을 하는 기둥인 '텐트폴tentpole' 에서 유래한 말로, 막대한 자본을 투입해 만든 상업영화를 가리킨다. 주로 극 장 성수기에 개봉하는 가족영화, 유명 프랜차이즈 시리즈물 등이 대표적이다.

26 트랜스미디어 스토리텔링Transmedia Storytelling 하나의 세계관을 가진 여 러 개의 이야기를 만화, 영화, 드라마, 애니메이션, 게임 등 다양한 온오프라 인 미디어로 구현하고 이야기에 진입하는 여러 출입구를 제공함으로써 팬들 로 하여금 긴 시간, 다양한 방식으로 콘텐츠를 향유할 수 있게 하는 전략이다.

27 파일럿 오더Pilot Order 미국 지상파 TV 시리즈의 신작 주문 시스템의 한 과 정으로 '피칭-스크립트 오더'를 거쳐 제작사가 제출한 대본 가운데 몇 편을 선택해 실제 촬영, 편집해 한 편의 에피소드를 제작하도록 주문하는 것을 말 한다. 보통 시리즈의 첫 번째 에피소드를 제작하는 것이 일반적이다.

28 프랜차이즈Franchise 제작사, 스튜디오 등 단일기업이 만든 하나의 연관 콘 텐츠 시리즈로, 영화, 드라마, 게임, 만화, 캐릭터 상품 등으로 확장한다. 보 통 동일한 주제, 콘셉트, 캐릭터의 조합으로 구성된다. 강력한 팬덤을 형성하 고 오랜 기간 상업적으로 성공한 마블 시네마틱 유니버스Marvel Cinematic Universe, MCU, 〈해리 포터〉〈포켓 몬스터〉 시리즈 등이 대표적인 사례다.

29 프리퀄Prequel 오리지널 영화나 드라마의 전사前史를 다룬 작품으로, 주인 공의 과거 이야기 또는 사건이 일어난 배경 등을 보여준다.

30 플로팅Ploting 작가가 하나의 소재로 작품을 구상하고 완성해나가는 과정을 말한다.

31 피칭Pitching 편성 확보나 제작비 조달을 위해 새로운 프로그램, 드라마 아이 디어, 콘셉트를 방송사 임원, 제작사 또는 의사 결정권자에게 설명하는 것을 이르는 말로, TV 콘텐츠 기획 개발 과정에서 매우 중요한 단계다.

32 훅Hook 영화나 드라마에서 관객, 시청자 들의 시선을 사로잡을 만한 강력한 요소나 동기를 의미한다.

# 파워하우스

© 김일중, 2023

초판 1쇄 2023년 10월 25일 펴냄
초판 2쇄 2024년  6월 28일 펴냄

지은이 | 김일중
펴낸이 | 강준우

인쇄 · 제본 | 지경사문화

펴낸곳 | 인물과사상사
출판등록 | 제17-204호 1998년 3월 11일

주소 | (04037) 서울시 마포구 양화로7길 6-16 서교제일빌딩 3층
전화 | 02-325-6364
팩스 | 02-474-1413

www.inmul.co.kr | insa@inmul.co.kr

ISBN 978-89-5906-727-5  03810

값 17,000원